영웅의 서

EIYU NO SHO
by MIYABE Miyuki

Copyright © 2009 MIYABE Miyuki

All rights reserved.
Originally published in Japan by MAINICHI NEWSPAPERS CO., LTD., Tokyo.
Korean translation rights arranged with OSAWA OFFICE, Japan
through THE SAKAI AGENCY and SHINWON AGENCY CO.

이 도서의 국립중앙도서관 출판시도서목록(CIP)은
서지정보유통지원시스템 홈페이지(http://seoji.nl.go.kr)와
국가자료공동목록시스템(http://www.nl.go.kr/kolisnet)에서 이용하실 수 있습니다.
(CIP제어번호: CIP2010003960)

영웅의 서

{2}

미야베 미유키 장편소설

김은모 옮김

문학동네

차례

8장
재의 남자

유리가 어둠과 대치한 순간, 이마의 인이 한순간 눈부시게 빛을 발했다. 그러자 금세 윤곽이 무너진 어둠이 살아 있는 생물처럼 몸을 비틀며 일 미터 정도 물러났다. 기가 꺾인 것이다.

유리는 그것에 용기를 얻었다. 두 발에 힘을 주고 선 채 배 속 깊은 곳에서 소리를 내어 물었다.

"나한테 무슨 볼일이라도 있어?"

어둠은 물러서서 거리를 벌린 채, 네모난 선을 회복하여 복도 공간을 가득 채우고 있었다. 시선을 집중하자 그 속에서 뭔가 움직이는 것이 보였다. 구불거리고 있다. 꿈틀대고 있다. 호흡하듯이 팽창과 수축을 반복한다.

유리는 다시 한번 소리를 질렀다. "넌 뭐지? 이름이 있으면 말해봐."

귀가 아니라 몸의 다른 기관에 —그렇다, 유리의 심장에 대답이 직접 울려퍼졌다.

—나는 황의를 입은 왕의 사자使者.

미치루에게도 들렸을까. 그녀가 옷 위로 유리의 팔을 꽉 붙잡았다. 어깨 위에 앉은 아쥬의 떨리는 수염이 유리의 볼을 간질였다. 소라는 여전히 두 팔을 활짝 벌리고 있다.

—넌 인을 받은 자인가.

대답하는 대신 유리는 정색하고 어둠을 노려보았다.

—이마에 있는 인의 진가를 알지도 못하는 애송이가 '테두리'의 조화를 되찾는다니, 매번 가소롭기 짝이 없군.

어둠이 떨리고 있다. 웃는 것이다. 꿈틀대는 속도가 빨라진다. 네모난 어둠 한가운데에서 둥근 것이 회전하기 시작했다. 대형 비치볼—아니, 그보다 훨씬 더 크다. 유리의 눈은 그것에 사로잡혔다.

"유리 님." 소라가 짧게 목소리를 냈다. "홀리시면 안 됩니다."

유리는 퍼뜩 정신을 차리고 머리를 세차게 흔들었다. 소라의 옆얼굴을 흘깃 보았으나, 그의 보라색 눈동자에는 구불구불 꿈틀대는 어둠의 움직임이 비치지 않았다.

"사자라면 용건이 있겠지요."

소라는 목소리도 평온했다.

"분명 여기 계신 분은 '인을 받은 자'가 틀림없습니다. 황의를 입은 왕의 사자여, 무슨 일로 올 캐스터 님을 찾아왔습니까? 왕은 왜 당신을 보냈습니까?"

어둠의 중심에서 빙글빙글 돌아가던 것이 멈췄다.

"혹시 왕이 파옥한 자신의 처지에 일찌감치 질리고 지쳐서 만서전으로 돌아오길 원합니까?"

느닷없이 천둥소리와도 같은 노성이 울려퍼졌다.

—이 바보 같은 놈, 네 분수를 알아라!

어둠 한가운데 있는 둥근 것이 번쩍 뜨였다. 눈알이었다. 흰자위는 깊숙한 곳으로부터 빛을 발하는 듯한 금색이었고, 고양이의 눈처럼 가늘고 뾰족한 동공은 위협하듯 유리 일행을 노려보았다.

— '테두리'의 티끌을 긁어모아 인간의 형상으로 빚어낸 인형 주제에, 감히 우리 왕의 이름을 입에 담느냐!

눈알에서 뿜어져나온 강한 파동 때문에 공기가 파르르 떨렸다. 파동을 맞은 유리 일행이 비틀거렸다. 미치루는 튕겨나가 도서실 문에 세게 부딪혔다가 힘없이 복도에 주저앉았다.

네모난 어둠이 사라졌다. 공중에 떠 있는 금색 눈알로 빨려들어갔다. 눈알은 숨을 한 번 들이켰다 내쉴 정도의 시간에 복도 저편까지 물러나더니, 다시 파동을 방출했다. 유리는 머리를 숙이고 버텼다. 몸을 앞으로 구부리고 한쪽 무릎을 꿇으면서도 소라는 여전히 두 팔을 벌리고 있었다.

"유리 님, 미치루 님을 데리고 도서실로 돌아가십시오!"

소라가 외쳤을 때 유리는 보았다. 멀리 물러난 눈알에서 무수히 많은 촉수가 일제히 뻗쳐왔다. 칠흑의 화살촉 같은 끝을 번쩍이며, 허공을 가로질러 똑바로 소라를 노린다.

"위험해!"

유리는 바로 소라를 밀쳐냈다. 한 박자 늦었다. 촉수가 소라의 몸에 채찍처럼 감겨붙더니, 눈 깜짝할 사이에 그를 친친 감아 공중으로 끌어올렸다. 소라의 민머리가 아슬아슬하게 머리 위의 형광등을 스쳤다.

금색 눈알은 촉수를 움츠리며 복도를 날아 돌아왔다. 소라를 휘감은 채 천장 가까이로 떠올라 촉수를 감았다 풀었다 하며 흔들다가, 동공을 소라의 코끝에 닿을 듯이 가까이 대고 구석구석 핥듯이 관찰했다.

금색자위는 뿌옇게 흐려진 점액으로 미끌미끌하게 젖어 있었다. 그 점액이 방울져 맺히더니 바닥에 쓰러진 유리 곁에 떨어졌다.

슈욱 하는 소리. 바닥이 녹아서 구멍이 뚫렸다. 유리는 눈이 휘둥그레졌다. 산酸이다!

유리는 부리나케 손을 움츠리고 앞으로 꼬꾸라지다시피 몸을 일으켰다. 그러자 그 자리에 다시 점액이 떨어졌다. 목덜미를 스치며.

소라는 온몸이 촉수에 휘감겨 머리와 발끝밖에 보이지 않았다.

—호오.

눈알에게서 놀란 듯한 목소리가 흘러나왔다.

—인형아, 너는.

소라는 조여드는 고통에 신음하면서도 필사적으로 목을 비틀며 어떻게든 눈알에게서 얼굴을 돌리려 하고 있었다. 눈알은 촉수로 소라를 들어올렸다 내렸다 하면서 그의 얼굴에 한층 가까이 다가가 눈을 한 번 깜박였다. 그 움직임 때문에 점액이 넘쳐서 소라를 휘감은 촉수 위에 흘러떨어졌다. 하지만 촉수는 전혀 녹아내릴 낌새가 없다.

어린아이가 붙잡은 벌레를 열심히 관찰하듯, 눈알 괴물은 소라를 찬찬히 살폈다. 그러더니 소리 높여 말했다.

—네가 '문'이었느냐!

아쥬가 찍, 하고 울더니 유리의 머리에서 뛰어올랐다. 촉수에 앞발을 걸더니 엄청난 기세로 기어오르기 시작했다. 올라가면서 촉수를 물어뜯었다.

"소라를 놔줘! 뭐냐, 이 눈알 자식아! 팔다리도 없이 눈깔만 있는 주제에 건방지기는!"

마구 내뱉는 욕설이지만 위세는 좋다. 조금만 더 기어오르면 소라의 목 옆까지 갈 수 있다―바로 그때, 눈알의 뒤쪽에서 다른 촉수가 흔들흔들 뻗어나와 아쥬를 때려 간단히 떨어뜨렸다. 아쥬는 돌멩이처럼 떨어졌다.

"아쥬! 소라!"

유리는 일어설 수조차 없었다. 공포 때문에 숨 쉬기가 괴로웠다. 심장이 입에서 튀어나올 것만 같다. 머릿속이 새하얗다. 난 어떻게 하면 되지. 뭘 할 수 있지. 싸우다니, 어떻게 해야 하는 거지?

올 캐스터는 어떻게 싸우지?

이런 비상식적인 괴물과.

갑자기 유리의 귀에 바람 우는 소리가 들렸다. 또다른 촉수? 어디서 오는 거지?

마음은 여전히 열한 살 소녀인 채로 유리가 자세를 가다듬었을 때, 옆에 있는 창문에서 날아든 무언가가 바람처럼 촉수의 뿌리 부분을 가로지르며 촉수 몇 개를 끊어냈다. 눈알은 고통과 분노로 포효하더니, 마치 사람처럼 눈을 질끈 감았다.

다음 공격이 닥쳤다. 이번에는 유리에게도 보였다. 직선이 아니라 반원을 그리며 날아왔다. 부메랑이다! 강철 부메랑이 금색의 커다란 눈알을 한 바퀴 돌며 촉수를 잘라냈다. 소라를 붙들어맨 포박이 느슨해지고 그의 다리가 공중에서 버둥거리나 싶더니, 소라는 머리부터 털썩 떨어졌다.

―누, 누구냐!

눈알은 촉수 대부분을 잃고 알맹이를 고스란히 드러낸 채 천장까지 떠올랐다. 잘려나간 촉수가 산을 철철 흘리며 바닥을 지글지글 녹이고 있다.

새카만 장갑이 옆쪽 창틀을 꽉 붙잡았다. 뒤이어 그 손의 주인이 커다란 까마귀가 내려앉듯이 창문으로 뛰어들어왔다.

유리는 기절한 소라에게 달려가 그를 끌어안고 커다란 까마귀를 우러러보았다. 말 그대로 우러러봐야 했다. 그만큼 커다란 까마귀, 아니, 인간이었다. 하지만 겉모습은 괴상했다.

남자다. 노인이다―그렇게 생각한 것은 그의 머리카락 때문이다. 등 중간까지 오는 긴 머리카락. 목덜미에서 한 가닥으로 땋은 머리카락은 거의 새하얬다. 마치 머리 위로 재를 듬뿍 뒤집어쓴 것 같았다. 그의 전신을 감싼 칠흑의 망토도 재투성이다. 아니, 이건 먼지일까. 두툼한 옷깃으로 목을 보호하고 양 어깨에는 천을 덧대어놓았다. 여기저기가 너덜너덜한, 바닥을 쓸 만큼 긴 망토다.

망토 자락이 펄럭이는 동시에, 바닥이 두꺼운 부츠가 묵직한 금속음과 함께 학교 복도를 힘껏 내디뎠다. 아까 구멍이 뚫린 곳이 불안하게 삐걱거렸다. 남자는 성큼성큼 걸어 유리 일행 앞으로 나섰다. 바닥에서 꿈틀대는 촉수를 눈길 한번 주지 않고 사정없이 짓밟으며, 방해가 되는 것은 옆으로 걸어찼다.

검은 장갑이 재빨리 움직여 손 안에 돌아온 강철 부메랑을 망토 안에 집어넣었다. 다시 나타난 그 손은 검을 쥐고 있었다. 두 자루의 쌍수검. 자루는 은색이고 몸체는 유리처럼 투명하게 빛나며 반짝인다. 칼날의 길이는 유리의 팔꿈치부터 손끝까지보다 길다.

남자는 검을 얼굴 양옆으로 들어올리더니, 팔자八字의 반대 모양으로 벌리고 어깨를 약간 움츠렸다. 그리고 큰 눈알을 향해 말했다.

"이름을 밝힐 정도의 인물은 아니야."

낮고 차분한 목소리였다. 유리가 지금까지 들어본, 어떤 어른 남자 목소리와도 달랐다.

"너랑 똑같지. 심부름이나 하는 똘마니야."

놀리는 듯한 말투에 금색의 큰 눈알은 노골적으로 분노 어린 고함을 내질렀다. 동물의 우렁찬 울음소리와 반쯤 망가진 기계의 금속음을 합친 듯한 소리는 듣는 사람의 혼을 오그라들게 만들었다.

―왕의 사자를 우롱하느냐!

눈알 주제에 소리를 지를 수 있다는 것도 이번에는 납득이 갔다. 공중에서 한 바퀴 빙글 도는가 싶더니 순식간에 큰 눈알에서 무수히 많은 송곳니가 돋아 있는 거대한 입으로 변했으니까.

유리는 앞뒤 가리지 않고 비명을 질렀다.

추악한 큰 입이 덮쳐왔다. 남자의 양손이 춤추듯 우아하게 움직이자, 쌍수검의 칼끝이 공중을 갈랐다. 첫번째 공격에 튕겨나간 큰 입은 그 여세로 뒤집어졌고, 두번째 공격에 베여 다시 울부짖으며 벽에 부딪히더니 천장까지 튕겨올라갔다.

올려다보는 유리의 이마와 뺨에 자잘한 파편이 우수수 떨어졌다. 송곳니다. 얇게 깎여나간 송곳니가 떨어져내리는 것이다.

큰 입이 일단 다물어지고 전체가 부풀어오르는가 싶더니, 기관총을 쏘는 것처럼 송곳니를 뿜어내기 시작했다. 남자는 망토를 크게 펄럭이며 송곳니를 피한 다음 가볍게 발을 내딛으며 검을 한 번 찔러넣었다. 큰 입이 아슬아슬하게 피하더니 빙글빙글 공중제비를 돌며 다시 쩍 벌어졌다. 새빨간 혀가 튀어나와 남자의 오른쪽 손목에 휘감겼다. 남자는 지체 없이 왼손의 검으로 혀를 잘라냈다. 피가 확 튄다. 검은 피다.

백 명의 주정뱅이가 일제히 배 속의 것을 게우는 듯한 탁한 비명을 지르며, 송곳니와 살로 이루어진 덩어리가 빠르게 돌기 시작했다. 돌면서 천장, 벽, 복도, 창문에 부딪혔다가는 다시 튕겨나왔다. 괴물의 고약한 피 냄새가 난다. 주정뱅이 천 명쯤이 토하는 것 같은 냄새다. 송곳니와 살로 이루어진 덩어리는 선회하고 부딪치며 피를 흩뿌리더니 점점 작아져갔다.

—네 이노오옴!

다물어진 큰 입은 눈알로 돌아가 천장 한구석에 멈췄다. 힘주어 부릅뜬 금색자위가 핏빛으로 물들어 있다.

바로 그때. 망토를 걸친 남자가 유리 곁으로 훌쩍 몸을 날렸
다. 이로 손끝을 물어 오른쪽 검은 장갑을 벗더니, 커다란 손바
닥을 유리의 얼굴 앞으로 가져왔다. 피할 틈도 없이 남자의 손바
닥이 유리의 얼굴을 감쌌다.

그 손은 바로 떨어졌다. 남자는 다홍색으로 변한 큰 눈알을 향
해 손바닥을 높이 쳐들었다. 유리의 이마를 만진 손바닥을.

거기서 한 줄기 빛이 뿜어져나왔다. 직격을 당한 큰 눈알이 꽥
하고 비명을 지르더니 살충제를 맞은 파리처럼 복도에 툭 떨어
졌다. 떨어지는 순간, 눈알은 온몸에 송곳니가 돋은 추악한 고깃
덩이로 변해 남은 송곳니를 모두 발사했다.

전혀 움직이지 않던 남자는 좌우의 검과 망토를 흔들어 송곳
니를 남김없이 쳐낸 다음, 떨어진 큰 눈알에게 달려갔다. 가볍게
몸을 구부리고 일단 오른손의 검을, 이어서 왼손의 검을 연달아
고깃덩이에 박아넣었다. 이번에는 비명조차 나지 않았다. 피시
식, 하고 김이 빠지는 소리뿐이었다.

그리고 조용해졌다.

큰 눈알 괴물은 서서히 허물어져갔다. 풍화되는 느낌이었다.
새카만 먼지로 변하고, 변하자마자 사라져갔다. 괴물이 완전히
사라지자 남자의 검 두 자루가 브이자 모양으로 복도에 꽂혀 있
는 것이 보였다.

남자는 검을 뽑고 일어섰다.

남자가 뒤돌아보았다. 검은 망토 자락이 두둥실 부풀어오른다. 유리는 복도에 털썩 주저앉은 채 정신을 잃은 소라를 꼭 껴안고 있었다. 바로 뒤에는 미치루가 축 늘어져 있었다.

남자가 유리를 내려다보았다. 눈이 마주치자 유리는 목을 흠칫 움츠렸다.

정면에서 보자 뒷모습에서 받은 인상보다 젊다. 그래도 서른 대여섯, 아니, 마흔 살에 가까운 것 같다.

얼굴이 길고 코와 턱이 뾰족하다. 이야기에서 '깎아낸 듯한 턱'이라는 표현을 본 적은 몇 번 있지만 실물을 보기는 처음이다.

눈썹이 짙다. 하지만 반 이상은 백발이다. 눈동자는 검고, 눈꺼풀이 졸린 듯 처져 있다. 한쪽 귀에 은으로 된 피어스. 턱까지 닿는 쇠사슬 같은 디자인이다.

망토 아래도 온통 검은색이었다. 깃을 곧추세운 검은 셔츠. 그 위에는 조끼인지 재킷인지 검은 가죽을 몇 장이나 덧기운 걸 입고, 허리에는 굵은 벨트를 이중으로 매고 있다. 작업복처럼 보이기도 하는 검은 바지에는 타서 눌어붙은 듯한 구멍이 두세 군데. 자세히 보니 부츠에는 끈이 여러 가닥 달려 있어 다리에 단단히 휘감기도록 되어 있었다.

여전히 양손에 검을 늘어뜨리고 있던 남자는 유리의 시선이 그쪽에 고정되자 그제야 알아차린 듯 검을 빙그르르 돌려 벨트에 찬 칼집에 집어넣었다.

유리는 휴우, 하고 숨을 내쉬었다.

뭔가가 등을 기어올라왔다. 남아 있던 괴물의 송곳니인가 싶어 펄쩍 뛰어오를 뻔했다. 아쥬였다.

"유, 유, 유리, 괜찮아?"

바닥에 내팽개쳐져 납작해진 듯 보였던 아쥬도 그럭저럭 무사한 것 같다.

"아아, 다행이다……"

아쥬의 말이 도중에 끊겼다. 눈앞의 새카만 남자를 보았기 때문이다.

"이 녀석은 누구지?"

그러자 남자가 한쪽 볼의 긴장을 풀며 웃었다. 갈색으로 탄, 무두질한 가죽 같은 피부다.

"공교롭게도 아직 이름을 말하지 않았군."

남자는 두꺼운 신발 바닥을 들어올리며 한 발, 두 발 다가왔다. 그럴 생각은 없었는데 웬일인지 유리는 꽁무니를 사리고 말았다. 그래도 남자의 얼굴에서 눈을 뗄 수 없었다.

남자는 한쪽 무릎을 구부려 유리 앞에 꿇어앉더니 오른손 집게손가락으로 유리의 이마를 가리켰다.

"이건, 아까 내가 한 것처럼 사용하도록 해."

인에 대한 이야기다.

"아직 사용법을 모르는 걸 보니 넌 정말 신출내기로구나."

'인을 받은 자'여—하고 남자는 다시 한쪽 볼로 웃었다.

"다치지는 않았어?"

뜻밖에도 다정한 말투였다.

"예."

아마도. 소라는 괜찮을까.

"그 무명승이랑 이 쥐."

남자는 아쥬를 보고 얼굴을 찌푸렸다.

"넌 사전이지? 이왕 변신할 거면 좀더 그럴듯한 걸로 변신하지 그랬냐."

아쥬가 수염을 부들부들 떨었다. "무례하군! 유리가 만들어준 모습이라고!"

"과연. 여자아이다운 취향이야."

이런, 이런. 남자는 가볍게 한숨을 쉬고, 여자아이란 말이지, 하고 중얼거렸다.

그 말투에 유리는 반사적으로 불끈 화가 났다. 어쩐지 귀찮아하는 느낌이 들었기 때문이다.

"여자아이이면 안 되나요?"

남자는 간단히 화제를 돌렸다. "네 시종, 이제 슬슬 깨우는 편이 좋겠어."

순간 유리는 쩔쩔맸다. 자신이 생각해도 한심하다. "어, 어떻게요?"

남자는 장갑을 벗은 오른손을 이마에 갖다대 보였다. 유리가 멍하니 있자, 다시 짧게 한숨을 쉬더니 유리의 오른손을 잡고 손바닥을 이마에 갖다댔다.

"아까랑 똑같아. 봐, 이렇게 하면 인의 힘이 손바닥에 깃들지."

진짜다. 손바닥에 인의 문양과 같은 빛의 원이 희미하게 나타났다.

"그걸 시종의 이마에다 갖다대봐."

말한 대로 하자, 소라가 나지막이 신음소리를 내며 두 눈을 번쩍 뜨는가 싶더니, 갑자기 벌떡 일어나는 바람에 하마터면 유리와 머리를 부딪칠 뻔했다.

"유리 님! 유리 님! 무사하십니까?"

소라에게는 미안하지만, 깜짝상자에서 튀어나오는 인형처럼 야단스러웠기에 유리는 무심결에 웃고 말았다.

"괜찮아, 소라."

이어서 유리가 쓰러진 미치루를 안아 일으켜 이마의 인을 대려고 하자, 검은색으로 뒤덮인 남자가 손목을 잡았다.

"이 여자아이는 시종이 아니지?"

"아, 예."

"그럼, 좀더 자도록 놔둬. 내밀한 이야기가 정리될 때까지."

책의 기척이 나는데 — 하고 남자는 도서실 문에 눈길을 주었다. "도서실인가?"

"맞아요."

"마침 잘됐군. 장소를 좀 빌리자고."

유리가 대답도 하기 전에 남자는 품안으로 미치루를 잡아당겨 가볍게 안아올렸다. 유리도 서둘러 일어나 문을 열었다.

검은 옷의 남자는 대출 카운터 위에 미치루의 몸을 눕혔다.

"누가 올지도 모르는데……"

"걱정 없어. 그 괴물이 나타났을 때 생긴 결계를 아직 풀지 않았으니까, 이 영역의 사람에게는 아무것도 보이지 않고 들리지도 않아."

그러고 보니 복도에서 그렇게 큰 소동을 벌였는데도 아무도 오지 않았다.

검은 옷의 남자가 도서실 안쪽으로 성큼성큼 들어갔다. 그러자 서가의 책들이 요란스레 떠들어대기 시작했다. "'늑대'다!" "'늑대'가 왔다!"

남자는 신경 쓰는 기색도 없이 가까이에 있는 의자 등받이를 잡고 유리 쪽으로 획 옮겨왔다.

"자, 앉지그래, 올 캐스터."

유리는 우두커니 서 있었다.

"당신, '늑대'예요?"

검은 옷의 남자는 한 손을 허리에 얹더니 가볍게 고개를 숙였다.

"올 캐스터 님, 올 캐스터 님."

도서실에 있는 책들의 리더 격인 목소리가 부들부들 떨듯이 속삭였다. 어딘가 흥분한 듯하다.

"그는 분명 '늑대' 중 하나. '재의 남자'라 불리는 자입니다."

검은 옷의 남자는 미소를 짓더니 서가를 빙 둘러보며 말을 걸었다. "너희들, 아기들뿐인 것 같은데 잘 알고 있구나."

"어리다 해도 지식은 있습니다." 책이 대답한다.

"그랬나? 책의 네트워크는 편리하구만."

"아쥬는 몰랐어?"

유리는 작은 목소리로 어깨 위의 아쥬에게 물었다. 하지만 아쥬보다 먼저 검은 옷의 남자가 대답했다.

"사람과 교류하지 않으면 책도 세상 물정에 어두워지는 법이지. 네게 붙어다니는 그 사전은 오랫동안 어딘가에 처박혀 있었을 테지."

아쥬가 다시 "무례한 소리!" 하고 화를 냈다. 하지만 그 목소리는 아주 작았다.

"게다가 상당히 옅어지기는 했지만, 그 녀석한테는 '황인'이 찍혀 있군."

놀랐다. 한 번 보았을 뿐인데 이 사람은 알아차렸구나.

"황의를 입은 왕의 기운을 쐬면 대부분의 책은 자아를 잃고 말아. 자신이 뭔지 잊어버리는 거야. 그 녀석의 지혜와 지식이 불충분한 건 오히려 그 때문인지도 모르지."

아쥬는 이번에는 반론조차 하지 않는다. 유리의 목덜미에 달라붙어서 조그맣게 몸을 말았다.

"뭐, 차차 기억날 테니까 그렇게 기죽지 마."

위로하는 것이 아니었다. 척척 설명하고 있을 뿐이다. 유리는 손끝으로 아쥬를 살짝 건드리며 어루만져주었다.

머리에서 발끝까지 시커먼 남자 — '재의 남자'는 의자에 걸터앉듯이 자리를 잡았다. 유리는 여전히 의자 옆에 서 있었다. 비틀대며 뒤를 따라온 소라가 의자 등받이에 손을 댔다가 당황해서 뗐다.

"괜찮아, 소라. 좀 쉬어."

자세히 보자, 아직 어지러운지 소라의 눈동자는 살짝 흔들리고 있었다. 유리는 그의 손을 잡아당기고 어깨를 눌러 억지로 의자에 앉혔다.

"웃지 마요." 유리는 재빨리 '재의 남자'에게 말했다. "우리는 당신이 말하는 대로 완전히 신출내기예요."

'재의 남자'는 웃지 않았다.

"어떤 올 캐스터라도 처음에는 모두 그런 법이지. 신경 안 써도 돼."

겉보기는 무섭지만 심술궂은 사람은 아닌 모양이다. 긴장으로 딱딱하게 굳어 있던 유리의 몸이 그제야 겨우 풀렸다.

"위험에서 구해주셔서 고맙습니다."

"천만에."

"어떻게 여기 왔어요? 우리가 여기 있는 줄 어떻게 알았죠?"

"'늑대'는 냄새를 잘 맡아, 올 캐스터. 그렇지 않으면 임무를 완수할 수 없거든."

유리는 남자를 가만히 쳐다보았다. 그러자 반쯤 감고 있던 남자의 눈매가 부드러워졌다.

"좀더 자세한 설명이 필요해?"

"예."

이번에는 배 속에서부터 깊이 한숨을 내쉬더니, '재의 남자'는 다른 곳으로 잠시 시선을 돌렸다가 유리에게 눈길을 되돌렸다.

"난 『엘름의 서』가 이 영역에 나타났을 때부터 추적하고 있었어."

유리는 입을 꼭 다물고 고개를 끄덕였다.

"하지만 그릇이 채워지기 전에 그것을 찾아내 사냥하지 못했지. 때를 맞추지 못한 거야."

그리고 뜻밖의 일이 일어났다. '재의 남자'가 이렇게 말한 것이다.

"그래서 희생자가 났어. 미안하다."

아쥬가 위로하듯 목덜미를 간질였다.

"그릇이…… 최후의 그릇이 된 건 제 오빠예요."

"오빠?" 좀 놀란 것 같았다. "부모님일 줄 알았는데."

"어째서요?"

"인을 받을 수 있는 건 그릇이 된 희생자의 육친뿐. 그것도 어린아이에 한정되거든, 올 캐스터."

"제 이름은 유리예요." 유리는 한껏 씩씩한 목소리로 말했다. "제가 정말로 그럴듯한 올 캐스터가 될 때까지 그렇게 부르지는 말아주세요. 실은 님을 붙여주는 것도 줄곧 부끄러웠어요. 그러니 유리라고 하세요."

주위의 책들이 다시 웅성거리기 시작하자 유리는 그들을 향해 미안하다는 말을 덧붙였다.

막상 위기를 벗어나자, 유리는 창피함 때문에 다시금 몸과 마음이 빨갛게 달아오르는 것 같았다. 괴물에게 습격당해 모두가 위험에 처했는데 난 아무것도 하지 못했어. 깜짝 놀라서 허둥대기만 했어.

신경 쓰지 말라고 해도 신경이 쓰이는걸.

"알았어."

유리를 쳐다보며 '재의 남자'는 짧게 대답했다.

"당신 이름을 가르쳐주세요. '재의 남자'는 별명이죠?"

"그냥 좋을 대로 부르면 되는데……"

바로 아쥬가 끼어들었다. "재 뒤집어쓴 남자."

"더 번거롭잖아." 유리는 웃었다. "그 별명은 머리카락이 하얀 재를 뒤집어쓴 것처럼 보이는 데서 유래한 거죠?"

'재의 남자'는 땋은 머리카락을 한 번 흔들었다. "네 말대로야."

유리는 잠깐 생각하다 말했다. "그럼 애시ash."

영어로 '재'라는 뜻이다. 좋아하는 만화책의 등장인물 이름이기도 해서 알고 있다. '재의 남자'는 외국인 같아 보이니까 딱이다.

아쥬가 샐쭉해진다. "내 이름과 비슷해*. 싫단 말이야."

"참아. 착각 안 할 거니까 걱정 마. 그리고 이쪽은 제 시종인 소라예요."

소라는 아픈 듯이 이마에 손을 대고 있었다. 인사하려고 서둘러 일어서는 것을 애시가 턱 끝으로 무뚝뚝하게 막았다.

"무명승은 나도 알아. 설명은 필요 없어. 그보다, 지금까지의 경위를 들려줘. 네 오빠에 대해 뭔가 알아냈어?"

유리는 할 수 있는 한 조리 있게 설명했다. 이번에는 아쥬도 앵돌아져서 말허리를 자르지 않고, 정확한 말을 덧붙이며 도와주었다.

---

* 애시의 일본어 발음은 '앗슈'이다.

이야기를 듣는 내내 애시는 졸린 듯 눈을 반쯤 감은 상태였다. 뭘 생각하는지 알 수 없는 그 표정이 불안해서 유리는 몇 번인가 이야기의 흐름을 놓쳤다. 그럴 때도 아쥬가 도와주었다.

이 도서실에서 미치루와 만난 데까지 이야기를 끝내자, 음악 시험에서 리코더나 멜로디언으로 한 곡 연주하고 선생님의 채점을 기다리는 듯한 기분이 들었다.

애시는 기다란 손가락을 자신의 턱 끝에 갖다대더니, 나른한 듯이 눈을 뜨고 유리를 보았다.

"저 미치루라는 여자아이에게는 희망을 주지 않는 편이 좋아. 반드시 히로키를 찾아서 돌아오겠다느니 하면서 경솔하게 나서지 마."

그 말은 유리의 비위를 거슬렀다. "데리고 돌아올 수 없다는 말인가요?"

"적어도 미치루가 바라는 형태의 재회는 불가능해. 히로키는 이미 그릇이 돼버렸으니까."

이 말은 모리사키 히로키가 별탈 없이 현실생활로 되돌아올 수는 없다는 선언이다. 유리는 목구멍에 차오른 차가운 것을 꾹 눌러 되삼킨 후에 물었다. "그럼, 오빠를 찾아내기도 불가능한가요?"

"그건 모르겠어. 너 하기 나름이지."

"어떻게 그렇게 딱 잘라 말할 수 있어요?"

"경험이 있으니까."

그리고 애시는 갑자기 소라에게 얼굴을 돌렸다.

"거기 너."

싸늘하게 비난하는 듯한 말투였다. 날카로운 시선에 소라의 몸이 뻣뻣해졌다.

"넌 왜 시종이 되어 올 캐스터를 따라왔지?"

유리는 애시와 소라 사이에 끼어들었다. 왠지 모르지만 소라를 감싸주고 싶다고 순간 생각했다.

"있죠, 이번 파옥에서 『공허의 서』가 망가졌어요. 그래서 —"

유리는 만서전의 대가람에서 생긴 일과 대승정이 한 말, 그것들을 근거로 정리한 자신의 생각을 뒤섞어 급히 설명했다. 애시는 눈도 깜박이지 않은 채, 그 말을 듣는다기보다는 유리가 말하고 싶은 만큼 그냥 놔두겠다는 듯 가만히 있다가, 설명이 일단락되자 다시 한번 소라에게 말했다.

"너한테 묻는 거야. 너 자신은 어떻게 생각하는지 묻는 거라고."

유리는 소라에게 들키지 않도록 눈동자만 움직여 그를 보았다. 소라는 난처해 보였지만 곧 머뭇머뭇 말을 꺼냈다.

"저는 무명승의 몸이지만 유리 님이 오시기를 애타게 기다리고 있었습니다. 바깥세계로 나가고 싶었습니다. 유리 님을 수행하고 싶었습니다. 그래서 더러워진 자로서 이름 없는 땅에서 추방당해……"

애시는 성가시다는 듯이 더듬더듬 흘러나오는 말을 막았다.
"이제 됐어. 알았다."

유리는 화가 치밀어올랐다. 뭐야, 그 태도는.

"당신이 물으니까 대답한 거잖아요! 실례 아니에요?"

"무명승한테 실례고 뭐고가 어디 있어."

이 녀석은 '무無'다―그렇게 말하며 애시는 소라에게 손가락
을 들이댔다.

"'무' 이외의 아무것도 아니야. 이 녀석이 뭘 느끼고 뭘 생각
하건 전부 단순한 착각에 지나지 않아."

"그럼 왜 그렇게 끈질기게 물어요?"

"착각의 내용을 알고 싶었으니까."

흥, 하고 코웃음을 치며 깔보는 듯한 표정을 짓는다.

"그다지 별다른 이야기도 아니군. 그러니 이제 됐어."

유리는 제대로 열을 받았다. 앞서 한 말은 철회다. 이 사람은
겉보기가 무서울 뿐만 아니라 교만하고 무례하고 심술궂다.

"소라는 제 시종이에요! 확실하게 경의를 표해주세요!"

"경의?" 애시는 반쯤 감은 눈을 뜨더니 목을 쑥 내밀다시피
하며 유리를 말끄러미 쳐다보았다.

"이거 원, 별 소리를 다 듣는군. 경의라."

한심하게도 유리는 기가 꺾였다. "하, 하지만 전 올 캐스터인

걸요."

"올 캐스터가 뭐라도 되나? 현자와 무명승들에게 그렇게 배웠어?"

애시는 뾰족한 코를 도서실 천장으로 향하며 웃었다.

"신출내기 주제에 으스대기는 수준급이구만. 올 캐스터가 뭣 때문에 존재하는지도 모르는 주제에."

유리는 방금 전 눈알 괴물이 험담하던 것을 떠올렸다. 애송이가—그 녀석도 그렇게 비웃었다.

"으스댈 생각은 없어요."

애써 자신을 억누르며 유리는 말했다.

"다만, 소라를 '무'라고 하지 말아줬으면 할 뿐이에요."

애시는 바로 되물었다. "왜지?"

"소라는 여기 있는걸요. '무'가 아니에요."

유리 님, 하고 소라가 유리의 팔을 건드렸다. "괜찮습니다. 저는 본디 '무'여야 하니까요."

"그렇게 약한 모습 보이지 마!"

금세 소라가 몸을 움츠린다. 애시는 막대기처럼 가늘고 긴 다리를 꼬며 고쳐 앉더니 한탄하듯 머리를 흔들었다.

"금방 시끄럽게 떠든다니까. 이래서 여자애는 손이 많이 간다는 거야."

"자꾸 여자 여자 하지 말라고요!"

"솜씨부터 키우고 나서 말을 늘어놓든가 해."

애시는 백발이 섞인 눈썹을 치켜올리더니 말했다. "그렇게 두 사람과 한 마리가 찰싹 붙어 있으니, 완전히 어린애가 심부름 가는 꼴이군."

유리는 저도 모르게 소라에게서 좀 떨어졌다.

"약한 모습 운운하지만, 사실 네가 제일 겁먹은 거지, 올 캐스터? '영웅'의 추적을 그만두고 냉큼 집에 돌아가고 싶어진 것 아냐? 그렇다면,"

놀리듯 말하는가 싶더니 이번에는 유리의 이마에 손가락을 들이댔다.

"지금 당장 그 인을 새겨준 현자한테 가서 지워달라고 해. 그럼 넌 만사 끝이야."

분했지만 유리는 잔뜩 기가 죽었다.

"그, 그러면 당신도 곤란하면서."

"곤란하긴. 곤란할 것 하나도 없어. 좀더 수고를 해야 할 뿐이지. 다른 올 캐스터를 찾으면 되니까."

유리는 느닷없이 두들겨 맞은 것처럼 놀랐다. "다, 다른 올 캐스터?"

"있어. 너, '테두리' 안에 너 같은 사람이 혼자뿐이라고 우쭐했냐? 당치도 않아. 이론상으로는 그릇의 수만큼 올 캐스터가 있다 해도 이상하지 않아."

희생자의 수만큼. 아니, 희생자의 육친이라면 희생자의 수보다 많을지도 모른다.

"그렇다면 '늑대'를 갈아치우는 방법도 있지." 아쥬가 작은 이빨을 드러내며 말했다.

"'늑대'도 많으니까 말이야. 더 친절하고 다정하며 올 캐스터에게 경의를 품은 '늑대'를 찾는 거야."

애시는 태연한 모습이다.

"그것도 이론상으로는 맞는 말이지. 하지만 너희들에게는 좋은 수가 아니야. 왜냐하면 말이지."

그는 뼈가 불거진 커다란 손을 자기 가슴에 댔다.

"난 『엘름의 서』를 잘 알거든. 난 내 머리카락이 몇 개인지는 몰라. 눈썹의 수도 모르지. 하지만 그 사본에 대해서는 잘 알아. 뭐가 적혀 있는지 구석구석까지 알고 있지. 책 전체가 몇 자, 몇 행으로 이루어졌는지도 알고, 어느 장章에 어떤 말이 몇 번 나오는지도 알아. 제일 많이 나오는 이름도 알아. 한 번밖에 씌어 있지 않은 단어가 뭔지도 안다고. 그게 금기의 사본만 아니라면 이 자리에서 줄줄 욀 수 있을 정도야. 실제로도 잠꼬대를 하면서 몇 번이나 외운 것 같아. 곁에서 듣는 사람이 없어서 다행이지. 그러니 너희들은 나랑 짝이 되는 게 좋아. 그러지 않으면 길을 빙 돌아서 가는 사이에……"

갑작스런 장광설이 거기서 딱 끊겼다. 애시의 입이 발을 헛디

디듯이 허공을 씹었다.

그리고 눈을 내리깔고는, 미치루가 누워 있는 쪽으로 가볍게 머리를 틀었다.

"너희가 시간을 낭비하는 동안 저런 슬픔은 늘어가지. 하나, 또 하나, 작은 세상의 끝이 늘어가."

싸움은 싫지? 하고 갑자기 애시는 처음의 온화한 말투로 돌아가 유리에게 물었다.

유리의 귓속에 '싸움'이라는 말보다는 훨씬 절실하게 울려퍼지는 단어가 있었다. '작은 세상'의 끝. 그 말대로다. 지금 미치루가 직면해 있는 것은 세계의 종말이다.

사람은 저마다 자신이 살아갈 세계를 가지고 있다. 미치루의 세계에는 그녀를 도와주고 격려해준 모리사키 히로키가 있었다. 하지만 그는 사라져버렸다. 미치루의 세계는 점점 붕괴되고 있다.

"당신은."

소라가 조용한 목소리로 끼어들었다. 애시를 보고 있다.

"지금까지 그러한 슬픔을 많이 봐오셨군요."

애시는 대답하지 않았다. 소라의 눈길조차 무시하고 있다. 그 따위는 거기 존재하지 않는 것처럼.

즉—하고 애시는 의자 등받이를 가볍게 두드렸다.

"좋고 싫고를 떠나서 우리는 함께 행동할 수밖에 없다는 거지."

"난 싫어." 아쥬는 정색을 하고 대들었다.

"유리, 다른 녀석을 찾아보자. 『엘름의 서』를 잘 아는 사람이 이 녀석 말고도 있을 거야."

유리의 마음 깊은 곳에서 다시 방금 전의 소리가 울려퍼졌다. 작은 세상이 부서져 무수히 많은 슬픔의 파편으로 변하는 소리.

"'늑대'에게는 올 캐스터가 필요해."

애시는 아쥬를 무시하고 유리에게 말했다.

"황의를 입은 왕을 쓰러뜨리려면 네 이마의 인이 필요해. '늑대'의 힘만으로는 녀석을 쫓아버릴 수는 있어도, 굴복시켜서 『공허의 서』 속으로 되돌려보낼 수는 없어."

공동작전이지, 하고 웃는다.

"한 배를 탄 몸이라고 할까. 네가 황의를 입은 왕에게 지면 그때는 나 역시 말짱 도루묵이야."

유리는 얼굴을 들었다. "여자아이라도 괜찮아요?"

"극적 타결."

유리는 웃었다. 거짓말이다. '재의 남자'는 유리에게 의지하지 않는다. 이마의 인이 필요할 뿐이다. 유리는 인의 운반자에 지나지 않는다.

하지만 됐다. 유리의 가슴속에서 무언가가 부글부글 끓어올랐다.

"알았어요. 하지만 언젠가 당신이, 여자아이 올 캐스터도 나쁘지 않았다고 진심으로 말하게 해줄게요."

애시도 짧게 소리를 내어 웃었다. "오기가 있군. 좋아, 좋아."

나가자. 애시가 획 일어선다.

"나가자니, 어디로요? 목적지가 있어요?"

"있고말고. 난 『엘름의 서』를 잘 알고 있다고 했지?"

갈 곳은 내 '영역'이야, 라고 그는 대답한다.

"원래 『엘름의 서』도 거기서 왔어. 그러니 내 전문이지."

"외국이군요. 어느 나라예요? 유럽인가?"

유리의 말에 도서실 출구를 향해 걸어나가던 애시는 발이 걸려 넘어질 뻔했다.

"이봐, 넌 아직 '테두리'와 '영역'의 차이도 확실히 모르는 거야?"

"그게……"

애시는 과장된 몸짓으로 하늘을 올려다보았다.

"그러니까, '테두리'란 즉 전부를 말하는 거야. 네가 이해하는 범위에서 말하자면, 우주 끝까지 전부가 '테두리'지."

"알아요."

"영역은 그 안쪽에 존재하는 세계야. 몇 개씩이나 되지. 무수히 많아. 그러니까 네가 지금까지 살아온 현실세계도 하나의 영역이야. 유럽은 거기에 속한 지역의 일부지? 어디까지나 네 영역 안쪽에 있는 장소에 지나지 않아."

애시의 영역과는 다르다고 한다.

"그럼, 당신의 영역은 어떤 곳이에요?"

"헤이틀랜드."

바로 대답이 돌아왔지만 무슨 소린지 알 수 없었다.

"정확하게는 『헤이틀랜드 연대기』가 내 영역이야."

조언이 필요해진 유리는 아쥬의 작고 반질거리는 몸을 만졌다. 쥐꼬리가 붕 흔들렸다.

"이거 놀랍구만." 아쥬가 쨍쨍 울리는 목소리로 말했다.

"유리, 이 녀석은 그 제목이 붙은 책 속의 등장인물이야. 살아 있는 인간이 아니라고. 만들어진 이야기 속의 존재야!"

유리의 눈이 휘둥그레졌다. 현자가 영역에 대해 설명할 때, 이야기가 영역을 만든다는 말을 하지 않았던가. 즉, 한 권의 책은 하나의 영역이라고.

"그 말대로 난 이른바 '가공의 인물'이지. 『헤이틀랜드 연대기』라는 이야기를 쓴 '자아내는 자'가 날 창조했어."

엉겁결에 유리는 애시에게 손가락질을 했다.

"하지만 지금, 여기에 이렇게 실제로 존재하면서 돌아다니잖아요!"

"돌아다니면 안 되냐? 네게 인을 준 현자가 그럴 수도 있다고 안 가르쳐줬어?"

"'자아내는 자'란 이야기의 작가입니다." 소라가 중얼거렸다.

"나를 창조한 '자아내는 자'는 오래전에 인간의 수명이 다해 죽었어. 하지만 나는 **살아 있지.** 불사의 몸이야. 누군가가 『헤이틀랜드 연대기』의 뒷이야기를 써서 나를 죽이지 않는 한. 혹은 황의를 입은 왕에게 먹히지 않는 한 말이지."

말이 나온 김에 말해두겠는데—하고 한숨을 쉰다.

"'늑대'의 절반 정도는 나와 마찬가지야. 수적으로는 살아 있는 인간 '늑대'와 우열을 가리기 힘들어. 반대로 말하면, 그만큼 살아 있는 인간 '늑대'들이 잘해나가고 있다는 말이기도 하지. 그 녀석들에게도 대부분의 '자아내는 자'와 마찬가지로 수명이라는 한계가 있으니까."

하지만 창작물인 '늑대'들은 사실상 불사의 존재다.

"대부분의 '자아내는 자'" 하고 유리는 되뇌었다. "그 말은, 누군가 살아 있는 인간이 만들어낸 '자아내는 자'도 있다는 거죠?"

"있고말고. 이제야 재깍재깍 알아듣는구나."

작가가, 작가가 직접 등장하는 이야기를 쓰는 경우도 있기 때문이다.

"하지만 창작하는 사람들은 마지막 페이지에서 이야기를 결말짓어요. 거기서 그 이야기는 끝난다고요. 그렇다면 그 속의 등장인물들이 멋대로 움직여서 당신 같은 '늑대'가 되거나, '자아내는 자'로 이야기 속의 이야기를 계속 쓸 수 있을 리 없잖아요."

말하면서도 말이 뒤죽박죽인 것 같다.

"왜 그럴 리 없다고 단정하지?"

뒤돌아선 애시는 유리를 정면에서 내려다보았다.

"그래, 자아내는 자들은 쓰고 싶은 만큼 이야기를 쓰면 펜을 내려놓지. 하지만 그들이 만들어낸 영역은 거기 있어. 계속 존재한다고. 그 안의 생명체들은 비록 창작물이라고는 하나 계속 살아가."

그래서—라고 말한 후 애시는 잠깐 숨을 가다듬었다. 눈빛이 날카로워졌다.

"그래서 이야기를 자아내는 작업은 무서운 거야. 세계를 만들고, 나라를 만들고, 역사를 만들고, 생명을 만들지. 태어난 이야기는 작자인 '자아내는 자'가 없어져도 사라지지 않아. 언젠가 '이름 없는 땅'으로 회수되기 전까지는."

그리고 가볍게 고개를 갸웃했다. "아아, 내가 아까 말을 잘못했군. 창작물도 불사는 아니야. '이름 없는 땅'에 소환되거나 회수되면 영역이 통째로 죽게 되니까."

애시가 유리, 하고 불렀다.

"앞으로는 내가 좋다고 할 때까지는."

"할 때까지는?"

"하지만이나 왜, 라고 묻지 마. 질문하지 마. 번거로워서 못

견디겠어."

유리는 풀이 죽어 승낙했다.

"저 괴물의 결계를 풀 거야. 미치루를 깨워줘."

미치루에게는 유리 혼자서 이야기해야 했다. 소라가 따라가려고 하자 애시가 그를 난폭하게 제지했다.

"여자애들끼리 이야기하게 놔둬."

막 약속한 참이기에 유리도 '왜'라고 묻지 않았다. 어쨌거나 미치루에게는 소라의 모습이 보이지 않으니까 상관없지 않느냐고 생각했지만, 말대꾸하지 않고 참았다.

애시가 못을 박았지만, 역시 유리는 "이제 모리사키는 안 돌아와"라고 말할 수 없었다. 언제 돌아올지는 모르지만 그러니까 더더욱 건강하게 지내야 한다, 목숨을 허투루 하면 안 된다고 말할 수밖에 없었다.

"오늘은 이만 집에 돌아가는 편이 좋겠어. 푹 쉬어."

미치루는 멍한 상태였다. 현실세계의 인간에게 인을 대면 의식을 되찾게 하거나 상처를 치료할 수는 있지만, 그전의 기억이 사라진다—아까 애시에게 그렇게 배웠다. 그의 말에 거짓은 없었다. 미치루는 정신을 차리고 나서 처음 한동안은 유리를 잘 기억해내지 못하는 것 같았다.

"내일부터는 가능한 한 학교에 나오도록 해. 지금 반의 친구들과 선생님은 미치루가 다시 괴롭힘을 당하게 되면 못 본 척하지 않고 도와주겠지?"

"예……."

"그럼 힘내. 미치루가 그러고 있으면 모리사키가 슬퍼할 거야."

멍한 상태로 미치루는 고개를 끄덕였다. 유리는 그녀가 교정 가장자리를 터벅터벅 걸어 교문을 빠져나가는 모습을 도서실 창문으로 바라보았다.

애시가 결계를 푼 뒤, 쉬는 시간이 되자 복도에는 다시 학생들이 넘쳐났다. 유리 일행은 누구에게도 들키거나 존재를 의심받는 일 없이 그 속을 빠져나와 교정 한가운데까지 걸었다. 애시가 그렇게 하고 싶어한 것이다.

"이게 히로키 주위에 있던 인간들인가."

애시는 반쯤 감은 눈을 더욱 가늘게 뜨고 학교 건물을 돌아보았다. 창문으로 얼굴을 내밀며 밝은 목소리를 내는 학생들을 바라보았다. 반소매 와이셔츠 차림의 선생님 하나가 학교 건물에서 나와 체육관 쪽으로 걸어간다. 손에 든 출석부를 쳐들어 눈부신 햇살을 가리면서.

"한가롭구만." 아쥬가 약간 짜증나는 듯 말했다. "나 성질나."

히로키에게 일어난 일을 생각하면 말이지—하고 분홍색 콧등을 편다.

"이 녀석들은 아무것도 모르잖아. 아는 녀석들은 책임도 지지 않고 벌도 받지 않고서 시치미를 딱 떼고 있고."

애시는 말이 없었다. 소라는 또다시 넋을 잃고 머리 위의 푸른 하늘을 바라보고 있었다.

와아, 하는 환성이 들려왔다. 학교 건물 이층, 중간쯤의 창문이다. 남학생 몇 명이 창가에서 요란스레 웃음을 터뜨리고 있었다. 그러다 그중 하나가 창문에서 몸을 쑥 내밀면서 팔을 공중으로 뻗었다. 손에 든 것은 아무래도 공책 같았다.

"야, 가지러 와. 가지러 오라고!"

공책을 공중에서 펄럭펄럭 흔들면서 교실 안에 있는 누군가를 부르고 있다. 아니, 놀리는 것이 분명하다. 주위에서 웃고 있는 아이들은 친구이리라. 버려, 버려, 하고 되풀이해 부추기는 소리도 들린다.

문제의 창문 바로 아래에는 작고 야트막한 연못이 있다. 공책을 거기 버리라는 의미이리라. 돌려줘, 하는 가느다란 목소리를 유리의 귀가 알아차렸다.

"유리 님."

소라가 곁으로 다가왔다. 불안한 듯 눈을 깜박이고 있다.

"아쥬의 말대로야. 나도 화가 나."

마구 떠들어대는 저 남학생들이 모리사키 히로키와 관계가 있었는지 없었는지는 알 수 없다. 하지만 절대 기분 좋은 광경은 아니다.

방금 전에 지나간 선생님이 체육관 쪽에서 돌아왔다. 머리 위에서 학생들이 야단법석을 떨고 있는데 올려다보려고도 하지 않는다. 잠자코 걸어서 학교 건물 안으로 사라진다. 이층의 남학생들도 선생님의 존재 따위는 전혀 신경 쓰지 않는다.

빼앗긴 공책의 주인인 듯한 남학생의 상반신이 창가에 잠시 나타났다. 두려움에 질린 하얀 얼굴이다. 공책을 되찾으려던 그의 모습이 세차게 떠밀려서 사라졌다. 넘어졌으리라.

"모두 잠깐 기다리고 있어."

유리는 교정 끄트머리에 있는 나무숲으로 달려갔다. 지금은 잘 알아볼 수 없지만 벚나무 가로수다. 상당히 큰 나무들이 줄지어 있어 유리의 모습을 잘 가려주었다.

유리는 거기에서 변신했다. 경찰서 접수처에서 만난 '가시무라'라는 여자 경찰의 모습을 빌렸다. 정복의 디자인뿐만 아니라 둥근 눈과 처진 눈썹도 기억하고 있었다. 다만 가슴의 명찰만은 정확하게 재현하지 않았다. 혹시라도 폐를 끼치면 안 되기 때문이다.

가시무라 경관은 어머니 같은 인상의, 다정해 보이는 사람이었다. 실은 척 보기에도 더 무서운 사람으로 변신하고 싶었다. 하지만 지금 이 자리에서 필요한 것은 '정복'이다. 평소 때 순찰하는 순경 아저씨의 복장을 좀더 잘 관찰해둘걸.

유리는 벚나무 가로수 그늘에서 나와 망설임 없이 성큼성큼 걸어 교정 한가운데로 돌아갔다. 거기서 고개를 쳐든 후 허리에 손을 대고 창문을 올려다보았다. 방금 전 남학생들의 야단법석은 아직 계속되고 있을 뿐만 아니라, 당치 않게도 공책 주인인 남학생은 창문 난간 위로 밀려올라가 있었다. 몸이 반쯤 공중에 떠 있다. 공포로 얼굴이 창백해진 그가 온 힘을 다해 자세를 바로잡으려 하는 것을, 몇 개나 되는 팔이 뒤에서 밀고 때리며 방해했다. 부추기는 목소리는 한층 떠들썩하다.

당장이라도 떠밀려나갈 듯하면서도 필사적으로 난간에 달라붙어 있는 남학생의 어깨 뒤편에서 낄낄 웃는 얼굴 하나가 나타났다. 아까 공책을 들고 있던 남학생이다. 난간에 엎혀 있는 남학생의 교복을 잡아당기며 잔인하게도 손가락을 떼어내려 한다.

"날아봐! 야, 날라니까! 여기, 누가 다리 좀 잡아!"

유리는 가슴 가득 숨을 들이켠 후 성난 목소리를 내질렀다.
"그만둬!"

이층 창가의 움직임이 멈췄다. 몇 쌍의 눈이 유리를—교정 한가운데 선 여자 경찰의 모습을 알아보았다. 뭐야, 하고 창가로 다가오는 새로운 얼굴도 두셋.

"어, 뭐야?"

경찰이잖아. 누구의 목소리인지는 모른다. 실로 경박하고 사람을 바보 취급 하는 목소리로 들렸다. 그 순간 유리의 분노는 참을성의 한계를 넘었다.

여자 경찰의 모습인 채로 이마의 인을 손바닥으로 만졌다. 그 손바닥을 분노의 근원을 향해 크게 옆으로 후려치듯 내밀었다. 난간에 엎힌 한 사람을 제외하고 남은 남학생들이 창가에서 날아갔다. 잠시 후에 문제의 교실 안에서 책상과 의자가 부딪혀 쓰러지는 요란한 소리와 여학생들의 새된 비명 소리가 들려왔다.

"선생님, 선생니임~!"

울음 섞인 목소리가 들렸다. 이럴 때만 선생님을 부르나. 유리는 계속 공중에 내밀고 있던 손바닥을 움직여 주먹을 쥐었다. 난간에 달라붙어 있던 남학생이 입을 딱 벌리고 유리를 보고 있었다.

유리는 변신을 풀었다. 여자 경찰의 모습은 흔적도 없이 사라졌다.

갑자기 그늘이 진다―고 생각했더니 바로 뒤에 애시가 있었다.

"이걸 올 캐스터가 할 만한 행동이라고 해야 하나."

말과는 반대로 목소리에는 웃음을 머금고 있었다. 학교 건물의 창문을 올려다보는 눈매도 누그러져 있다.

"저 녀석들은 히로키 사건의 관계자야?"

"몰라요. 하지만 내버려둘 수 없잖아요."

선생님이 달려온 모양이다. 난간에 달라붙어 있던 남학생이

교실 쪽으로 얼굴을 돌리더니 바로 목을 움츠렸다. 야단을 맞은 듯하다.

"저 남자아이 탓이 될 거야. 어떻게 할래?"

그렇게까지 형편없는 선생님이라고는 생각하고 싶지 않지만—지금 괴롭힘을 당하던 남학생을 거칠게 난간에서 떼어낸다. 어른 남자의 화난 목소리가 들려왔다. 유리는 어찌할 바를 몰랐다. 왜 저렇게 되는 건데!

"뭐, 한방 먹여줄까."

대수롭지 않다는 듯 말하더니, 애시는 오른손으로 단검을 뽑았다. 손안에서 단검을 빙그르르 돌리면서 뭔가 짧게 중얼거리더니 칼끝을 창문으로 향했다.

파동이 뿜어져나온다. 문제의 창문뿐만 아니라 주위의 창문이 전부 바르르 떨렸다. 괴롭힘을 당하던 남학생의 뒷덜미를 잡고 있던 선생님이 떠밀려서 사라졌다. 이번에는 남학생도 난간 있는 데서 굴러떨어졌다.

일층, 이층, 삼층, 학교 건물 정면의 모든 창문에서 학생들과 선생님들이 쭈뼛쭈뼛 고개를 내밀었다. 마치 행렬이라도 하는 듯한 그 모습을 찬찬히 주시하던 유리가 애시에게 말했다. "이걸 '늑대'가 할 만한 행동이라고 해야 하나요."

"여흥 삼아 마법검을 보여준 것뿐이야."

어느 틈엔가 검을 집어넣은 애시가 씩 웃었다. "이번 기회에

너도 문장紋章 마법의 첫걸음을 뗀 것 같구나."

유리는 말했다. "부끄럽네요."

주체하지 못하고 흘러넘친 생각이었는데.

"우리 영역에 이런 녀석들만 있는 건 아니에요."

팔짱을 끼고 애시가 고개를 끄덕인다. "나도 잘 알아. 난 경험
이 풍부하니까."

악의는 어디에든 존재하지.

"크든지 작든지 간에 말이야."

학교 안에서는 야단법석이 난 모양이다. 비상벨까지 울리기
시작했다.

"헤이틀랜드로 가요."

고개를 숙이고 유리는 발걸음을 돌렸다.

9장

증오와 공포의 나라

애시는 자기 혼자서라면 언제든지 원하는 때에 원하는 영역으로 이동할 수 있다고 했다. '늑대'들은 모두 그런 기술을 익히고 있다.

"문장 마법에서 파생된 기본적인 주문이지. 이걸 사용할 줄 모르면 애당초 '늑대'가 될 수 없어. 추적에 필수니까."

하지만 지금은 사람수가 너무 많다. 다른 방법을 써야 한다. 일행은 우선 미노치 이치로의 별장으로 이동하기로 했다. 서재 바닥의 문장을 사용하면 어디든지 한 번에 몇 명씩 이동할 수 있다.

한동안 모리사키 유리코의 현실세계에 있던 터라, 이동하는 순간 유리는 가벼운 현기증을 느꼈다. 소라가 손을 꼭 잡아주었다.

별장 도서실은 여전히 어둑어둑하고 퀴퀴한데다 쥐죽은 듯 고요했다. 수많은 책의 기척으로 가득한데도 잔잔한 고요함이 흐른다. 바깥세계에서 돌아오자 유리는 다시금 그 이질적인 분위기를 실감했다.

"오오, 오셨소?"

유리의 신발이 서재 바닥을 밟고 눈의 초점이 돌아오자 현자가 중후한 목소리로 말을 걸었다. 다녀왔습니다—하고 유리가 말을 꺼내기 전에 애시가 문장 안에서 발을 내밀더니, 서가 한구석 높은 곳을 올려다보며 온화한 목소리로 인사를 건넸다.

"오랜만입니다."

현자는 바로 애시에게 말을 걸었다.

"역시 귀공이셨군요."

"이 몸의 세력권, 이라고나 할까요."

현자와 애시는 갑자기 유리가 전혀 이해하지 못할 말을 사용해 대화를 시작했다. 아쥬와 소라 역시 알아듣지 못하는 말인 듯 둘 다 멍하니 있다.

빠른 말투로 이야기를 나누는 동안 애시는 몇 번이나 가볍게 고개를 끄덕였다. 유리와 소라 쪽으로 재빠르게 시선을 던질 때도 있었다. 전문가끼리 전문용어를 구사하고 있다. 유리와 아쥬, 소라는 꿔다놓은 보릿자루다. 아쥬가 불만스러운 듯 찍, 하고 울었다.

애시가 유리를 돌아보더니 반 발 정도 물러나 가볍게 고개를 숙이고 재촉하는 듯한 표정을 지었다.

"저어, 오빠의 학교에 다녀왔어요."

"자초지종은 들었소이다. 힘드셨겠소."

현자의 말투는 부드러웠고, 짙은 녹색의 반짝임은 유리의 눈에도 다정해 보였다.

"헤이틀랜드에 가신다고요."

'재의 남자'의 영역이지요, 하고 현자는 말을 이었다.

"강한 동료를 얻었소. 안심하시구려."

"현자님은 애시가 저희가 있는 곳에 올 줄 아셨군요."

"오래 알고 지냈으니까." 애시가 대답한 후 손가락으로 발치의 문장을 가리켰다. "하지만 온 건 나뿐만이 아니었나보군. 봐, 문장을 보수한 흔적이 있어."

유리가 그린 어설픈 선에, 보다 짙고 굵은 선으로 선명하게 덧그린 부분이 있다.

"다른 '늑대'인가요?"

"그래, 맞아."

"'늑대'는 이런 것도 할 수 있어요?"

"별일 아니지. 누가 왔습니까? 뷘트?"

"카나키요. 귀공 이상으로 오랜만에 얼굴을 보았소이다."

현자는 기뻐하고 있는 것 같았다.

"귀공이 이미 와 있다고 알리자, 그럼 귀공에게 맡기겠다면서 바로 돌아가셨소. 듀카스키의 황량한 산맥에서 짐승인간 사냥을 계속하겠다는 전언이 있었소이다."

"기운찬 영감이로군."

"그런 말을 들을 정도로 나이차가 나지 않는다는 말도 해달라더이다."

즐거운 대화가 이어지자, 현자와 애시를 제외하고는 다시 꿔다놓은 보릿자루 신세가 되었다.

"온 김에 이 저택 주위에 공망空亡의 결계를 쳐놓고 가셨소이다."

"그거 잘됐군. 당신들도 안심이 되겠습니다."

"무슨 이야기야?" 참다못한 아쥬가 성질을 부리며 끼어들었다. "우리도 알아듣게 이야기해. 뭐야, 공망이라니."

"푸른 옷의 현자여." 애시는 아쥬를 무시하고 현자에게 말했다. "당신이 선택한 이 사전은 너무 미숙합니다. 혹시 따로 생각하신 바가 있으십니까?"

현자는 조용히 대답했다. "아쥬는 이 몸이 선택했다기보다 황인에게 선택받았다고 하는 편이 낫겠지요. 귀공은 아시리라 생각하오만."

"분명 그렇습니다. 하지만 이 녀석의 황인은 이제 상당히 옅어졌습니다. 유리의 문장 곁에 머물러서 그런 것이겠지만……"

그렇게 말하고 애시는 유리를 획 돌아보았다. "다른 사전을 데리고 갈 생각은 없어?"

유리는 붕붕 소리가 날 정도의 기세로 고개를 저었다. "아쥬랑 가고 싶어요."

"고마워, 유리." 아쥬가 작은 목소리로 중얼거린다.

알았어, 알았어 ― 하고 애시가 코끝으로 대답했다.

"그럼 어쩔 수 없군. 공망의 결계란 말이지, 이 세계 사람들의 눈에서 이 저택을 숨기기 위한 장치야. 동시에 이미 이 저택의 존재를 알고 있는 유리의 친척들이 이 저택을 기억해내기 힘들게 하는 작용도 하지."

요컨대 카나키라는 '늑대' 덕분에, 당분간 이 별장에 다가오는 사람은 없으리라는 말이다.

"짐승인간 사냥은요?" 유리가 질문했다. 그도 그럴 것이 정말 흥미로운 화제 아닌가.

"자신을 읽은 인간을," 애시는 책장을 넘기는 시늉을 해보이며 말했다. "짐승인간으로 바꾸는 저주의 서書가 존재해. 사본 중 하나지. 카나키는 벌써 오 년 넘게 그 녀석을 뒤쫓고 있어."

그렇군요, 라고밖에 대답할 수 없었다.

"안심해. 다른 영역의 이야기니까."

"그 짐승인간을 인간의 모습으로 되돌릴 수는 있는지요?" 소라가 물었다.

"불가능해. 인간으로서 이성이 돌아오지 않아. 내버려두면 차례차례 인간을 습격해 먹어치우지. 그냥 짐승, 추악한 괴물일 뿐이야. 그러니 차라리 죽여주는 게 자비인 셈이지."

소라는 눈을 내리깔고 고개를 숙였다.

"무섭네요." 유리는 솔직하게 말했다. 그냥 책을 읽기만 했는데 괴물로 변하다니. '영웅'의 어두운 측면을 기록한 사본이 지닌 무시무시한 힘.

어쩌면 — 한 줄기 차가운 바람 같은 생각이 유리의 마음을 스쳤다. 오빠에게도 똑같은 일이 일어났는지도 몰라. 홀려서 마음을 빼앗겼을 뿐 아니라, 모습까지 바뀌어버렸는지도 몰라.

애시가 망토 자락을 흔들며 문장의 가운데로 걸어들어갔다.

"이 정도 갖고 겁에 질려서는 곤란해. 헤이틀랜드는 훨씬 무시무시한 영역이니까."

유리는 그의 얼굴을 본 후, 이어서 현자의 녹색 빛을 올려다보았다. "하지만 『엘름의 서』는 거기서 왔죠?"

"그렇소이다."

"그럼 갈게요. 어떤 곳이든 갈 거예요."

고개를 끄덕이며 소라가 유리 옆에 나란히 섰다. "가십시다."

바닥의 문장이 푸르스름한 빛을 내뿜기 시작했다.

"에취!"

이동을 끝낸 순간 — 말 그대로 발이 땅에 닿자마자 유리는 크게 재채기를 했다.

춥다. 얼어붙을 듯한 추위다. 도대체 여기는 어디지? 산꼭대기? 빙하 한가운데?

아니다, 실내였다. 유리의 발은 마룻바닥 위에 있다. 흙벽이 보인다. 들보가 보인다. 창문이 있다. 그 기울어진 틀에는 커튼으로 보이는 너덜너덜한 천이 걸려 펄럭펄럭 나부끼고 있다. 얼어붙을 듯한 바깥 공기는 거기서 들어오고 있었다.

끼익, 끼익 하고 뭔가가 삐걱댄다.

유리는 발치를 내려다보았다. 여기에도 문장이 있다. 서재의 문장보다는 조금 작다. 그린 것이 아니라 날붙이로 마룻바닥에 새겨넣은 듯하다. 마룻바닥의 다른 부분도 흠집투성이였다.

어딘가 오두막 같은 건물의 내부인 모양이다. 그리고 사람이 사는 곳인 듯하다. 침대가 있다. 조잡하게 만들어진 옷걸이도 있다. 테이블과 의자. 책상. 그리고 여기저기에 보이는 서가. 서가에 채 들어가지 못한 책이 바닥에, 의자 위에, 침대 옆에 가득했다.

"내 집이야."

애시는 그렇게 말하고 문장을 걸어나가더니, 자기 집에 돌아온 사람처럼 자못 편안하게 검은 망토를 벗고는 가까이 있는 의자 등받이에 몸을 맡겼다. 부츠도 벗어서 그 언저리에 대충 던져놓았다. 실내를 가로질러 너덜너덜한 천이 펄럭이는 창가로 다가가더니, 창문을 닫으려는 건지 손잡이 같은 것을 잡아당겼다가 흔들었다가 했다.

유리는 어안이 벙벙했다. 이렇게 춥고 살풍경하고도 어수선하게 어지럽혀진 집은 태어나서 처음이다.

책상 위에는 책과 서류철이 산더미처럼 쌓여 있다. 펜꽂이가 기울어져 펜이 몇 자루나 굴러다닌다. 책상 정면의 벽에는 헤아릴 수 없을 정도로 많은 서류와 종이다발이 핀으로 고정되어 있었다. 마치 벽에서 종이다발이 자라난 듯한 광경이다.

테이블 위에는 몇 개의 유리병과 잔.

시험관꽂이와 플라스크 같은 것도 있다. 그리고—아무리 봐도 무기처럼 보이는 것들. 검이랑 작은 칼, 저건 활이랑 화살인가. 활이랑 화살치고는 투박하다. 큼지막하게 돌돌 만 서류뭉치. 지도일까? 그리고 저 구체는,

"지구본?"

조심조심 그쪽으로 다가가면서 유리가 물었다. 그때 애시가 창문을 닫는 데 성공했다. 차가운 바람이 겨우 멎었다.

"창문 상태가 안 좋아서 말이야."

투덜거리며 돌아온 애시는 테이블 곁에 흩어져 있는 의자 중 하나에 아무렇게나 걸터앉았다. 역시나 의자에 쌓여 있던 잡다한 물건들을 아무렇게나 치워버리고 나서.

"뭐, 그 부근에 적당히 앉아."

바닥에 직접 앉는 것이 무난한 선택이다.

"무슨 집이 이래? 죽을 만큼 춥잖아." 유리의 목 언저리로 숨

어들면서 아쥬가 화를 냈다.

"난방기구 같은 건 없어? 난로나 장작불이나 스토브 같은 거 말이야."

"있긴 있는데, 쓸 수 있으려나."

벽돌로 만들어진 난로는 책 더미에 가려져 있었다. 한번 살펴보겠다면서 소라가 바지런히 움직이기 시작했다.

"그거, 지구본이죠?"

유리가 테이블 위를 가리키자, 애시는 한 손을 들어 지구본을 탁 쳐서 빙글빙글 돌렸다.

"이 영역의 지구본이지."

"그럼 제가 아는 지구본이랑은 다르겠네요."

멀찍이서 봐도 대륙의 형태가 전혀 다르다.

"그래도 방향은 같나요? 위가 북쪽이죠?"

"맞아."

"헤이틀랜드는 어디에 있어요?"

애시의 긴 손가락이 관성으로 돌아가던 구체를 멈춰 세웠다. 그리고 약간 오른쪽으로 돌려 구체 꼭대기에서 오 분의 일 정도 되는 높이의 지점을 가리켰다.

"여기야."

헤이틀랜드는 북쪽 끝에 위치한 나라다.

"넓어요? 크기는 얼마나 돼요?"

애시는 대답 없이 지구본의 한 점을 가리킨 손가락 끝에 의미심장하게 눈길을 주었다.

"손가락 끝으로 가려질 정도?"

"그런 셈이지."

끼익, 끼익. 역시 뭔가가 삐걱대는 소리가 난다. 소리는 위에서 들려오는 듯했다. 하지만 왜 바닥에 닿아 있는 유리의 엉덩이에 삐걱대는 소리와 똑같은 리듬으로 진동이 전해져오는 걸까.

"이거 무슨 소리예요?"

애시는 머리 위를 손가락질했다. "풍차가 있어. 이 마을의 주요 동력원이지."

전기는 없는 듯하다. 그렇게 생각하며 다시금 관찰하니, 여기저기에 램프와 칸델라* 같은 것이 매달려 있었다.

"춥고 가난하고 작은 나라, 게다가 여기는 변경 마을이야."

카날 마을이라고 한다. 마을 사람들은 사냥과 농업으로 생계를 잇고 있다고 한다.

"창문으로 밖을 내다봐."

시키는 대로 창문에 다가선 유리는 우선 자신의 숨결이 새하얘지는 걸 보고 놀랐다. 이어서 창틀 주변에 작은 고드름이 가득 매달려 있다는 사실에도 놀랐다.

---

* 금속이나 도기로 만든 주전자 모양의 호롱에 석유를 넣고 켜 들고 다니는 등.

실내가 이렇게 추운데 창문이 흐려져 있다. 손바닥으로 성에를 닦으려던 유리는 성에의 반쯤은 더러운 얼룩이라는 사실을 깨달았다. 애시는 청소를 싫어하는 모양이다.

"눈이 내려……"

유리창에 얼굴을 가져간 유리의 코끝 너머로 바스라기 눈이 팔랑팔랑 춤추며 내려온다.

"이래 봬도 겨울이 막 시작된 시기야."

창문의 위치가 높아서 유리는 힘껏 발돋움을 해야 했다. 아쥬가 유리의 머리 위로 뛰어올라가 유리창에 콧등을 붙이고 있다가 재채기를 연발하기 시작했다.

창문은 흐릴 뿐만 아니라 원래부터 투명도가 높지 않은 듯했다. 그 정도의 기술이 존재하지 않는 곳이라는 사실을 알아차리고, 유리는 곰곰이 그 사실을 곱씹으며 이해했다. 헤이틀랜드는 21세기 초의 일본이나 미국, 유럽 같은 나라와는 다르다. 그런 진보한 세계가 아니다. 훨씬 더 '옛날'이다.

까치발로 서서 시선을 집중했다. 흩날리는 가루눈 너머로 하얗게 얼어붙은 경치가 보인다.

집들의 지붕은 삼각형으로 뾰족하고, 정면과 뒤편에 풍차 탑을 이고 있다. 어느 집이나 벽돌과 나무 기둥, 널빤지를 얽어놓은 듯한 구조다. 색깔은 단조로움 그 자체. 소재의 색으로 통일되어 있다. 페인트나 도료 따위는 존재하지 않는 모양이다.

자연의 색도 없다. 집들 사이에 힘없이 서 있는 나무들은 잎이 말라 떨어져서 가지만 뾰족하게 튀어나와 있다. 풀은 없다. '이름 없는 땅'에도 있던 잔디의 색조차 보이지 않는다. 꽃도 없다.

집들 사이를 둘러싼 좁은 길은 반은 진흙으로 질퍽거리고 반은 얼어붙어 있다.

어딘가에서 개가 짖고 있었다. 아아, 개는 있구나.

"여름철에도 괭이가 들어가지 않아. 단단한 땅이 많아서 말이야."

어느 틈엔가 애시가 곁에 와 있었다.

"그래도 마을 남쪽은 보리밭이지. 수확 시기는 벌써 지났어. 이제부터는 오로지 사냥이야."

남자들은 얼어붙은 숲과 산을 헤치고 들어가 짐승을 사냥해 가죽과 고기를 얻는다. 여자들은 그것을 가공한다. 일단 자신들의 목숨을 연명할 의복과 음식을 마련하고, 남은 몫은 판다. 햇채소와 햇과일은 봄이 올 때까지 구할 수 없지만, 뿌리채소류는 산에도 있고 비축이 가능하기 때문에 주식으로 삼는다.

"해마다 보리의 대부분은 공물로 빼앗기니까. 여기서 빵은 귀하지. 질리도록 감자만 먹는 거야. 유리, 배는 안 고파?"

"……아마도요."

그래도 마법으로 배를 잔뜩 채워두자.

창문으로 스며드는 냉기 때문에 눈에 눈물이 고였다.

"밖에 아무도 없네요."

"여자와 아이들은 집에 있어. 남자들은 아직 산에서 돌아올 시간이 아니고."

그렇다면 창문에 불빛 정도는 보일 만한데. 지금은 낮이지만, 이런 날씨이니까 유리 같으면 불을 켰을 것이다. 하지만 램프 기름도 귀중품이려나.

"여기 꽤 높네요."

발돋움을 해도 창문 아래쪽은 볼 수 없기 때문에 잘은 모르지만 하늘이 가까운 느낌이 든다. 그러자 애시가 유리를 획 들어올려주었다. 뭔가의 위로 유리의 발이 올라갔다. 굽도리널*이다.

"이 오두막은 언덕 꼭대기에 서 있어. '죽은 자의 언덕' 꼭대기에."

섬뜩했다. "죽은 자의 언덕?"

"주변은 묘지야. 오두막에서 나가면 금세 알 수 있지."

"애시는 왜 이런 곳에 살아요?"

"나는 죽은 자와 친밀한 사람이니까."

이거야, 이거, 부싯돌. 아쥬의 목소리가 들려온다. 어디 있는 거지? 뒤돌아서 집 안을 보자 소라가 무사히 난로 앞의 책을 치운 후 장작을 쌓아올리고 불을 붙이려고 하는 참이었다. 아쥬는

---

* 벽이 마루와 접하는 부분에 설치하는 횡목 또는 횡판.

그의 머리 위에 올라가 있었다.

가느다란 불쏘시개에 불이 붙자 소라가 빙긋 웃었다.

"다 되었습니다."

장작이 불타오르기 시작했다. 그럭저럭 난로는 사용할 수 있는 모양이다. 소라의 민머리에 불꽃이 밝게 비쳤다.

"거기 있는 계단을 내려가면 아래에 아궁이가 있어."

애시가 방 한구석을 가리키며 소라에게 말했다.

"불을 지피고 물을 끓여줘. 유리는 따뜻한 걸 먹고 싶을 거야."

알겠습니다, 하고 소라는 빠른 발걸음으로 계단을 내려갔다. 딱딱한 느낌의 발소리가 울려퍼졌다.

"나도 도울게." 유리가 일어섰다.

"저 녀석한테 맡겨두고 앉아 있어."

"하지만 소라는 하인이 아니에요."

"시종이잖아?" 애시의 표정은 진지했다. "게다가 지금은 귀중한 질문 시간이잖아. 나중에 왜라느니 어째서라느니 해도 난 대답 안 할 거야."

"애시는 소라를 별로 좋아하지 않는 것 같아요. 신용하지 않는달까."

"무명승에게는 무명승의 역할이 있다는 걸 잘 알고 있을 뿐이야, 올 캐스터."

유리는 입을 다물었다. 애시는 테이블 위의 유리병을 번갈아 들어올리며 내용물이 남은 병을 찾고 있다.

"주변이 정말 묘지인지 아닌지 보고 올게요."

대답을 기다리지 않고 유리는 계단을 뛰어내려갔다. 아쮸가 목덜미에 달라붙는다.

일층도 이층과 다름없이 춥고 살풍경하고 어질러져 있는데다, 위층보다 천장이 낮아서 움막 같았다.

소라는 아궁이 앞에서 불 지피는 일에 매달려 있었다. 아궁이가 있으니 여긴 부엌일 텐데 식재료나 조미료 같은 것은 눈에 띄지 않는다.

하지만 소라는 유리의 얼굴을 보자 빙긋 웃었다.

"차가 있습니다, 유리 님. 물 항아리의 물도 갈아놓은 지 얼마 안 되어 신선합니다. 애시 님은 다른 분께 집을 봐달라고 부탁하셨는지도 모르겠습니다."

집을 봐주는 사람은 청소까지는 하지 않는 모양이다.

"바깥을 보고 올게." 그렇게 말하고 유리는 오두막의 출입구인 듯한 외문으로 향했다. 통나무를 늘어놓고 이음쇠로 고정한 조잡한 만듦새의 물건이지만, 막상 움직이려 하자 생각 외로 무게가 나갔다.

"영차."

겨우 삼십 센티미터 정도 문을 밀어서 열자 눈이 날아들어왔다. 차가운 바람에 순식간에 얼굴이 얼어붙을 것 같았다. 유리는 눈을 가늘게 뜨고 수호의 법의에 달린 후드를 푹 뒤집어 쓴 후 밖으로 발을 내딛었다. 눈앞에 펼쳐진 것은ㅡ

흰색과 회색, 그리고 얼어붙은 지면의 색. 오두막 앞에는 기울어진 난간이 달린 계단이 몇 개 있었다.

미끄러지지 않도록 난간을 붙잡고 계단을 내려갔다. 끊임없이 밀도를 더해가며 내리는 눈 때문에 수호의 법의가 하얗게 변해갔다.

애시의 말에 거짓은 없었다. 이 오두막은 완만한 언덕 꼭대기에 있었다. 언덕의 경사면은 온통 묘비로 가득 채워져 있다.

네모난 돌을 놓아둔 수수한 무덤이다. 그것이 헤아릴 수 없을 정도로 많았다. 색깔이 조금씩 다른 이유는 세월의 차이 때문이리라.

유리는 천천히 하얗고 긴 입김을 내뱉었다.

"굉장하다."

아쥬가 목덜미에서 "응" 하고 말했다.

"……무덤이 잔뜩 모여 있어."

애시의 오두막 발치에 줄줄이 모여든 것처럼 보인다.

"마을 사람들이 전부 죽은 거 아닐까?"

농담이겠지만, 농담으로는 들리지 않는 말투로 아쥬가 중얼거렸다.

"이렇게 조그마한 마을인데. 분명히 무덤 수가 사람 수보다 많을 거야."

발치의 얼어붙은 지면을 디디며, 때로는 서릿발을 밟아 부숴 가면서 유리는 신중하게 묘비 사이를 돌아다녔다. 무덤들이 모여 있다는 인상은 착각이 아니었다. 오히려 유리는 직감적으로 올바른 사실을 알아차린 듯했다.

읽을 수 없는 글자로 적힌 묘비명은 전부 오두막 쪽을 향하고 있었다. 애시가 자리 잡고 있는 이층 창문을 올려다보듯이.

그리고 삐걱대는 풍차를 머리에 인 낡은 이층 오두막과 수많은 무덤이 모인 이 언덕을, 돌담과 철책으로 얽은 튼튼해 보이는 담장이 빙 둘러싸고 있다. 출입구는 한 군데뿐. 철로 된 묵직한 문짝이 제 무게를 지탱하지 못하는지 경첩 부분부터 왼쪽으로 크게 기울어져 있었다. 여닫을 수 있는 쪽에는 쇠사슬이 친친 감겨 있고, 거기에 자물쇠가 매달려 있었다.

애시가 문단속을 한 게 아니라, 누군가 이 묘지 언덕을 애시와 함께 가두어두기라도 한 것처럼.

오두막 계단을 올라가 문간에서 법의에 묻은 눈을 꼼꼼히 털어낸 후 유리는 실내로 돌아갔다. 아궁이에서 불이 타오르고 있다. 소라가 뒤돌아보았다.

"죽을 것처럼 춥지만, 그래도 점점 익숙해지는 것 같아." 유리는 그에게 미소 지었다. "이것도 수호의 법의가 지닌 힘 덕분이겠지."

"그런 것 같습니다만." 소라는 걱정스러운 듯했다. "곧 차를 가져가겠습니다."

유리는 계단을 올라갔다. 애시는 테이블 위에 발을 올리고 등받이에 몸을 한껏 기대고 있었다.

"이제 속이 시원해?"

유리는 방 한가운데까지 가서 수호의 법의를 걷어올리고 무릎을 끌어안았다.

"이런 편리한 법의를 가지고 있지 않은 마을 사람들은, 모두 추위로 얼어 죽나요?"

애시는 양쪽 눈썹을 끌어올렸다. "흠."

"동사가 아니면 역병인가요? 아니면 싸움? 무덤이 저렇게 많이 생기기까지 다 합쳐서 몇 년이나 걸렸어요? 모두 한꺼번에 죽은 건 아니죠?"

애시는 여기서 뭐해요? 하고 직설적으로 묻자 드디어 애시는 놀리는 듯한 표정을 지웠다.

"유리는 『헤이틀랜드 연대기』를 읽은 적이 없구나."

"응. 제목도 몰랐어요."

"그렇겠지. 네 나이대의 여자아이가 쉽사리 손에 들 만한 책도 아니고…… 애당초 유리가 읽을 수 있는 말로 번역되었는지도 의심스럽다만."

애시는 테이블에서 발을 내리더니 점잖게 자세를 바로했다.

"독립국이 된 이후로 이 나라는 대략 천 년의 역사를 지니고 있어. 『헤이틀랜드 연대기』는 그 역사서야."

유리는 고개를 끄덕이며 그뒤를 재촉했다.

"아까 보여준 것처럼 지구본 위에서는 손끝으로 가려질 만큼 작은 나라지. 그런데 전쟁이 끊이질 않아. 다른 나라에게 침략당할 때도 있고, 다른 나라를 침략할 때도 있지. 내전도 일어나. 요 백오십 년 동안은 계속 내전, 내란 상태야."

"정치가는 있죠?"

"있지. 왕가가 있고 그 밑에 귀족과 특권계급 사람들로 구성된 의회가 있어. 기본적으로는 왕권국가야."

왕과 귀족이 있는 사회다.

"다만 왕가의 혈통도 몇 갈래로 나뉘어 있어서 말이야. 거기에다 집안싸움도 엄청 좋아하거든. 그게 줄곧 내란의 씨앗을 뿌려왔지."

"이렇게 작은 나라인데?"

"작은 나라이기 때문에 더 그런지도 몰라." 애시가 가볍게 몸을 내밀었다. "마음만 먹으면 손바닥 안에 들어올 것 같은 나라니까 욕심을 내는 인간들이 나타나는지도 모르지."

소라가 아래층에서 올라왔다. 무거운 듯이 양손으로 쟁반을 받치고 있었다. 쟁반 위에는 은 단지와 다기가 나란히 놓여 있었다. 뜻밖의 광경에 유리는 잠시 시선을 빼앗기고 말았다.

"여기는 플라스틱이나 비닐이 없는 세계야."

유리의 놀란 얼굴을 보고 애시가 웃었다.

"그건 알고 있지만…… 예쁜 단지네요."

"은은 오래가지. 독에도 강하고."

애시는 담담하게 입에 담았지만, 찜찜한 말이었다.

"음, 장황하게 역사 강의를 해봤자 시간 낭비니까 중요한 점만 간추려서 이야기할게. 천 년이나 거슬러올라갈 필요는 없어. 중요한 건 요 백오십 년이니까."

애시는 소라가 들고 온 쟁반에서 은잔을 집어들고 말을 이었다.

"백오십 년 전에 시작되어 현재까지 이어지는 내란은, 간단히 말하자면 현 왕가의 형제싸움이야. 이복형제거든. 어릴 적부터 사이가 아주 나빴어. 어른이 되자 둘 다 중신들과 군을 거느리고 싸우게 됐지."

최초의 내란은 십 년 동안 계속되었고 국토는 황폐해졌다. 이대로 두면 헤이틀랜드가 망할 것이라 걱정한 귀족들이 중재에 나선 덕분에, 각각의 혈통에서 교대로 왕위 계승자를 배출하기로 하고 형제는 화해했다.

"하지만 손자 대가 되자—화해한 지 고작 삼십 년밖에 지나지 않았는데 양 진영은 다시 대립하기 시작했어. 지위와 영지를 차지하려 다투고, 서로의 결점을 들추고, 화해 조약에서 미비한 점을 찾아내 자기 혈통으로 왕위를 독점하려고 했어. 양쪽에서 그런 짓거리를 하고 있으니 나라가 안정될 리 없지."

그래도 그러한 싸움이 다시 국민을 끌어들이는 내란으로 확대되기까지는 몇 대 정도 더—오십 년 남짓한 세월이 걸렸다. 다툼이 왕도와 왕궁 안쪽에 한정되어 있는 동안 헤이틀랜드는 조금씩 국력을 회복했고, 불타버린 산과 들에는 새싹이 다시 돋아났으며, 도시는 재건됐고, 다른 나라와의 외교와 교역도 부활했다.

"이곳 카날 마을도 그 오십 년 사이에 개척됐지. 옛날에는 도저히 사람이 살 수 있는 땅이 아니었어. 지금 마을에 사는 사람들은 그 당시 개척민들의 자손이야."

하지만 국력이 회복되자 왕가의 싸움도 격렬해졌다. 움켜쥐어야 할 국토가 풍요로워지면 거기로 뻗어오는 손가락에도 힘이 들어간다.

"지금으로부터 오십칠 년 전, 헤이틀랜드 신성력 877년 9월의 일이야. 왕도에서 커다란 반란이 일어났어. 이게 이 나라에서 지금도 계속되고 있는 내전의 출발점인데—"

애시가 가볍게 자신의 가슴을 두드렸다.

"날 만들어낸 '자아내는 자'가 제일 공들여 쓴 사건이기도 하지."

이야기다. 유리는 마음속으로 재확인했다. 창조되어 엮어진 싸움의 이야기.

"당시 백오십 년 전의 화평 조약에 근거해 형 쪽 혈통이 막 왕위에 오른 참이었어. 헤이틀랜드 왕가 제17대 신성왕, 카다스크 3세. 그런데 반란을 일으킨 사람 역시 형 쪽 혈통이었거든. 카다스크 3세의 육촌 형으로, 키리크라는 이름의 가난뱅이 귀족 청년이야."

카다스크 3세는 당시 여덟 살. 어린 왕이었다. 태상왕인 그의 부친은 서른 살에 병사했고, 선왕인 그의 숙부는 즉위하고 이 년 후에 사고로 죽었다. 왕의 탄생제에서 열린 모의 전투중에 낙마한 것이다.

"양쪽 다 암살 소문이 나돌았지. 슬슬 왕궁 안에서 다툼을 완전히 수습하지 못하는 시기가 됐다는 말이야."

여덟 살의 왕은 자기 혼자서는 아무것도 할 줄 몰랐다. 후견인인 친족들과 섭정, 중신들이 하라는 대로 움직일 뿐이다.

"이 나라는 다시 황폐해지기 시작했어. 제 밥그릇을 챙기는 일밖에 머리에 없는 위정자들과 특권계급 놈들에게 파먹혀간 거야."

일부 귀족과 부유층 중에는, 오랫동안 헤이틀랜드와 국경선에서 작은 충돌을 계속해온 이웃나라 정부와 비밀리에 거래해서, 꼭두각시 신정권을 세우려고 꾀한 자들까지 있었다고 한다.

물론 자신들은 그 신정권에서 높은 지위를 약속받는다.

"그런 놈들을 뭐라고 부르는지 알아? 매국노라고 해."

애시는 눈을 졸린 듯 반쯤 감은 채 한쪽 입술만으로 웃었다.

"유리는 매국노 같은 걸 본 적 없겠지. 유달리 머리가 두 개 달리거나 엄니가 자라나 있지는 않아. 겉보기는 보통 인간이야. 정신이 썩었을 뿐이지."

유리는 고개를 끄덕였다. "키리크라는 청년은 그런 사람들에게 대항해 반란을 일으켰군요."

"그래. 그리고 그의 반란은 성공했어."

키리크가 떨치고 일어서기 전에도 산발적인 반란은 발생했다. 하지만 전부 확대되기 이전에 왕가의 군사력에 진압당하거나 자멸했다.

"헤이틀랜드 왕가가 거느린 군대는 강대한 힘을 지니고 있었어." 애시는 이야기를 계속했다. "군에 지원하는 사람들이 많은 나라니까."

"왜요? 진심으로 왕가에 충성하려는 사람들이 그렇게 많을 것 같진 않은데요."

애시는 긴 손가락을 쳐들었다. "한 가지 이유는 '남진南進'이 이 나라의 비원이기 때문이야. 남쪽의 더 따뜻한 땅으로 영토를 넓히고 싶은 거지. 그러기 위해서는 다른 나라에 쳐들어갈 필요가 있고, 그러려면 강한 군대가 필요해. 처음에 말한 대로 실제로 그렇게 전쟁을 되풀이해왔고. 뭐, 영지를 뺏거나 뺏기거나 할 뿐 그다지 잘 풀리지는 않았지만."

또다른 이유는, 하고 애시는 손가락 두 개를 세웠다.

"집안이고 후원자고 돈이고 아무것도 가지지 못한 보통 국민에게 가장 손쉽고 생계 걱정이 없는 선택이 입대였기 때문이지. 군인이 되면 바로 남부럽지 않은 생활을 할 수 있어."

전쟁에 내몰리는데도?

"헤이틀랜드는 일 년 중 삼 분의 일 이상이 눈과 얼음으로 뒤덮이는 북쪽나라야. 경작할 수 있는 토지는 적고 척박해. 농업만으로는 도저히 모든 사람이 먹고살 수 없어. 사냥과 목축도 다소 보탬이 되는 정도지."

하지만 헤이틀랜드에는 풍부한 지하자원이 있다고 한다. 철, 구리, 은광에 석탄. 다이아몬드와 에메랄드 등 귀중한 보석광산도 있다.

"거슬러올라가보면, 왕가나 귀족 가문 녀석들은 원래 광산주였어. 헤이틀랜드는 부를 만들어내는 광산이나 광맥이 있는 토지의 소유권을 둘러싸고 수많은 영주들과 그 가신단이 싸움을 되풀이하는 가운데, 점차 통일되어 형태를 이룬 국가야."

상인들은 그 영주들 아래에서 유통의 이권을 쥠으로써 힘을 축적해 부유한 특권계급을 형성해왔다. 또한 이 특권계급 가운데는 광대한 농지를 가진 부농, 대지주들도 있다.

"나라는 가난해도 돈이 없는 건 아니야. 있는 곳에는 있어. 편중되어 있을 뿐이지. 그리고 돈을 쥐고 높은 곳에 자리 잡은 놈들은 자신들의 지위와 기득권을 지키기 위해 무력을 필요로 해. 그래서 군대를 확장하지. 크게 만들어도 충분히 꾸려나갈 수 있는 거야."

헤이틀랜드에서는 군대가 치안조직을 겸하고 있다고 한다. 군대가 경찰이기도 한 셈이다.

"만약 내가 가난한 소작농의 차남이라면, 아무 망설임 없이 군에 지원할 거야."

군인이나 경찰관에게는 일정 범위의 권력도 주어지므로 보장되는 것은 생활의 안정뿐만이 아니다. 애시의 말을 생각하면서 유리는 고개를 끄덕였다.

"가난으로 고생하며 관리당하는 입장에서, 생활을 보장받으며 관리하는 입장이 되는 거군요?"

왕가에 충성한다는 차원이 아니라, 현재 상태에서 부와 힘을 지닌 쪽에 붙느냐 붙지 않느냐의 문제다.

"소작농으로 살면 평생 가난뱅이에서 벗어날 수 없어. 광산 노동은 농사보다는 돈이 되지만 항상 위험과 등을 맞대고 있지. 신분 보장도 안 돼."

"상인은요? 장사는 자유롭게 할 수 있어요?"

장사를 시작하려면 우선 상업 조합에 가맹해야 하는데, 그러기 위해서는 막대한 보증금과 이미 조합에 가맹한 상인의 후원이 필요하다고 한다. 왕정법으로 그렇게 정해져 있는 것이다.

"뇌물이 횡행하겠구만?"

아직도 토라져 있었는지 유리의 목덜미에서 자는 척하던 아쥬가 오랜만에 말을 꺼냈다.

"어디서든지 있을 법한 일이지."

"세상 물정에 어두운 사전도 상상할 수 있을 정도로 말이야" 하고 애시는 웃었다.

"아쥬의 말대로야. 상인 역시 쉽사리 될 수 없지. 상인이 되기 위해서는, 여기랑" 하고 머리를 가리킨 후 말을 잇는다. "집안을 따지니까 어려워."

유리는 한숨을 쉬었다. "또 집안이네."

"하지만 군인은 그렇지 않아. 그뿐 아니라 공을 세워 출세하는 것도 꿈이 아니야. 어디서 굴러먹던 개뼈다귀인지도 모를 젊은이가 장군이 될 수도 있지. 그러면 그의 대부터 '가문'이 탄생하는 거야."

이런 형태로 국가의 구조가 정착되면 그것을 뒤집기 쉽지 않다고 애시는 설명했다.

"군대에 들어간 젊은이들도 소작농의 가난한 생활이나 광산 노동자의 열악한 노동 조건을 모르는 건 아니야. 하지만 일단 자신의 생활이 안정되면, 과감하게 현재 상태를 개혁하려는 결단을 좀처럼 내릴 수 없는 법이지."

그래서 키리크의 난 이전의 난은 모두 소작농들이나 광산 노동자들이 일으킨 것이었다. 가혹한 공물 착취를 견디다 못해 봉기하거나, 낙반 사고나 역병으로 동료들이 떼죽음을 당해 분노한 나머지 들고 일어난다. 백성들의 항쟁이다.

그리고 위정자들의 진압 명령에 따라 난을 평정하는 것은 왕가의 군대이다.

"군대 쪽에서 항쟁을 일으킨 사람들을 편드는 세력은 안 나오는군요."

"편들 이유가 없잖아. 사상이나 의분이나, 뭐 그런 이상 같은 게 없는 한 무리지. 가령 그런 게 있다고 해도 삼 일도 못 가."

부정한 현실이라 해도 자신의 몸이 위험해지지 않는 한 현재 상태의 유지를 우선하는 것이 인간의 본성이다. 애시는 시원스레 딱 잘라 말했다.

"차라리." 유리는 어깨를 약간 움츠렸다. "국민 전체가 군대에 들어가면 될 텐데. 산이랑 밭을 내팽개치고 말이죠. 그럼 왕이나 귀족들도 곤란해지잖아요?"

"유리, 유리." 아쥬가 꼬리 끝으로 유리의 뺨을 두드렸다. "그럴 수 있다면 아무도 반란 따위 일으키지 않지. 농민이나 광부들은 그 토지에 얽매여 있어. 법률에 제약을 받고 군대에 감시당해서 옴짝달싹도 할 수 없다고. 자유 같은 건 없어. 멋대로 도망치거나 하면 벌을 받아. 그런 건 당연한 이야기잖아. 역사 책도 좀 읽지그래?"

유리는 애시의 얼굴을 쳐다보았다. "내 설명도 모자랐어" 하고 애시는 말했다. "물론 군에 지원하든 관리를 지망하든 간에 해당 토지 행정관의 허가가 필요해. 그 사람들에게는 이동의 자유가 없어. 아쥬의 말대로야."

수많은 젊은이가 군인이 된다. 그것은 즉, 한 영지에서 소화해 내기 곤란한 잉여 노동력을 군대를 통해 위정자 측이 흡수하는 체계가 이루어져 있다는 말이다—라고 다시 설명해주었다.

문득 유리는 생각했다. "여자도 군대에 들어가요? 여군도 많죠?"

애시는 천천히 눈을 깜박였다. "있기는 하지. 특히 대대로 장군을 배출하는 기사 가문의 명가에는."

"어디서 굴러먹던 개뼈다귀인지 모를 여자애는요?"

"광산마을이나 농촌으로 시집가서, 엄마가 되어 다음 세대의 노동력을 낳아 기르지. 물론 자신도 끊임없이 일하면서." 애시가 말했다. "거기에도 자유는 없어."

"여자아이는 자기 운명을 개척하지 못하는 거예요?"

생각지도 못했다는 듯 애시는 웃음을 터뜨렸다.

"글쎄다. 그건 어렵지. 그래서 기근이나 재해로 도저히 살아갈 수 없게 된 농촌 아가씨들이 도회지로 흘러들어가서……"

애시는 웃음을 지우고 어쩐지 위로하는 듯한 눈으로 유리의 얼굴을 보았다.

"먹고살기 위해 몸을 파는 일도 많아. 너랑 비슷한 나이대의 소녀도."

신분증명서가 없으면 도회지로 나와도 그럴듯한 일자리를 얻을 수 없으니까, 하고 덧붙였다.

"아아, 알았어."

아쥬가 유리의 어깨 위로 올라가더니 꼬리를 붕붕 흔들었다. 유리는 탄력 있는 꼬리로 등을 얻어맞아 좀 아팠다.

"헤이틀랜드가 어떤 나라인지는 자알 알았어. 그런데 말이야, 키리크의 난은 어떻게 성공했지? 너 아까 그렇게 말했어. 하지만 내전은 지금도 계속되고 있다고도 했지. 뭔가 이상해."

애시는 다리를 들어올려 다시 꼬더니 "음" 하고 신음했다. "그랬지. 아무래도 서론이 너무 길어졌나보군."

유리의 손 안의 차는 거의 식어 있었다.

"키리크의 난은 성공했어. 일단은 말이야."

발치의 마룻바닥에 눈길을 떨어뜨리며 애시는 이야기를 계속했다. "카다스크 3세를 유폐하고, 어린 왕을 추종하는 친족과 끝까지 키리크에게 굴복하지 않았던 섭정과 중신, 군의 간부들을 붙잡아 처형했어."

키리크는 왕위에 올랐다.

"그에게도 왕가의 피가 흐르니 왕위 계승권은 있지. 그런 점에서도 지금까지의 반란과 키리크의 난은 서로 달랐어."

하지만 문제는 따로 있었다.

"그때까지의 반란과 항쟁은 힘이 없는 일반 서민들이 괭이나 곡괭이를 무기 삼아 들고 일어선 거였어. 훈련을 받고 장비를 갖춘 군대 앞에서는 하룻강아지 범 무서운 줄 모르는 격이었지. 간단하게 진압당하고 말았어."

키리크의 군세는 달랐다. 그가 이끌던 반란군은 굶주린 농민도, 성난 광산 노동자도 아니었다.

"가난뱅이 귀족인데 사병을 거느리고 있었나?" 아쥬가 물었다.

"거느리고 있지는 않았지." 애시는 고개를 저었다. "그래서 조달했어."

불사신 군단을.

유리의 눈이 휘둥그레졌다. "죽지 않는 군인들?"

"그래. 처음부터 죽어 있었으니까."

키리크가 그의 반기 아래에 모아 통솔하며 싸웠던 것은 죽은 자의 군대였다.

"키리크는 죽은 자를 깨웠어."

그때다. 유리 일행에게서 조금 거리를 둔 채 창가에 대기하고 있던 소라가 창밖에 시선을 던지더니 소리를 질렀다.

"누가 오는 것 같습니다."

유리는 창가로 달려갔다. 이번에는 직접 굽도리널에 발을 올리고 창틀을 잡고 발돋움해 아래를 내려다봤다. 그러자 낡은 담요 같은 너덜너덜한 천을 몸에 두른 작은 아이가 묘비 사이를 잽싸게 빠져나가다가, 때로는 뛰어넘기도 하면서 오두막 문간으로 달려오는 모습이 보였다.

"디미트리!"

곧바로 목소리도 들려왔다. 남자아이다.

"디미트리, 돌아왔어?"

유리는 놀랐다. 멀리서 보기에도 저 철문은 닫혀 있는데다 친친 감긴 쇠사슬도 그대로인 듯했다. 저 아이는 어떻게 담장 안쪽으로 들어왔을까?

"디미트리라니?" 아쥬가 물었다.

"내 이름이야" 하고 대답하더니 애시가 가볍게 일어서서 계단을 내려갔다.

유리는 지체 없이 뒤를 쫓아갔다. 수호의 법의 때문에 모습이 보이지 않는다는 건 알고 있지만, 그래도 발소리를 죽이고.

오두막의 덜거덕거리는 문이 쾅 하고 활짝 열렸다.

"아! 디미트리."

뛰어들어온 남자아이는 계단을 내려온 애시를 보고 얼굴 가득 웃음을 띠었다. 그리고 총알처럼 돌진했다.

"어서 와!"

펄쩍 뛰어서 안기는 남자아이를 애시 — 디미트리는 가볍게 받아들였다.

"뭐야, 돌아왔으면 알려줘야지."

남자아이는 한 손으로 애시의 목에 매달리며, 주먹으로 능숙하게 그의 어깻죽지를 토닥토닥 때렸다.

"지금 막 돌아왔어."

애시의 졸린 듯 반쯤 감은 눈매도 조금은 다정하게 누그러져 있다.

"어떻게 알았어?"

"굴뚝에서 연기가 나던걸."

남자아이는 의기양양하게 콧김을 내뿜더니 애시에게 달려들었을 때와 마찬가지로 엄청난 탄력성을 발휘해 뛰어내렸다. 정말로 곡예 같았다. 그냥 뛰어내리지 않고 거꾸로 돌아 착지한 것이다.

유리는 눈을 크게 떴다. 뭐지, 이 아이. 서커스 단원인가.

"선물은? 응?"

바쁘게 재주를 부리는 원숭이처럼 남자아이는 방 안을 촐랑촐랑 돌아다녔다.

"여전히 기운이 넘치는구나, 우즈." 애시가 가까이 있는 테이블에 허리를 기댔다. "어머님은 잘 계시니?"

우즈라고 불린 곳에 소년의 움직임이 겨우 멈췄다. 가까이서 보자 정말로 너덜너덜한 담요 같은 망토─끝부분은 면발을 늘 어뜨려놓은 것처럼 해져 있다─를 몸에 꼭 감고 있다. 작은 얼굴에 그늘이 졌다.

이목구비가 뚜렷하고 고집이 세 보이는 얼굴이다. 하지만 뺨은 창백하다. 몸도 말라서 가냘프다. 몇 살 정도일까. 일곱 살이나 여덟 살?

"별로 안 좋아. 요즘은 밤이 되면 열이 나."

"……그러니."

"디미트리한테 받은 약도 잘 챙겨 먹는데."

"처방을 좀 달리 해볼까? 나중에 전해줄게. 선물도 그때 줄 테니까 기대하고 있어. 난 아직 짐도 다 못 풀었다고."

"그럼 내가 도와줄게."

"그건 안 돼. 여기 있는 걸 들키면 또 촌장한테 크게 야단맞을 거야."

우즈는 입을 삐죽 내밀었다. 고집 센 아이의 이런 표정은 영역이 달라도 만국 공통인 듯하다.

"괜찮아. 촌장님 같은 건 안 무서워."

"하지만 규칙은 규칙이야. 꼭 어기고 싶다면 하다못해 남 몰래 어겨야지."

알아듣게 말하자 우즈는 눈에 띄게 풀이 죽었다. 해진 망토 자락이 오두막 바닥을 쓸고 있었다.

"그럼 집에서 기다릴게."

"그래, 착하다."

"진짜 바로 와야 돼? 엄마도 기다린단 말이야."

알았어, 알았어, 하고 우즈를 재촉해서 문간까지 간 애시는 문을 열고 인사를 건넸다.

"조심해라."

"괜찮다니까!"

우즈가 기운차게 달려나갔다. 그 조그마한 등을 바라보는 동안 두 가지 수수께끼가 한꺼번에 풀렸다. 애시가 뭘 조심하라고 했는지. 우즈가 어떻게 저 견고한 담장을 통과할 수 있었는지.

실로 간단했다. 뛰어넘은 것이다. 이번에는 공중에서 앞으로 돌아 담장 너머에 착지했나 싶더니, 어느새 애시에게 손을 흔들며 달려가고 있었다.

또다시 무덤 위를 뛰어넘거나 묘비 사이를 요리조리 방향을 바꾸며 빠져나간다. 힘이 남아도는 것이리라.

"저 꼬마…… 인간이야?"

아쥬가 어안이 벙벙한 표정으로 물었다. 어느새 유리의 어깨 위에서 뒷발로 서 있다.

"인간이야." 애시는 대답하고 나서 오두막 문을 꼭 닫았다. "저건 '용수철 다리'라고 하는데, 음, 뭐라고 할까."

잠깐 머뭇거린다.

"일종의 병이지."

"근력이 강해지는 병? 그런 게 있어요?"

유리의 눈에는 꼬맹이 육상선수로밖에 보이지 않았다. 그런데 병이라니.

"저 녀석이 어떻게 달리는지 봤어?"

"예. 다리 힘이 굉장해요."

"하지만 똑바로 달리지는 못해."

듣고 나서 알아차렸다. 확실히 그렇다. 문에서 오두막 문간까지는 대강 길이 나 있는데도 그 아이는 일부러 그러는 듯 길에서 벗어나 묘비 사이를 돌아왔다.

"'용수철 다리'는 인간을 초월한 다리 힘을 지니고 있어. 하지만 그걸 제어할 수가 없지. 저 녀석이 소란스레 항상 돌아다녀야 하는 것도 그 때문이야. 다리가 멋대로 움직이지."

그래서 학교에도 못 가. 밭일도 못 돕고. 애시는 얼굴을 약간 찌푸리고 있었다.

"이 마을 사람들은 모두 그래요?"

"아니." 냉큼 부정한 후 애시는 턱짓으로 유리에게 이층을 가리켰다. "마침 잘됐군. 우즈의 어머니 약을 조제하면서 아까 하던 이야기를 계속하자. 관련이 있는 일이야."

믿기 어려운 일이지만, 그 난잡한 테이블 위에서 약을 조제하는 모양이다. 그래서 시험관이나 비커 같은 물건을 늘어놓았나.

애시는 테이블 옆에 있는 작은 서랍을 열고 풀뿌리나 잎사귀, 작은 병에 담은 모래 같은 분말 등을 꺼내 의자에 앉아 작업을 시작했다.

"키리크는 죽은 자를 깨워서 병사로 만들었어."

여기에 물을 좀 길어다줘. 물병을 내밀어 소라에게 건넸다. 애시는 유리의 새끼손가락 정도 되는 작은 칼로 풀뿌리를 잘게 썰기 시작했다.

"전란이 계속되는 가난한 나라라서 죽은 자만큼은 풍부하니까 말이야. 그 녀석들을 모두 깨워서 병사로 만들 수 있다면 그야말로 강대한 군대가 되지."

"그런데, 죽은 사람을 깨울 수가 있어요?"

애시는 손을 멈추고 유리를 쳐다보았다. 그 표정으로 유리는 알아차렸다.

"할 수 있구나……" 갑자기 목이 말랐다. "혹시…… 『엘름의 서』를 사용해서?"

정답, 하고 애시는 진중하게 말했다.

"기다려요, 잠깐만 있어봐요."

유리는 방금 전의 우즈라는 아이와 마찬가지로 어수선한 실내를 어지러이 돌아다니기 시작했다. 가만히 있을 수가 없었다.

"전에도 이런 이야기를 한 적이 있어요. 미노치 씨의 서재에서 현자님에게…… 녹의를 입은 현자님한테 들었어요. 미노치 씨는 죽은 자를 되살릴 방법을 찾기 위해 그렇게 많은 책을 모았다고요."

애시는 천천히 고개를 끄덕였다.

"하지만 그런 일은 불가능하다고 녹의를 입은 현자님은 말했어요. 미노치 씨에게도 몇 번이고 그렇게 말했지만, 인정하질 않았대요."

"그렇겠지. 그리고 미노치는 『엘름의 서』를 손에 넣었어."

녹의를 입은 현자가 만류하는 것을 뿌리치고.

"그럼 미노치 씨도 성공했군요!"

"못 했어."

"왜요? 키리크는 해냈잖아요. 키리크랑 똑같이 『엘름의 서』에 적힌 대로 실행했다면 해냈을 텐데요!"

주먹을 휘두르며 발을 동동 구르는 유리에게 아쥬가 말했다. "유리, 앉아."

"하지만 아쥬!"

"됐으니까 앉아."

마지못해 유리가 바닥에 앉자 아쥬가 작은 손으로 유리의 콧등을 찰싹 때렸다.

"올 캐스터는 무슨 일이 있어도 냉정해야 해."

"미안해. 그만 흥분하고 말았어."

애시는 테이블 위의 알코올램프에 불을 붙이고 물을 담은 비커를 그 위에 얹었다. 삼발이 다리가 몹시 길고 가늘어서 불안정해 보였다.

물병을 가지고 돌아온 소라는 다음에 무슨 지시를 받아도 대응할 수 있도록 곁에서 자세를 바로하고 있었다.

"일단『엘름의 서』의 내력부터 설명하지." 애시는 말을 이었다. "그것 역시 처음에는 한 영웅의 위업을 기록한 역사서였어. 전기라고 하는 편이 나으려나."

그 영웅의 이름은 오르타이오스 왕이라고 한다.

"승전왕勝戰王 오르타이오스로 불릴 때도 있어."

약 오백 년 정도 전에 헤이틀랜드가 이웃나라의 침략을 받았을 때, 직접 군대를 지휘해 용맹과감하게 싸워 적을 완벽하게 물리친 왕이었다.

"당시 헤이틀랜드가 위치한 이 대륙 전체가 전화에 휩싸여 있었거든. 여기저기 할 것 없이 비슷한 전쟁이 일어났지. 침략, 병합, 또다른 침략. 한 나라가 이겼나 싶으면 바로 져버려서, 국경선을 그린 지도는 일 년도 지나기 전에 소용이 없어졌어. 대륙전쟁의 시대였지."

헤이틀랜드는 땅으로 이어진 여러 이웃나라에 둘러싸여 있다. 게다가 이렇게 작은 나라다. 침략이 끊이지 않아서, 하나를 물리치면 다음은 다른 나라가 전쟁을 걸어오는 통에 숨 돌릴 틈도 없었다.

"병사가 모자랐겠군." 아쥬가 말했다. "나라가 작다는 건 인구도 적다는 말이니까."

"그래, 맞아." 애시가 고개를 끄덕였다. "그래서 오르타이오스 왕은 강대한 마력을 이용하기로 결단을 내렸어. 금기시된 마법의 힘을 말이야."

그것이 바로, 죽은 병사들을 되살려 불사의 군대를 만드는 일이었다.

"마법." 유리는 중얼거려보았다.

이곳 헤이틀랜드는 이야기 속의 나라다. 가상의 세계. 당연히 마법이 존재한다. 헤이틀랜드를 창조한 '자아내는 자'가 그렇게 그려냈기 때문이다.

그것이 어떤 마법이라 할지라도.

"덕분에 헤이틀랜드는 대륙 전쟁을 견뎌내고 독립을 유지할 수 있었어."

죽은 자를 되살리는 금기의 마법은 건국 시대부터 헤이틀랜드에 '전설'로서 구전되었다고 한다.

"다만 오백 년 전 당시에도 그건 단편적인 지식에 지나지 않았고, 꾸며낸 이야기도 섞여 있어서 그것만 가지고는 전혀 도움이 되지 않았지. 그 전설을 조사, 연구하고 실험을 되풀이해서 쓸 수 있는 마법으로 재탄생시키는 데 성공한 사람이 왕궁 군사

마도관, 엘름이라는 이름을 지닌 마도사였어."

덧붙이자면 엘름은 여자야—하고 애시가 아무렇지도 않게 말했기에 유리는 놀랐다.

"여자였어요?"

"그래. 그러니 이건 네가 좋아하는, 여자가 자기 운명을 개척하는 이야기이기도 해."

왠지 기분이 좋지는 않았다. 그도 그런 게 죽은 사람을 되살리다니…… 하지만 그렇게 해서 조국을 지켰으니 위업이라 해야 하나.

"참 얄궂단 말이야." 애시가 혼잣말처럼 중얼거린다. "생명을 낳을 수 있는 건 여자뿐이야. 죽은 자를 깨우는 것도 여자의 힘이었다는 거지."

이 전쟁의 승리로 엘름은 오르타이오스 왕과 함께 국민이 추앙하는 존재가 되었다.

"하지만 엘름은 그걸 명예로 받아들이지 않았어. 그녀는 왕궁을 떠났지. 완전히 피폐해져서 전쟁을 멈춘 다른 나라와 대조적으로, 강성한 국력을 유지함으로써 대륙 전쟁 이전보다 힘 있는 나라로 변모해 전쟁의 승리에 도취된 헤이틀랜드의 한구석에 숨어 살기로 한 거야."

그녀는 알고 있었기 때문이다.

전설의 '죽은 자를 되살리는 마법'이 왜 금기시되었는지, 그 이유를.

"이 마법이 완성되었을 때 그녀는 왕에게 고했어. 죽은 자를 되살리는 엘름의 비법은 틀림없이 전쟁의 승리를 불러오는 주문이다. 무적의 군대를 만들어낼 수 있는 마법이다. 하지만 결코 나라를 위하는 마법은 아니다."

그래도 왕께서는 이것을 허락하시겠습니까.

오르타이오스 왕은 허락했다. 엘름은 어찌하여 판단력을 잃었느냐. 눈앞에 닥친 적의 침략을 물리치고 나라를 지키는 것이야말로 호국 아닌가.

"엘름의 비법을 사용하면 한번 죽은 인간을 완벽하게 되살릴 수 있어. 모습뿐만이 아니야. 마음도 그대로 돌아오지."

유리는 순간적으로 떠오른 생각을 입에 담았다. "전사한 아들과 남편이 되돌아오는데다, 이제 몇 번이고 전쟁에 나가도 두 번 다시 죽지 않는다는 사실을 알고 기뻐한 가족이 많았겠죠?"

애시는 그 질문을 무시했다.

"대륙 전쟁은 종결됐어" 하고 낮은 목소리로 이야기를 계속했다. 어느 틈엔가 알코올램프 위의 비커 속에서 뭔가가 끓고 있었다. 물이 점점 빨간색으로 물들어간다.

"헤이틀랜드 국내에는 만이천 명 남짓한 불사신 병사들이 존재하게 됐지."

결코 죽지 않고 쓰러지지 않는 최강의 군인들.

"평화로운 세상에서는 그들이 할 일이 없었어."

더이상 적은 쳐들어오지 않는다. 전장은 없다.

"그 굳건한 몸을 활용해 광산이나 농장에서 일하는 자들도 있었지. 원래 그쪽 출신이었던 소집병들이니까. 하지만 뼛속까지 군인이던 자들과 군인으로서의 생활에 익숙해진데다 국민들에게 대륙 전쟁의 영웅으로 추앙받던 자들은 더이상 흙투성이가 되어 일할 수 없어. 보통 사람으로는 돌아가지 못하는 거야."

생각해보라며 애시는 유리의 얼굴을 바라보았다. "자신은 결코 죽지 않아. 그 사실을 알게 된다면 인간은 어떻게 될까?"

위험을—두려워하지 않게 된다.

다른 사람을—두려워하지 않게 된다.

"자기 욕망을 채우기 위해서라면 어떤 무모한 일이라도 하게 되지 않을까요?"

주저주저하며 유리가 내놓은 대답에 애시는 고개를 깊이 끄덕였다.

"대륙 전쟁이 종결된 지 몇 년도 채 지나기 전에, 헤이틀랜드는 강도와 살인자가 판치는 나라가 되고 말았어."

전쟁에는 이겼지만 나라는 황폐해졌다.

"이것이 바로 마도사 엘름이 경고한 일이였지. 엘름의 비법은 호국의 마법이 아니었어."

그래도 약 칠 년간 승전왕 오르타이오스는 평화롭게 나라를 다스리려고 분투했다. 대륙에서 다시 전쟁이 발발할 수도 있으리라. 불사신 군대는 헤이틀랜드에 반드시 필요하다.

"하지만 결국 한계가 왔지. 살아 있으면 사람은 변해. 아까 네가 말한, 남편과 아들 그리고 연인의 부활을 기뻐한 여자들과 가족의 대부분은 그들이 살아 있는 마인으로 변해 짐승만도 못한 짓을 거듭하는 걸 보고 견딜 수가 없었어."

오르타이오스 왕은 헤이틀랜드 전국에 포고령을 내려 엘름의 행방을 찾았다.

엘름은 스스로 왕궁을 찾아왔다.

— 네 비법을 풀려면 어찌해야 하느냐?

왕의 물음에 그녀는 대답했다.

— 제 목숨을 끊어야 합니다.

"엘름의 비법은 그것을 행사하는 술사의 목숨과 이어져 있었어. 그녀가 죽으면 되살아난 자들은 그 순간 재로 변해."

엘름은 왕궁 앞 광장에서 참수형에 처해졌다. 불사신 병사들은 순식간에 재가 되었다. 그 재는 불길한 구름이 되어 열흘 동안 헤이틀랜드의 하늘을 뒤덮으며 태양을 가렸다고 한다.

"엘름의 비법과 그에 의해 태어난 불사신 군대의 전투 경력, 오르타이오스 왕의 이런저런 승전을 기록한 책도 엘름의 죽음과 동시에 갈기갈기 찢어서 불태웠지."

어! 하고 아쥬가 뛰어올랐다. "그럼 『엘름의 서』는 그때 없어진 거야?"

"완본은 없어졌지." 애시가 대답했다. "하지만 엘름의 비법만 몰래 베껴 두루마리로 보관한 마도사가 있었어."

그 두루마리는 헤이틀랜드 역사의 어둠 속에 잠들게 되었다—

"오십칠 년 전, 왕가의 피를 이어받은 가난뱅이 귀족 청년 키리크 앞에 홀연히 모습을 드러낼 때까지는."

백성의 궁핍한 상황을 보다 못해 들고 일어선 키리크는 결코 어리석은 인물이 아니었다. 뜻은 높고 눈동자는 맑았으며 가슴은 정의로 뜨겁게 불타고 있었다.

"그런 까닭에 그는 엘름의 비법을 그대로 재사용하지는 않았어. 그 자신이 마도에 관해 상당한 수준의 지식을 지닌데다 훌륭한 스승도 있었지."

키리크의 외가 쪽 가계에는 왕궁 마도관이라는 명문 혈통도 포함되어 있었다고 한다.

"키리크는 엘름이 만든 비법의 불완전한 점을 보완했어."

죽은 자를 되살릴 때 인간의 본래 모습과 똑같이 만든 탓에 나중에 문제점이 생긴 것이다. 그저 병사가 필요할 뿐이라면 전쟁 기계 같은 존재로 만들면 된다.

즉, 마음을 부여하지 않으면 된다.

스스로 아무 생각도 하지 않고, 아무것도 원하지 않고, 자신이 무엇인지도 잊고서, 그저 그들을 지휘하는 살아 있는 인간이 시키는 대로 길들여진 사냥개처럼 사냥감을—적을 사냥하는 병사들로 만들면 된다.

"그렇게 해두면 반란이 끝났을 때 불필요해진 그들을 한데 모아 처리하기도 쉬우니까."

이들에게는 혼이 없다. 인간이 아니다. 일이 끝나고 나면 주문을 풀어 죽은 자로 되돌리면 된다.

너무해—하고 유리는 작게 외쳤다.

"얕은 생각이었지."

담담한 말투였지만 애시는 딱 잘라 말했다. 끓어오른 붉은 액체를 이번에는 거름종이에 부었다.

"오백 년 전 엘름은 왜 죽은 자를 마음을 지닌 채로 되살렸을까. 그걸 생각하지 않았어. 엘름 역시 필요해서 그랬는데 말이야."

마음을 가지지 않고 되살아난—아니, 강제로 되살아나게 된 죽은 자들은 혼이 없는 존재다. 육체라는 그릇 속에 구멍이 뻥 뚫려 있다.

"거기에 암흑이 깃들지."

땅에 가득 찬 정령. 허공을 떠다니는 보이지 않는 파괴의 힘. 살아 있는 자의 악한 상념.

"불사신 병사들의 내면에 그것들이 조금씩 축적되어갔어. 키리크가 그들을 이끌고 민중을 위한 반란을 일으켜, 압정에 시달리던 사람들의 환호를 등에 지고 승리를 거두는 동안에도."

키리크의 난은 단기간에 끝났다. 그는 왕위에 올랐다. 헤이틀랜드에는 평화가 찾아왔고 백성을 위한 통치가 시작될 터였다.

"되살아난 죽은 자는 원래부터 일시적인 생명과 그릇만을 부여받은 존재야."

그런 까닭에 내부에 암흑이 가득 차서 응축되면 그들의 모습도 바뀌어간다. 인간이 아닌 것으로.

"키리크는 반란에서 전투를 담당한 불사신 병사들을 왕성 지하의 거대한 감옥에 밀어넣었어."

물론 한꺼번에 처리하기 위해서다.

"그 지하 감옥에 괴물들이 나타나기 시작했어. 우선 근위병들이 차례차례 희생됐지."

괴물—키리크가 깨운 죽은 자들에게 습격당한 것이다.

"그놈들은 인육을 먹었어."

유리보다 먼저 아쥬가 우웩, 하고 토악질을 했다.

"크게 당황한 키리크는 왕궁 마도관들을 모아 직접 선두에 서서 괴물 퇴치에 나섰지. 그가 완성한 엘름의 비법으로는, 주문 한 번으로 깨어난 죽은 자를 원 상태로 되돌릴 수 있었을 테지만."

어느덧 내면의 공동에 들어찬 암흑을 '혼'으로 삼아 생명을 얻은 괴물들에게 이미 그 주문은 전혀 통하지 않았다.

괴물들은 지하 감옥을 부수고 왕성을 유린하다 이윽고 성 밖으로 나가 날뛰기 시작했다.

아비규환의 광경을 떠올리고 있는지, 아니면 그 광경을 눈꺼풀 아래 가두어두려는 건지 애시는 눈을 꼭 감고 있었다.

"키리크에게 패한 왕가의 잔당들 중에는, 괴물을 퇴치하기는커녕 이 기회를 틈타 키리크를 쫓아내기 위해 다시금 괴물들에게 마법을 걸어 자기들 마음대로 조종하려 한 놈들도 있었어."

그것이 사태를 더욱 악화시켰다.

"서로 상충되는 여러 마법에 걸린 괴물들은 거대하고 흉포해지는 등 예상도 못한 이상한 변화를 거듭했어. 개중에서도 성가셨던 건 재생번식 능력을 갖춘 놈들의 등장이었지."

"재생번식?"

"괴물의 팔을 잘라내면 그 팔에서 또 한 마리의 괴물이 생겨나. 머리를 자르면 머리가 새로운 괴물이 되지."

유리와 아쥬, 그리고 소라 모두 말이 없었다. 상상하는 것만으로도 마음이 뒤틀려버리는 듯했다. 지독한 추위는 더이상 외풍 탓이 아니었다.

"전부, 퇴치한 거야?"

빨리 결말을 듣고 안심하고 싶은 것이리라, 아쥬가 물었다.

애시는 고개를 끄덕였다. "한 마리씩 차근차근 해치웠지."

"어떻게 했어요?"

"모조리 불태웠어. 즐거운 작업은 아니었지만."

이렇게 괴물을 퇴치하던 중에 키리크는 목숨을 잃었다. 그가 왕위에 올랐던 기간은 겨우 육십 일.

"그래서 그 녀석을 육십 일 왕이라고 부르는 역사가도 있지."

키리크를 그 녀석이라고 부르는 것이 유리는 약간 마음에 걸렸다.

"뭐, 그래서." 과연 이야기하다 지쳤는지 애시의 목소리가 조금 잠겼다. "이 일의 경위를 적은 『엘름의 서』가 또 탄생한 거지. 이 책은 『키리크 전기』라는 별명으로도 불리는데, 이 호칭은 그 녀석을 편드는 명칭이라서 지금은 별로 사용되지 않아."

"미노치의 서재에 그런 게 있었단 말이지."

다시 한번 되새기듯 아쥬가 중얼거렸다.

"실물이 아니야. 사본의 사본의 또 사본이지. 책은 낡으니까 말이야. 내용도 그런 식으로 빈약해진다면 수고할 일이 없을 텐데."

혼자서 긴 이야기를 하면서 조제도 끝낸 모양이다. 애시는 일어서더니 작은 서랍에서 손 안에 쏙 들어갈 듯한 작은 병과 네모나게 자른 하얀 종잇조각을 꺼냈다. 약을 담고 포장하려는 것이리라.

"애시" 하고 유리가 불렀다. "당신은 그때 어디 있었어요?"

문득 애시의 움직임이 멈췄다.

"당신의 작자인 '자아내는 자'는 키리크의 싸움을 그린 작자이기도 해요. 당신은 그 이야기의 어디에 등장해요?"

뜻밖에도 애시는 미소를 지었다. "용케 기억하고 있었구나?"

유리는 손에 땀을 쥐었다. "당신은 키리크와 친했었을 것 같아요. 제 생각이 지나친가요?"

애시는 더 크게 미소 지었다. "아니야. 감이 좋구나."

소라가 놀랐는지 한숨을 쉬듯 희미한 소리를 냈다.

"키리크는 가난뱅이 귀족이었지만, 귀족이기 때문에 영지를 지급받았지. 다나에라는 깊은 산속의 외진 마을이었어. 키리크의 아버지는 당시로서는 드물게 영지 주민을 아끼는 영주라서, 흉년이 든 해에는 공물을 거두지도 않았어. 그래서 가난했지만."

키리크는 외동아들로, 그의 어머니는 그를 낳고 나서 얼마 후에 죽었다.

"그래서 키리크는 유모 손에서 자랐어. 그 유모한테는 갓 태어난 아기가 있었지. 그게 나야."

키리크와 애시는 젖형제였던 것이다.

"마도도 함께 배웠지."

그 무렵 다나에 마을에는 일찍이 왕궁 마도관장이었다가 물러난 노인이 은거하고 있었다.

"블란 스승님이셔. 엄청나게 우수한 마도사였지만 왕궁 안의 시시한 정치싸움에 염증을 느끼셨겠지. 덕분에 키리크와 나는 어릴 적부터 왕립 마도원에서도 가르쳐주지 않을 법한 마법을 배울 수 있었어. 영재교육이라고나 할까."

키리크를 위해, 일찍이 존재한 『엘름의 서』의 일부를 기록한 두루마리를 찾아내어 엘름의 비법을 보충할 연구를 도와준 사람도 블란 스승님이었다고 한다.

"키리크가 반란을 일으켰을 때, 난 그를 따라갈 작정이었어. 하지만 키리크는 내게 다나에 마을에 남아달라고 부탁했어. 이 마을과 블란 스승님을 부탁한다면서 말이야."

만약 반란이 실패한다면 별탈 없이 넘어가지는 않을 테니까.

"결국 나는 왕도로 나갈 기회가 없었어. 반란이 끝나고 괴물들이 깊은 산속 다나에 마을로 습격해올 때까지 그리 오랜 시간은 걸리지 않았으니까."

가까스로 괴물을 모두 퇴치했을 때, 마을 사람의 수는 반 이하로 줄어 있었다.

"이윽고 키리크가 죽었다는 소식이 전해지자 블란 스승님은 자살했어. 전부터 각오를 다지고 있었겠지. 독약을 만들어두셨더군."

하지만 블란 스승님은 애시에게 소중한 지식을 수없이 많이 남기고 갔다.

그 가운데 '이름 없는 땅'에 관한 것이 있었다. '황의를 입은 왕'에 관한 것도 있었다.

"그때 '황의를 입은 왕'에 씐 건 키리크가 아니야. 블란 스승님이셨어."

이 맑은 눈동자를 지닌 청년에게 힘을 빌려주어 헤이틀랜드에 영원한 평화와 백성의 축복을 가져오고 싶다. 그렇게 소원한 블란 스승님의 마음이 '영웅'의 어두운 힘을 불러들였다—

"그리하여 오늘날의 내가 있다는 말이지."

애시가 양손을 가볍게 벌렸다. 침묵이 찾아왔다. 유리는 무슨 말을 해야 할지 알 수 없었다. 아쥬도 몸을 둥글게 만 채 웅크리고 있었다.

"무덤은," 소라의 목소리가 들렸다. "이 오두막을 둘러싼 수많은 무덤—그리고 그 우즈라는 아이의 인간을 초월한 힘은 어떻게 된 것입니까? 아까 당신이 하신 이야기로는 키리크의 난과 관련이 있는 듯합니다만."

맞다. 유리는 애시에게 시선을 돌렸다.

"기억력이 좋구나, 무명승."

애시의 눈빛은 차가웠다.

"네 머리는 비어 있는 것 아니었나?"

"그런 말투는 그만둬요." 유리가 말을 막았다. "소라는 제 시종이에요. 우리는 동료니까요."

애시는 얼굴을 돌리더니 흐린 창문 너머로 눈길을 주었다.

"되살아난 죽은 자가 변한 괴물은 사람을 습격해 잡아먹는다고 했지? 머리부터 와그작와그작 먹어치운다고."

하지만 개중에는 드물게 습격당한 희생자가 상처만 입고 살아남을 때도 있었다.

"그런 사람들이 나중에 이상한 능력을 몸에 지니게 되기도 해."

갑자기 능력자가 된다. 심하게 밤눈이 밝아진다. 귀가 몹시 좋아져서 산 너머에 있는 사람 목소리까지 알아들을 수 있게 된다—

"괴물의 '독'이 몸에 들어간 후, 어느 정도의 세월 동안 작용한 결과겠지."

"슈퍼맨이 되는 거군요?"

조금은 이야기가 밝아질까 싶어서 유리는 목소리를 높여 물었다. "나쁜 일은 아니네요."

애시가 고개를 저었다. "오래 살지는 못해. 그런 능력을 보이게 되면 이삼 년 안에 죽고 말아."

"아…… 그런가요."

"정상인들은 그런 사람들의 시체에 손을 대기 싫어했어. 그렇지만 주검을 태워버리는 것도 마음에 걸리지. 그들은 괴물이 아닌데도 괴물과 똑같은 취급을 받게 되는 셈이니까."

헤이틀랜드의 장례는 토장이 주류라고 한다.

"그래서 그런 시체를 떠맡는 직업이 성립하게 됐어. 이곳에서 내 본업은 그거야. 특수한 장의사 디미트리지."

그래서 '죽은 자와 친밀한 사람'인 것이다.

"하지만 오십칠 년 전의 일이잖아? 아직도 그런 사람들이 남아 있나?"

"실제로 있잖아? 우즈처럼."

우즈의 외증조할아버지는 젊은 시절에 괴물에게 물려 부상을 입었다. 그후 그는 아내를 얻어 아이를 낳았다. 그 아이가 성인이 되어 결혼해서 아이를 낳자, 머지않아 부친과 똑같이 이상한 능력을 발휘하게 되었다.

유리가 작은 소리로 물었다. "물려받는…… 거군요?"

"그래. 그러니 끝나지 않아."

그렇지만 이렇게 이상한 능력을 발휘하는 사람의 수는 시간의 경과와 함께 줄어들고 있었다. 또한 우즈처럼 소년 시절부터 능력이 발현되는 예는 극히 드물다. 대개는 자라서 아이를 가질 정도의 나이가 되어서야 나타난다.

"괴물의 '독'이 자신들의 피가 끊기지 않도록 그렇게 만드는 게 아닌가 싶어."

마치 피나 독에 의지가 있기라도 하다는 듯한 말투였다.

"그래서 우즈는 이 카날 마을에서 배척당하고 있어. 다들 꺼리지."

마을 변두리의 판잣집에서 어머니와 둘이서 살고 있다고 한다.

"우즈한테는 애시가 유일한 친구군요."

냉정한 대답이 돌아오나 싶었지만, 애시는 그렇다며 가볍게 받아들였다.

"디미트리에게도 우즈가 유일한 친구지."

다시 모두가 입을 다물었다. 무슨 생각을 했는지 어깨 위의 아쥬가 단숨에 유리의 법의 가슴팍으로 기어들더니 일부러 반대쪽으로 나와 귓가에 속삭였다.

"저기, 유리. 저 녀석, 처음에 생각했던 것만큼 불쾌한 놈이 아닐지도 모르겠어."

유리는 손으로 얼굴을 가리고 웃었다. 애시는 약을 자루에 넣는 중이라 알아차리지 못한 모양이다. 유리는 소라에게도 미소를 지었다.

어? 소라는 아까처럼 계속 진지한 얼굴이다. 방금 전 애시가 한 말 때문에 아직 기분이 나쁜 걸까. 아니면 너무 추워 얼어버린 걸까.

"내일 왕도로 떠날 거야." 수작업을 계속하며 애시가 말했다. "오늘밤은 푹 쉬어둬. 고된 여정이 될 테니까."

"날아갈 수 있잖아." 바닥의 문장을 가리키며 아쥬가 말했다.

"유리의 힘으로 모든 행로를 날아갈 수는 없어. 게다가 도중에 들를 곳도 있고 말이야."

어디냐고 물어도 지금은 가르쳐주지 않겠다고 애시는 말했다. 자신도 피곤하니까.

"알았어요." 유리는 순순히 대답했다.

10장
실마리를 좇아서

다음 날 아침 일찍, 유리는 눈부신 햇살에 잠이 깼다.

어젯밤은 난로 옆에서 거칠거칠한 낡은 담요를 뒤집어쓰고 딱딱한 바닥에 누웠는데도 푹 잠이 들었다. 그리고 눈을 뜨자 머리 위의 천창으로 새파란 하늘 한 조각이 보였다.

날씨가 좋은 덕분인지, 수호의 법의를 입고서도 몸에 스며들던 추위가 상당히 풀린 듯하다. 유리는 벌떡 일어나서 창문으로 밖을 내다보았다. 어제는 그저 음울하고 보잘것없게, 내리는 눈의 냉기에 몸을 움츠리고 있는 것처럼 보였던 마을의 집들도 밝은 아침 햇빛 속에서 한가롭고 아름다웠다. 지붕과 울타리에 엷게 쌓인 눈은 멋들어진 레이스 장식 같다. 굴뚝에서 피어오르는 연기가 마을 사람들의 하루가 벌써 시작되었다는 것을 알려준다. 여기저기 흩어져 있는 집의 창문과 곳간 문이 열려 있었다.

아래층에서 소리가 들려왔다. 유리는 계단을 내려갔다. 불을 피운 아궁이 옆에서 소라가 부지런히 움직이고 있었다.

"일어나셨습니까, 유리 님."

그러는 소라는 언제 잤을까. 기운이 좀 없는 듯하다.

"안녕, 유리."

부엌 선반 위에 앙증맞게 걸터앉아 조그만 손가락으로 푸성 귀를 움켜쥐고 갉아먹던 아쥬가 말했다.

"잘 잤어?"

"응, 실컷 잤어."

문이 열리고 겨드랑이에 장작더미를 껴안은 애시가 들어왔 다. 애시는 몸단장을 한 상태였지만 머리카락은 여전히 산발이 다. 그 때문인지 더욱 키가 크고 말라 보였다.

"일찍 일어났구나."

"밝아서 깜짝 놀랐어요. 하늘이 정말 예뻐요." 유리는 소라에 게 미소를 지었다. "소라는, 제 영역의 푸른 하늘을 보고 감동하 길래 지어준 이름이에요. 하지만 이 마을의 푸른 하늘에는 도저 히 비할 바가 아니네요. 소라, 밖에 나가봤어?"

소라는 희미하게 웃음을 머금었다. "아니요. 하지만 창문으로 올려다보는 것만으로도 충분합니다."

"겨울철에 이렇게 날씨가 개다니, 드문 일을 넘어서 완전히 사건이로군." 애시가 말했다. "네 덕분이야."

"저요?"

"네 이마에 있는 문장의 힘이야. 이 땅에 달라붙은 마를 물리친 거지."

무심결에 유리는 이마에 손바닥을 댔다.

"강에 내려가서 세수하고 와. 발 안 미끄러지도록 조심하고."

강물은 아주 맑았는데, 물고기의 모습은 보이지 않았다. 너무 깨끗해서인지도 모르겠다.

오두막으로 돌아오는 동안 마을 사람들을 볼 수 있었다. 줄을 지어 산 쪽으로 올라가는 남자들은 사냥꾼 같았다. 활과 화살을 등에 지고 총 같은 것을 어깨에 메고 있다. 투박한 부츠로 단단한 지면을 힘껏 내딛는다.

여자들의 모습도 보였다. 기장이 길고 의외로 화려한 색의 치마를 입고 모두 목도리를 감고 있었다. 추위를 막기 위해서이리라. 비를 손에 들고 집 주변을 쓸고, 곳간에서 말을 끌어내 돌보기도 하고, 가축우리에 먹이를 주러 가는지 커다란 통을 껴안고 가기도 했다. 가축우리에서는 돼지와 소 울음소리와 똑같은 소리가 들려왔다. 말이 있으니, 저것도 돼지와 소라고 추측해도 지장 없으리라. 마법을 사용할 수 있고, 괴물이 있고, 왕이 있고, 전기는 없다. 하지만 이 헤이틀랜드에는 유리의 영역에 사는 동물들과 똑같은 종류의 동물이 있다—

헤이틀랜드를 창조한 '자아내는 자'는 말이나 소, 돼지를 알고 있었다는 건가. 그렇다면 유리와 같은 영역의 사람인지도 모른다.

웃음소리가 들렸다. 두 여자가 언덕 기슭의 가축우리 밖에서 울타리를 사이에 두고 담소하고 있다. 멀리서도 웃는 얼굴이 보였다. 이 푸른 하늘을 기뻐하고 있는 걸까.

그렇다면 좋겠다. 유리는 그제야 비로소 이마의 인을 자랑스레 생각했다.

히로키의 학교에서 마주친 기괴한 괴물의 말이 머리를 스쳤다.

—이마에 있는 인의 진가를 알지도 못하는 애송이가.

진가라.

이번에는 한 손가락으로 이마를 만져봤다.

이것이 황의를 입은 왕의 사자에게 타격을 주었다. 정신을 잃은 이누이 미치루를 회복시켰다. 그리고 이번에는 땅에 들러붙은 마를 물리쳤다.

'늑대'에게는 올 캐스터의 힘이 필요하다고 애시는 말했다. 문장의 힘이 필요하다. 그것이 바로 문장의 목적이다. 그렇지만 그 괴물의 말이 맞다면 용도는 그것뿐만이 아닌 듯한 느낌도 든다.

작은 강 옆에 우두커니 서서 수면에 비치는 모습을 바라보며 유리는 생각에 잠겼다. 진가라.

"유리 님."

문득 쳐다보자 소라가 검은 옷자락을 펄럭이며 빠른 발걸음으로 언덕을 내려오는 참이었다. 유리가 오래도록 돌아오지 않아 걱정한 것이리라.

뛰어오는 소라에게 유리는 손을 흔들었다.

"봐, 강도 맑아. 공기가 맛있어."

심호흡해 보인다. 소라는 유리에게 다가오며 발걸음을 늦추었다. 흠칫거리며 주위를 둘러보고 있다.

"푸른 하늘을 봐봐, 소라."

몇 번이나 재촉하자 그제야 소라는 시선을 머리 위로 향했다. 정면으로 태양을 쳐다보는데도 눈부시지 않은지 눈도 깜박이지 않는다.

"마음이 개운하지?"

소라가 이상하다. 말이 없다. 표정도 신통치 않다. 내 영역의 매연이 가득한 하늘을 보고서는 눈이 휘둥그레졌으면서.

"소라는 헤이틀랜드가 마음에 안 들어?"

이 영역의 무서운 역사를 들었으니까?

"이곳은 이야기의 영역입니다, 유리 님."

가상의 세계라는 의미다.

"응, 알아. 하지만 이곳에 사는 사람들에게는 실재하는 세계야."

어쩌면 유리의 영역 역시 어떤 '자아내는 자'가 창작한 것인지도 모른다.

"그처럼 생각하실 수는 있습니다. 하지만 그것은 착오입니다."

소라의 목소리에는 여전히 웃음기 하나 없다.

"유리 님의 생명이 존재하는 곳이야말로 수많은 영역을 감싸는, 단 하나의 실재하는 '테두리'입니다. 딴 곳과는 다릅니다."

소라가 담담하게 말하는 동안에도 작은 강이 졸졸 흐르는 소리가 들려온다. 마을을 둘러싼 숲속에서는 작은 새가 지저귀는 소리가 들려온다.

"'이름 없는 땅'도 단 하나의 장소잖아."

그것도 실재하고 있잖아.

똑바로 태양을 올려다보던 소라의 시선이 갑자기 흔들렸다. 골똘히 생각하는 듯한 옆얼굴에 동요의 물결이 일었다.

"소라?"

"유리 님." 소라는 천천히, 아주 천천히, 무서운 것이라도 보는 듯이 유리 쪽으로 얼굴을 향했다.

"유리 님, 저는……"

소라의 눈과 유리의 눈이 마주쳤다. 소라의 눈동자는 봄에 핀 제비꽃 같았다. 아침 햇살을 받아 옅은 보라색으로 빛나고 있다.

"저는," 하고 다시 한번 말하고 소라는 침을 꿀꺽 삼켰다. "아니요, 아무것도 아닙니다."

아무것도 아니기는. 뭔가 말하려다 말았지? 뭐야, 소라. 비밀이야?

"가십시다. 애시 님은 서둘러 떠나실 모양입니다."

소라는 발걸음을 돌려 도망치듯 언덕을 오르기 시작했다. 유리는 그를 쫓아가기 위해 뛰어야 했다. 방금 무슨 말을 하려 했느냐고 물으려 해도 숨이 차서 그럴 수 없었다.

아쥬가 "푸성귀는 제법 맛있었어"라고 했기에 유리도 애시가 '마을의 표준적인 아침식사'라고 칭한 것에 도전해보았다. 수호의 법의 덕분에 배는 고프지 않지만 호기심은 있었다.

그리고 바로 후회했다.

"평소에 맛있는 것만 먹는구나."

"그러게요. 그게 당연하다고 생각했는데."

식기를 정리한 후 애시는 테이블에다 커다란 두루마리를 펼쳤다. 헤이틀랜드 지도다. 산이나 강 등 자연지형뿐만 아니라 도회지나 마을도 표시되어 있다. 일그러진 타원형을 그리는 국경선의 남쪽 끝에는 큼지막하게 성이 그려져 있었다.

"왕도 엘미그아르드야."

엘미그아르드. "『엘름의 서』와 뭔가 관계가 있나요?"

"감이 좋구나. 원래는 다른 이름이었지만, 키리크의 난 후에 바뀌었어."

헤이틀랜드의 고어로 '엘름을 장사 지낸 무덤'이라는 뜻이라고 한다.

"왕도는 나라의 중심이잖아요? 거기에 '무덤'이라는 이름을 붙였어요?"

"마도사 엘름의 무덤이 있는 장소이자 키리크가 입수한 『엘름의 서』가 엄중히 보관된 장소이기도 했으니까."

"하지만 지금은," 아쥬가 지도에 그려진 왕도 부분을 꼬리 끝으로 두드렸다. "『엘름의 서』는 여기에 없어."

"그래. 누가 꺼낸 후에 흐르고 흘러서 미노치 이치로의 서재에 다다랐지."

"누가 꺼냈어요?"

"알 수도 없는데다, 지금으로서는 아무래도 상관없어. 돈에 눈이 먼 문관이나 근위 마도병일지도 모르지. 시간을 되감아 반출하는 걸 막을 수는 없을 테니 찾아봤자 의미는 없어."

애시는 철저하게 현실적이다.

"하지만 놀랍네. 모든 악의 근원인 마도사 엘름은 얌전히 무덤에 묻혔으니까 말이야."

"정확하게 말하면 키리크의 난 이후에 참수당한 엘름의 목만 여기로 옮겨졌어. 매장이라기보다는 본보기를 위해서."

묘비에는 봉인 주문이 걸려 있다고 한다.

"오르타이오스 왕의 무덤은요?" 유리는 물었다. "역시 마찬가지 취급을 받았나요? 승전 기록은 파기됐다고 했지만, 그래도

'승전왕 오르타이오스'로 불렸잖아요."

애시가 예의 반쯤 감은 눈으로 유리를 쳐다봤다. "왕의 무덤은 그대로야. 아무래도 왕가의 무덤을 망가뜨릴 수는 없으니까."

"그럼 벌을 받은 건 엘름의 무덤뿐이로군요."

아쥬는 '모든 악의 근원'이라는 표현을 썼지만 그 말은 좀 심하다. 마도사 엘름도 그때는 헤이틀랜드를 지키기 위해 필요한 술법이라고 생각했기에 연구했을 테고, 왕에게 분명히 경고도 했다. 이것은 호국의 마법이 아니라고. 굳이 말하자면 책망 받아야 할 사람은 오르타이오스 왕이라고 유리는 생각했다.

오르타이오스 왕이 좀더 진중한 사람이었다면, 혹은 상황이 조금 달랐다면, 엘름은 대륙 전쟁의 승리에 공헌했을 때와 마찬가지로 지금도 계속 존경받고 있지 않을까.

그런데 '본보기'라니. 오백 년이나 더 전에 처형된 사람의 목이다. 이미 오래전에 뼈가 되어서 만지면 힘없이 허물어질 정도였으리라. 그것을 일부러 파내어 왕도까지 옮기고 수치를 주기위해 본보기로 무덤을 만들었다—

뭔가 바늘 같은 것이 쿡 찌르듯, 어떤 생각이 떠올랐다.

한때 영웅으로 추앙받다가 이윽고 그 자리에서 밀려난다.

모리사키 히로키와 닮지 않았나.

담임인 하타 선생님은 히로키가 '영웅인 척한다'고 생각했다.

학생의 본분을 모른다면서. 그래서 학생들을 부추겨 히로키를 공격하게 했다.

그렇다면 엘름과 히로키는 비슷한 짓을 한 걸까. 유리는 생각했다. 두 사람이 한 일에 공통점은 없을까.

엘름은 죽은 자를 깨워 병사로 만든다는, 보통 사람은 떠올릴 수도 없는 일을 고안하고 실행했다. 히로키는 괴롭힘에 상처입고 고통스러워하는 이누이 미치루를 구했다. 비슷한 구석이라곤 전혀 없지 않은가.

아니 — 그렇지도 않은가.

모리사키 히로키는 괴롭히는 학생들에게만 맞선 것이 아니다. 그런 학생들을 내버려두는 선생님들과도 맞섰다. 그 역시 일종의 반란이었다.

한편 엘름은 생사의 경계를 부수었다.

규모는 상당히 다르다. 하지만 두 사람 다 그때까지 세계를 지배하던 질서를 뒤집었다는 점에서는 똑같은 행동을 했다고 해도 무방하다.

그렇기에 영웅으로 추앙받았고, 그렇기에 나중에는 규탄을 받았다. 그것이 바로 영웅의 이면이다.

'영웅'과 '황의를 입은 왕'이다.

"유리, 왜 그래?"

정신을 차리자 아쥬가 어깨 위에 앉아 쳐다보고 있다. 유리는 고개를 저었다.

"아무것도 아니야. 애시, 그러니까 우리는 이제부터 왕도로 향하는 거군요. 왕도에는 오빠를 찾아내기 위한 실마리가 있겠죠?"

"가능성은 있지. 확실하게는 몰라."

애시는 유리의 얼굴에서 눈을 떼지 않았다. 항상 졸린 듯이 눈꺼풀을 반쯤 감고 있는 것은 날카로운 시선을 감추기 위해서가 아닐까. 저 눈이 머리 안쪽까지 꿰뚫어보는 듯한 기분이 들어서 마음이 가라앉지 않는다.

"다만, 그전에 들를 장소에는 분명히 실마리가 있어. 그 때문에 난 너라는 올 캐스터를 맞이하러 간 거야."

갑자기 이야기에 초점이 맞추어졌다. 유리는 자세를 가다듬었다. "그게 정말이에요?"

"여기야." 애시가 긴 손가락으로 지도상의 한 점을 가리켰다. 산 위에 상자 모양의 표시가 있고, 작은 글자가 적혀 있었다. 낙서 같은 문자가 늘어서 있었지만 유리는 읽을 수 있었다.

"카타르할 수도원 터, 라고 읽으면 돼요?"

"그래, 맞아."

헤이틀랜드의 국교는 왕가의 혈통을 창조신에게 이어지는 성스러운 것이라 받드는 유일신교이지만, 그밖에도 몇 가지 토착 종교가 있다고 한다. 그 역사는 헤이틀랜드보다도 오래되었다.

토지와 결합한 민속 종교이기 때문이다.

"헤이틀랜드가 현 왕가에 의해 통일되었을 때 그런 토착 종교는 박해를 받았지. 교단이 해산되고 교전이 파기됐을 뿐 아니라 교회나 수도원도 파괴됐어. 지금은 그 땅에 사는 사람들의 생활 습관 속에 교의의 흔적이 드문드문 남아 있는 정도에 지나지 않지."

하지만 그런 종교적 의미를 지닌 폐허를 지금도 고장 사람들이 받들어 모시면서 가느다란 명맥을 잇고 있다. 헤이틀랜드 왕가도 그렇게까지 엄중하게 단속하지는 않는다. 폐허를 더 부술 수도 없고, 대개가 사람들이 사는 곳에서 멀리 떨어진 벽지라 방치해두어도 해가 없는데다, 따로 이용할 방법도 없기 때문이라고 한다.

"카타르할 수도원도 그런 장소야." 애시는 말을 이었다. "표면적으로 드러내놓지는 못하지만, 아직까지도 수도사가 수도원 터를 지키고 있어."

"그런 곳에 무슨 실마리가 있다는 거야."

애시의 말에는 무조건 트집을 잡기로 한 모양인 듯 아쥬가 새된 목소리로 말한다.

"있어. 사람이 있다고."

사람이라고 말할 때 애시의 말투가 조금 둔해졌다.

"실마리를 가지고 있는 **인물** 말이야."

인물이라고 말하면서도 뭔가 입에 담기 거북한 것 같았다.

"소라 같은 스님인가요?"

소라도 고개를 끄덕이면서 애시를 가만히 쳐다봤다. 하지만 그는 전혀 호응하지 않는다.

"지도를 잘 보고 머릿속에 깊이 새겨둬. 이 수도원 중앙정원에 문장이 있어. 거기까지 날아가려면 유리가 방향과 거리감을 익혀둬야 해."

"왜 그런 곳에 문장이 있는데?"

"내가 새겼으니까 그렇지, 시끄러운 쥐새끼야."

애시는 아쥬를 붙잡아올리더니 지도 위에 휙 내던졌다.

"입만 놀리지 말고 너도 유리를 좀 도와."

핀잔을 받아도 아쥬는 어떻게 하면 좋을지 모르는 듯했고, 유리 역시 어떻게 도움을 받아야 할지 몰랐다. 그저 온 마음을 다해 지도를 쳐다볼 뿐이다. 카타르할 수도원 터는 왕도보다는 훨씬 가깝다. 여기서 서남쪽으로 산을 하나, 둘 넘으면, 호수나 늪 같은 게 있다. 커다란 강도 흐르고 있는데 건너면 안 되는 듯하다. 강을 만나면 그것을 따라 남하하다가 숲으로 나가면 동쪽으로, 즉 여기서 보기에 오른쪽으로 구부러지는 식이다.

"아, 내 눈에 건물이 보인다." 아쥬가 갑자기 재잘거렸다. 마치 작은 새처럼 즐겁게.

"뭐야, 도와주라는 게 이거였어?"

아쥬는 지도의 카타르할 수도원 터 표시를 밟고 있었다. 거기서 이미지가 전해지는 모양이다.

"문제없어, 유리. 내가 안내할게."

애시 님, 하고 소라가 조심스레 불렀다.

"바로 출발하실 겁니까?"

"뭐 곤란한 일이라도 있어?"

"어제 여기를 찾아온 남자아이에게 인사를 하지 않고 가도 괜찮을까 하는 생각에……"

용수철 다리 우즈 이야기다. 유리도 지도에서 눈을 들었다.

"맞다, 맞다. 그 아이의 어머니에게 줄 약은요?"

"어젯밤에 전해줬어." 애시가 의자에서 일어섰다. "그 녀석은 내가 잠자코 나가도 신경 쓰지 않아. 굴뚝의 연기가 멎으면 내가 나간 걸 알 수 있을 테니까."

그렇습니까, 하고 소라는 고개를 숙였다. "그러면 아궁이의 불을 정리하고 오겠습니다. 문단속을 할 필요는 없겠지요."

덜컥덜컥, 하고 풍차가 돌아간다. 허술한 오두막이 삐걱대며 흔들리는 것이 바닥에서 전해졌다.

문장 안에 발을 들여놓을 때는 그런 생각을 하고 있었다. 그런데 바로 주위가 캄캄해지더니 귓가에서 바람이 휭 하고 울었다.

출발이다. 유리는 날아올랐다. 날아간다.

손끝으로 콧등을 만져도 감촉만 느껴질 뿐 아무것도 보이지 않는다. 완벽한 어둠이다. 하지만 때때로 색색의 천이 펄럭이듯이 발아래로, 몸 옆으로, 또는 머리 위로 한순간 경치가 보일 때가 있었다. 통과하고 있는 산이나 숲, 도회지나 마을이 보이는 것이다.

"유리, 좋아, 지금 그 상태. 어? 좀 남쪽으로 갔다. 돌아와, 돌아와."

머리 위에서 아쥬가 길을 안내해준다. 소라는 유리와 손을 꼭 잡고 있었다. 애시는 그럴 필요가 없는지 날아오르자마자 기척조차 사라졌다.

긴장이 풀려서, 어둠을 날아가는 동시에 그것에 녹아드는 것 같다. 어둠과 한 몸이 됨과 동시에 어둠 속을 가로지르는 바람이 된다. 중력과 시간으로부터 해방되어 모든 멍에를 벗어놓고서.

아쥬의 목소리마저 아득하게 들린다. 그래도 전혀 상관없다. 아쥬는 뱃사공, 유리는 배다. 아쥬에게 맡기고 유리는 그저 나아가기만 할 뿐.

이 얼마나 기분 좋은가. 지금까지 다른 장소에서 날았을 때는 이렇지 않았다. 거리가 가까웠기 때문에? 미노치 이치로의 서재에서 '이름 없는 땅'으로 이동할 때는 이런 비행이 아니었던 걸까.

유리는 눈을 감은 채 황홀한 마음에 빠진다. 자신의 윤곽을 완전히 잃고 바람이 되어 ―

하지만 소라의 따뜻한 손만은 확실하게 느껴진다.

소라는 다정하구나. 흩어지는 마음속에서 유리는 따스한 기분을 품는다. 딱 한 번 보았던 우즈를 잊지 않고 걱정해주었다. 애시가 잠자코 떠나면 그 아이가 외로워하지 않을까, 하고. 나는 그런 건 생각지도 못했는데.

신기하다. 소라는 어떤 사람일까. 찬찬히 생각해볼 여유가 없었고 그럴 필요도 없었다. 지금도 딱히 필요해서 생각난 건 아니다. 하지만 이 어둠, 이 바람. 이 자유로운 비행 속에서 나와 이어져 있는 단 한 사람인 소라는 내게 더할나위없이 소중한 존재다. 가슴에 사무치게 잘 알 수 있다. 그래서 소라를 생각하지 않을 수 없다.

왜일까……

이 어둠이 소라와 닮아서?

아무것도 존재하지 않으니까. 텅 비었으니까. 공허하니까. 애시는 소라에게 말했다. 너는 무라고.

아니다. 소라는 무가 아니다. 검은 옷 안쪽에 다정함과 따뜻함을 숨기고 있을 뿐이다. 나는 분명히 알 수 있다. 느낄 수 있다.

하지만 어둠과 마찬가지로 정체를 알 수 없다는 데는 변함이 없어.

지금 누구 목소리지? 누구의 생각이 들려온 거지? 날아가면서 유리는 몸을 움직여 주변을 둘러보려 했다.

그때.

—오지 마!

비명과도 비슷한 외침이 어둠을 뒤흔들며 울려퍼졌다. 유리가 가는 방향을 갑자기 무언가가 가로막았다. 마치 유리창의 존재를 모르고 창문에 충돌하는 작은 새처럼, 어둠 속 보이지 않는 벽에 부딪힌 유리의 눈에서 불꽃이 튀었다.

—오지 마! 오면 안 돼!

상처 입은 야수의 울부짖음처럼 사납게 부서지는 그 소리는 분노로 떨리고 있었으며, 두려움에 쉬어 있었다. 아니, 미친 듯이 흥분하여 오지 말라고, 오면 안 된다고 되풀이한다. 그러나 유리의 의식은 희미해져간다—떨어져간다—

"유리!"

애시가 긴 팔을 뻗어 유리의 옷깃 뒤쪽을 붙잡았다. 떨어지던 유리가 덜컥 멈추었다. 하지만 다음 순간 힘을 잃은 유리의 팔이 만세를 하듯 위로 올라가더니, 헐렁헐렁한 법의 소매에서 빠져나가고 말았다.

"유리 님!"

비통하게 부르는 소라의 목소리가 점점 멀어진다. 유리는 떨어진다. 떨어지고 계속 떨어져서 어둠 속을 통과한다.

끝없이, 끝없이.

그러다 어둠의 바닥을 뚫고 나갔다. 주위가 대번에 밝아졌다.

색채가 돌아온다. 세계가 형태를 되찾는다. 그 속에서 유리는 여전히 떨어져간다.

"우와아악 ~"

유리의 머리카락에 달라붙은 아쥬의 목소리였다. 아쥬는 전신의 털이 거꾸로 선 채 꼬리가 공중에서 마구 흔들렸다.

"유리, 날아, 날라고!"

"나, 날다니, 어떻게?"

둘은 구름과 같은 높이에 있었다. 솜사탕 같은 구름을 차례차례 통과하면서 계속해서 떨어진다.

"팔을 휘저어, 휘저으라니까! 헤엄치는 거야, 빨리!"

그렇게 외치던 아쥬는 빠른 말투로 주문을 외우기 시작했다. 예사소리와 거센소리가 넘쳐나는 유쾌한 주문. 그래도 필사적이다!

"─한다나라니파, 우쟈라우이티카, 나다파문도파무룬파!"

뭐야, 그거? 유리는 웃음을 터뜨렸다. 어? 나 웃고 있네. 이럴 여유가 있나?

여유는 있었다. 유리는 푸른 하늘에 떠 있었다. 양팔을 새의 날개처럼 퍼덕이는 것만으로도 편하게 하늘에 머물러 있을 수 있었다. 구름 조각이 코끝을 스쳤다. 와아, 어쩌면 이렇게 차가울까.

"후우, 살았다."

아쥬는 여전히 열 손가락으로 유리의 머리카락을 붙잡고 있다. 그래도 털은 원래대로 돌아왔다.

"이렇게 천천히 날아가자. 어딘가 눈에 띄지 않는 곳으로 내려가야 해."

유리의 눈 아래 아득히 먼 곳에는, 현실세계에 있을 때도 그림엽서나 텔레비전 여행 프로그램에서밖에 본 적이 없는 서유럽풍의 아름다운 거리가 펼쳐져 있었다. 하얀 벽에 빨간 삼각지붕, 파란 외쪽지붕을 얹은 집. 뾰족한 채광탑을 인 석조 저택. 넓은 잔디 정원에 분수가 보인다. 집 사이를 포석길이 둘러싸고 있고, 군데군데 울창한 숲이 자리를 잡고 있다. 멀리 마을 외곽을 흐르는 강이 푸른 하늘을 조용히 비추어내고 있다. 우아한 아치를 그리는 다리가 그 위에 걸려 있는데, 마침 마차가 다리를 건너가는 모습이 보인다.

"상당히 가까운 데 떨어졌구나." 아쥬가 유리의 머리 위에서 중얼거렸다. "봐, 저게 카타르할 수도원 터가 있는 산 아냐?"

아쥬가 앞머리를 잡아당기자 유리는 왼쪽으로 얼굴을 돌렸다. 아쥬의 말대로였다. 사랑스럽고 아름다운 경치 한구석에 눈에 띄게 음울하고 흐린 색깔의 산이 보인다. 높이는 언덕보다 조금 높은 정도에 지나지 않지만, 산 거죽에는 나무들이 빽빽이 자라나 서로 밀치락달치락하는 듯했다. 모두 침엽수인지 끝이 뾰족한데다 잎의 색깔이 어둡다. 그래서 산의 색깔도 어두침침하고 날카로워 보이는 것이다. 그러면서도 군데군데 암벽이 쑥 드러난 부분은 마치 거대한 짐승이 발톱으로 할퀸 듯한 느낌을 주었다.

산꼭대기를 향해 나선형으로 좁은 길이 나 있었다. 막다른 길에는 잿빛 벽 같은 것이 언뜻 보였다. 유리는 더 자세히 보려고 팔을 휘저었지만, 아무래도 진짜 새처럼 자유자재로 날 수는 없어서 우물쭈물하는 사이에 오히려 고도가 낮아져버렸다.

거리의 경치가 세세한 부분까지 보였다. 집집의 창가를 장식하고 있는 꽃상자에는 빨강과 노랑꽃이 흐드러지게 피어 있다.

"카날 마을보다 사람이 훨씬 많은 것 같아."

길을 걷는 사람들이 있다. 가게도 보인다. 짐수레가 오가고, 어딘가에서 음악도 들려온다. 오르간 같은 음색이다. 어, 아이들이 합창하고 있다. 학교가 가까이 있는 것이리라.

"카날 마을보다 풍요롭다는 것도 확실하네."

"어디에 과자가게가 있나봐."

아쥬도 바람을 타고 흘러온, 달콤하고 맛있는 냄새를 맡은 모양이다.

"길거리부터 다른걸. 꽃도 엄청 많고."

"그 말인즉슨 사람 눈을 신경 써야 한다는 뜻이지. 유리, 저 숲속으로 내려가자."

아쥬가 유도하는 대로 유리는 신중하게 몸을 움직여, 나무 꼭대기에 걸리지 않도록 조심하며 무사히 땅에 내려섰다.

그냥 숲이 아니었다. 좁은 길이 나 있고 통행 표식이 세워져 있었다. 뭐라고 씌어 있는지 전혀 읽을 수 없다.

"유리, 우두커니 서 있으면 안 돼."

유리는 서둘러 길에서 벗어나 우거진 잡초 속으로 몸을 숨겼다.

"수호의 법의가 없으니까 평상복이네."

집에 있을 때의 모습 그대로였다.

나무들 너머에서 사람 목소리가 들렸다. 유리는 잡초 속에 엎드렸다. 그러자 발소리가 가까워졌다. 여자 둘이, 저마다 바구니를 들고 느긋하게 걸어온다. 긴 치마. 옷자락이 부드럽게 부푼 블라우스. 앞치마를 걸치고 머리카락은 상투처럼 머리꼭지에 한데 모아 하얀 레이스로 감싸놓았다.

웃는 얼굴로 이야기하고 있다. 즐거운 모양이다. 하지만 무슨 이야기를 하고 있는지 모르겠다. 수호의 법의가 없으면 문자도 읽을 수 없거니와 대화도 이해할 수 없다. 갑갑하다.

"큰일이야, 아쥬."

혼란이 물밀듯이 밀려온다. 한가롭게 경치에 빠져 있을 때가 아니다.

"자자, 진정해, 진정해. 나한테 맡겨두라고."

아쥬는 유리를 일으켜 세우더니, 이번에는 시옷자가 많이 들어간 속삭이는 듯한 소리로 주문을 외었다.

선뜩한 공기에 감싸이는가 싶더니, 유리는 방금 본 여자들과 똑같은 옷차림으로 바뀌어 있었다. 머리 모양까지 닮았다. 다른 점은 앞치마가 아니라 조끼를 입고 있다는 것과, 그 여자들은 가죽 샌들 같은 신을 신고 있었는데 유리는 부츠를 신고 있다는 것이다.

그리고 어깨에 걸고 있는 작은 가방이 귀엽다. 아쥬, 센스가 좋은걸.

"됐어, 최상의 상태로군."

아쥬가 의기양양하게 코를 벌름댔다. 이렇게 땅에 내려와 있으니 자칫하면 밟아버릴 정도로 작다.

"이 마을에 멋지게 어우러졌어."

"하지만 말은 어떻게 해?"

"유리는 평소대로 말해도 돼. 외국인이라고 생각하고 넘어갈 거야. 이 마을에 여행 왔습니다. 목적지는 카타르할 수도원 터인데, 도중에 부모님과 떨어지고 말았습니다. 저는 미아입니다. 손짓발짓으로 말이야."

그러면 통할까?

"누군가 친절한 사람이 카타르할 수도원까지 가는 방법을 가르쳐줄 거야."

"가르쳐줘도 난 못 알아들어."

"난 알아. 통역해줄게. 그러니까 유리는 겉모양만 잘 갖춰놓으면 문제없다니까."

그렇구나, 하고 유리는 반쯤 납득했다가, 바로 생각을 고쳐먹었다. "이상해, 아쥬. 그럴 필요 없잖아. 다시 날면 되는데."

아쥬가 쯧쯧쯧, 하고 혀를 찼다. 그러면서 조그만 발로 땅을 굴렀다.

"이봐, 정신 차리라고. 유리, 왜 이런 꼴이 됐는지 모르겠어?"

날다가 도중에 떨어졌다.

"아까 그건 봉마의 벽이야."

문장의 힘을 봉인당해 내팽개쳐진 것이다.

"누군지 모르지만, 카타르할 수도원에는 그런 힘을 지닌 녀석이 있어. 게다가 그 녀석은 유리를 만나고 싶어하지 않아."

오지 마! 하고 외쳤다. 오면 안 된다고 했다.

"어쩌면 문장이 다가오는 게 싫은지도 모르지만, 어쨌거나 이제 마법을 써서 카타르할 수도원에 갈 수는 없어. 뭣하면 시험해볼래? 그래봤자 다시 떨어질 뿐이겠지만."

사양하자. 아쥬의 말이 맞는 듯하다.

"그럼 애시랑 소라는? 두 사람도 어딘가에 떨어졌을까?"

"모르겠어."

생쥐의 얼굴로는 도저히 무리일 텐데도 아쥬는 험악한 표정을 지었다. 유리에게도 아쥬의 걱정이 분명히 전해졌다.

"그 녀석, 역시 방심해서는 안 됐는지도 몰라."

"애시를 말하는 거야?"

아쥬가 고개를 끄덕였다. 험악함을 넘어서, 시침핀 머리만한 작은 눈동자가 빨갛게 불타오르고 있다. 화내고 있는 걸까.

"그 녀석, 뭘 노리고 있을까."

"노리다니…… 그 사람은 '늑대'야."

"'늑대'라고 해서 누구든 신용할 수 있다고는 할 수 없어. 적의 첩자일지도 모르잖아."

첩자! 생각도 안 해봤다. 웃음이 날 것 같아서 유리는 급히 얼굴에 힘을 주었다. 아쥬는 진지함 그 자체다.

"봉마의 벽에 부딪쳤을 때, 애시는 날 붙잡아서 구해주려고 했어. 아쥬, 몰랐어?"

아쥬는 이른바 '알기 쉬운 타입'이다. 샐쭉해졌다는 것이 뻔히 다 보인다.

"무엇보다 그 사람이 뭔가 꾸미고 있다면, 카타르할 수도원 터에 대해 말 안 하면 그만이야. 거기에는 실마리가 있잖아."

"어째서 그렇게 단정할 수 있지? 그 녀석이 거짓말을 했는지도 모른다고."

"실제로 이렇게 방해를 받았잖아."

누군가가 오지 말라고 외치는 데는 그 나름의 이유가 있을 터이다. 그 '누군가'야말로 실마리다. 실마리를 쥐고 있는 사람.

"어쨌든 그 두 사람이 만약 다른 장소에 떨어졌다 해도, 어차피 우리랑 똑같이 카타르할 수도원 터로 향할 거야. 가자. 아까 아쥬가 제안한 대로 나는 여행을 나섰다 미아가 된 여자아이가 될게."

가볍게 일어서서 새로운 옷차림을 대강 확인하고 난 후 유리는 밝은 기분으로 숲의 오솔길로 발을 내딛었다.

"유리." 아쥬가 불렀다. 아직 땅에 그대로 서 있다. 작은 생쥐는 무서운 얼굴로 딱 버티고 있었다.

"아까 유리를 방해한 건 어쩌면 히로키일지도 몰라."

유리의 입가에서 웃음이 사라졌다. 그렇다는 걸 스스로도 느낄 수 있었다.

"무슨 소리야?"

"모르겠어. 어림짐작이야. 하지만 히로키는 유리가 자신을 찾아내는 걸 바라지 않을지도 몰라."

'그릇'이 된 오빠는 인간의 모습을 잃어버렸을 가능성이 있다. 언젠가 유리도 얼핏 그런 생각을 하다 부들부들 떤 적이 있다.

"그래도 유리가 히로키를 만나고 싶다면, 난 돕겠지만 말이야."

고맙다고 웃어야 할까, 이상한 생각 하지 말라고 화내야 할까. 어찌할 바를 몰라서 결과적으로 유리는 자못 '이국 마을에서 부모와 떨어져서 겁에 질린 여자아이'에 어울리는 표정을 짓게 되었다.

혼자서 하얀 생쥐를 어깨에 얹은 채, 짐이라고는 작은 가방 하나뿐이다. 유리는 불안한 듯 주위를 둘러보고 있다. 이 마을 사람들은 그런 여자아이를 내버려둘 만큼 불친절한 것 같지는 않은 듯하다. 숲을 나와 머뭇머뭇 걷기 시작하자 바로 말을 걸어왔다. 말이 통하지 않는다는 사실을 알자 말을 건 사람은 더 친절해졌고, 다른 사람들도 다가왔다.

삼십 분도 지나기 전에 유리는 어느 가게 안에 앉아 달콤한 차를 대접받게 되었다. 신선한 채소와 과일이 가득한 커다란 소쿠리와 나무상자에 가격표가 붙어 있다. 아무리 봐도 청과물 가게다. 가게 주인은 양쪽 다 얼굴이 발그레하고 통통하게 살이 찐, 목소리가 큰 부부다.

"나쁜 사람들은 아닌 것 같아."

아쥬도 유리의 어깨 위에서 차분히 자리를 잡고 있었다.

"아주머니의 이름은 아이사야. 손님들은 아이사 아줌마라고 불러. 남을 돌봐주기 좋아해서 사람들이 많이 의지하고 있어."

마을의 문제 해결사인 셈인가.

"파출소에 데려다줄 수는 없을까? 순경 아저씨 같은 일을 하는 사람은 없나?"

"이 정도로 큰 마을이니까 있겠지. 지금 아저씨가 서둘러 나갔으니까 부르러 갔는지도 몰라."

"아이샤 아줌마, 아까 자꾸 아쥬를 가리키던데 뭐라고 말했지?"

"내가 채소를 갉아먹지는 않을까 걱정했어. 이 쥐는 얌전하냐, 이 쥐 버릇은 잘 들였냐, 그러더라고."

가게 앞에서 손님을 상대하던 아이샤 아줌마가 돌아와서 유리에게 뭐라고 말했다. 몸짓으로 추측하건대 춥지 않느냐고 묻는 듯하다. 유리는 고개를 젓고 나서 머리를 꾸벅 숙였다. 그러자 아줌마는 허리에 손을 대고 난처한 듯이 웃었다.

"아이샤 아줌마가 너랑 부모님이 어디로 가는 중이었냐고 묻고 있어."

아쥬의 통역에 유리는 차가 든 컵을 놓고 벌떡 일어섰다. 아이샤 아줌마의 커다란 손을 잡아 가게 앞으로 이끌고 간다. 가슬가슬하게 건조하고 거칠어진 손이었다.

유리는 아이샤 아줌마 앞에서 어둡게 흐려진 산을 가리켰다.

"카타르할" 하고 유리는 말했다. "카, 타, 르, 할."

말이 통한 모양이다. 아이샤 아줌마의 온후한 표정이 갑자기 험악해졌다. 살짝 턱을 당기고 유리를 응시하며 빠른 말투로 뭐라고 말을 했다.

"네 부모님은 그런 곳에 무슨 볼일이 있느냐고 묻고 있어."

아무리 그래도 쥐가 통역해주고 있다고는 말할 수 없기에, 유리는 몸짓으로 말을 주고받으며 아줌마에게서 카타르할 수도원 터로 가는 방법을 알아내야 한다.

유리가 고개를 갸웃하자 아줌마는 큰 몸짓과 함께 한숨을 쉬었다.

"말이 통하지 않는 건 성가시대."

"정말 그래."

유리는 가슴 앞에 두 손을 모으고 아줌마를 향해 조르는 듯한 동작을 했다. 그리고 산 쪽을 가리켰다. 그 동작을 되풀이했다. 꼭, 꼭 카타르할 수도원 터에 가고 싶어요.

아이사 아줌마는 이마에 손을 갖다댔다.

"네 아빠 엄마는 길을 잘못 들었어."

무슨 의미일까?

"이 마을에서는 저 산 위로 갈 수 없어. 결계가 있고, 금지되어 있으니까."

말이 통하지 않는 척하며 눈을 크게 뜨는 유리에게 아줌마는 얼굴 앞에서 가위표를 만들어 보였다.

그때 손님이 왔다. 아줌마가 멀어졌기에 유리는 아쥬에게 물었다. "결계라니, 무슨 소리야?"

"이 마을 주위에는 마법의 장벽이 둘러쳐져 있는 모양이야. 그건 나도 느꼈어. 냄새가 나니까."

"하지만 우리는 들어왔잖아."

"인간용 장벽이 아니야. 아마도…… 그밖의 존재가 침입하는 걸 저지하기 위한 결계일 거야."

애시가 이야기해준, 불사의 병사들이 변한 괴물이 얼핏 떠올랐다. 그들의 독이 든 피를 이어받은, 이상한 능력을 지닌 사람들도.

"이곳은 카날 마을과는 비교도 안 될 정도로 예쁘고 풍족하구나."

유리가 사는 현실사회 속에서도 이렇게나 예쁜 마을은 드물다. 테마 파크 같다.

"그 마을이 유난히 가난한 걸 거야." 아쥬는 목소리를 죽였다. "그 묘지가 있으니까. 어쩌면 그런 묘지가 만들어진 마을과 그렇지 않은 마을이 뚜렷이 구별되어 있는지도 몰라."

만약 그렇다면 정말로 이상한 구별이다.

손님과 서서 이야기를 하던(둘이서 힐끗힐끗 유리를 보고 있었다) 아줌마가 돌아왔다.

"이제 곧 헌병이 와서 널 주둔지로 데리고 갈 거래."

아줌마가 잔뜩 흐린 산으로 눈을 돌렸다. 손가락질하지는 않는다. 마치 두려워하는 것처럼.

"주둔지에 가서 상담하면 저기에 갈 수도 있을 거라는군. 아빠 엄마가 먼저 도착해 있으면 좋겠대."

앉아서 기다리라는 몸짓을 했지만, 유리는 머리를 한 번 숙이고 가게 앞에 가만히 있었다. 결계의 보호를 받는 거리를, 평온

한 삶을 즐기듯 오가는 사람들의 미소를 조금 더 바라보고 싶었기 때문이다.

애시의 이야기만 들어보면 헤이틀랜드는 결코 평화롭고 아름다운 나라가 아니다. 하지만 부분적으로는 미와 행복이 존재하고 있다. 아주 한정된 지역에는. 불길한 과거 역사의 유산이 남아 있지 않은 곳에는.

"똑같아." 갑자기 아쥬가 중얼거렸다. "유리가 사는 나라, 유리가 있는 영역도 똑같아. 우연히 유리가 전쟁과 굶주림을 모를 뿐, 그런 게 있는 곳도 분명히 있어."

그렇지…… 하고 유리도 맞받아 중얼거렸다.

둘의 생각은 떠들썩한 사람 목소리와 어지러운 발소리 때문에 흩어져갔다. 수많은 사람들이 오른쪽 건너편 길가에서 이쪽을 향해 달려왔다. 뭐라고 소리를 지르고 있다. 큰일이다, 큰일이다, 라는 느낌?

아쥬가 귀를 쫑긋 세우고 유리의 머리 위로 올라가 일어섰다. 그때, 쾅쾅쾅 하고 연거푸 뭔가 터지는 소리가 났다. 찢어지는 비명이 울려퍼졌다. 사람들의 비명이 이어졌다.

가게 안에서 아이사 아줌마가 달려나왔다. 이쪽으로 달려온 젊은 여자가 아줌마를 발견하고 매달린다. 새파랗게 질린 채 눈물을 흘리며 엉엉 우는 소리로 뭐라고 호소하고 있다. 자신이 도망쳐온 방향을 자꾸 손가락질하고 있다.

"헌병이 강도를 붙잡으려 하고 있대!"

헌병의 마차가 길을 지나가다, 날붙이를 든 남자가 사람을 위협하고 있는 장면을 발견하고 체포하려 한 모양이다.

"그 헌병이 날 데리러 오던 사람이지?"

가자! 유리는 달리기 시작했다. 아이사 아줌마가 큰 소리로 외쳤다. 아마도 말리는 것이리라.

"가서 어떡하려고?"

"모르겠어. 하지만 어쨌든 갈 거야!"

유리가 길을 달려가는 동안에도 비명과 발포하는 소리가 또 울려퍼졌다. 모두 이쪽으로 도망치는데 유리만 흐름을 거슬러 달린다. 달리다가 옷차림이 훌륭한 신사에게 팔을 붙잡힐 뻔했다. 위험하니 가면 안 된다고 충고해주려던 것이리라.

현장은 그다지 멀지 않았다. 모퉁이를 하나 지나치고 두번째에서 오른쪽으로 꺾었다. 그러자 바로 눈앞에 사람들의 원이 있었다. 모여든 구경꾼들이 멀찍이 둘러서 있다. 사건에 대한 반응은 어느 영역이든 다를 게 없다.

원의 중심에 총을 겨누고 있는 제복 차림의 헌병이 있었다. 허리를 낮추고 빈틈없이 발을 옮기며 조준하고 있다. 옆에는 인도로 올라와서 기울어진 마차가 서 있다. 헌병의 견장과 똑같은 문양의 깃발이 세워져 있는 걸 보니, 요컨대 순찰차이리라.

헌병의 총구 앞에 한 남자가 있었다. 앞을 풀어헤친 하얀 셔츠

에 무릎이 나온 바지. 맨발이다. 머리는 빡빡 밀었다. 투명할 정
도로 피부가 하얗고 몹시 말랐다.

축 늘어뜨린 오른손에는 유리의 팔 길이 정도 될 법한 날붙이.
무엇에 쓰는 걸까. 끝이 뾰족한 양날검이다.

남자의 얼굴과 몸에는 피가 튀어 있었다. 바지 무릎 부분도 피
로 얼룩져 있었다. 본인의 피일까. 남자는 발을 끌며 몸을 기울
인 채 겨우겨우 걷고 있었다. 헌병의 움직임을 좇아, 서로 노려
보는 두 마리의 맹수처럼.

"유리." 아쥬가 날카로운 소리를 질렀다. "맙소사. 이 녀석, 분
리물에 씌었어!"

"분리물?"

분리물은 문자와 문장이라는 형태를 지니지 않은 채 '테두리'
안을 떠돌고 있는 이야기이다. 문자나 영상이 되지 않고 기억에
도 남지 않지만, '테두리'에는 존재한다.

"봐, 저 녀석의 머리 주변. 가느다란 연기 같은 게 두둥실 떠
있지?"

분명 희미하게 분홍색을 띤 연기가 남자의 머리에 뱀처럼 똬
리를 틀고 있다.

"저게 분리물이야?"

"그래. 씌어서 마음을 빼앗겼어."

남자가 갑자기 우렁찬 소리를 지르더니 검을 머리 위로 번쩍

쳐들고 헌병에게 돌진했다. 헌병이 발포했다. 총알이 남자의 왼쪽 어깨를 스쳐 피가 흩날렸다. 화약 냄새가 진동한다. 남자가 울부짖으며 한쪽 무릎을 털썩 꿇었다. 구경꾼들이 기겁을 했다.

"칼을 버려라!" 헌병이 외쳤다.

"분리물은 사람한테 씌우는 거야?"

"실체가 없으니까. 사람을 그리워하는 거지."

헌병이 다가가려 하자 남자는 반쯤 쓰러진 채로 큰 소리를 지르더니, 그 자리에서 검을 휘둘렀다. 검과 마찬가지로 남자의 눈도 빛나고 있었다. 일그러지고, 모나고, 난반사하는 빛. 그 강한 빛 때문에 남자의 눈동자는 거의 보이지 않는다.

"이거 이거, 머릿속까지 단단히 파고들었구만."

쏴, 쏴 죽여! 구경꾼 중 누군가가 외치자 남자는 목소리가 난 쪽을 향해 으르렁댔다.

"이야기가 썩은 거라면, 내가 어떻게든 할 수 있는 거지?"

이 이마의 문장으로.

아쥬는 한순간 말문이 막혔다. "응. 하지만, 할 생각이야?"

"내버려둘 수 없어!"

유리는 구경꾼들이 만든 원을 빠져나갔다. 조급한 마음에 발이 꼬여서 넘어질 뻔하다가 헌병과 남자의 딱 한가운데로 뛰쳐나갔다. 헌병이 채찍을 휘두르듯 이쪽을 보았다. 놀라서 눈이 튀어나올 것만 같다.

유리는 자세를 바로잡고 한 손을 이마에 댔다.

"이쪽이야! 이쪽을 봐!"

헌병과 구경꾼은 물론이고 남자 본인도 유리의 말을 알아듣지 못할 터이다. 하지만 유리의 기세 덕분에 느낌이 통했던지 남자가 뒤돌아보았다. 깊숙한 곳에 빛을 숨긴 눈이 유리의 눈과 똑바로 마주쳤다.

유리는 헌병이 돌진하려 하는 것을 다른 한 손으로 제지했다.

"괜찮아요! 오지 말아요!"

역시 통하지 않았겠지만 헌병은 한순간 움츠러들었다. 그의 얼굴에 땀이 송골송골 배어나오고 있었다.

검을 손에 든 남자가 온몸을 내던지듯이 유리에게 향했다. 다음 순간, 유리는 목덜미를 붙잡혀 있었다. 남자가 검을 쳐들었다.

그 순간, 유리는 이마의 손을 남자 얼굴 위로 옮겼다. 뼈가 두드러진 남자의 코와 광대뼈의 촉감이 전해진다. 유리는 소리 높여 외쳤다.

"진정하라, 의지할 곳 없는 이야기여!"

남자의 움직임이 딱 멈췄다. 처든 칼끝은 그대로 허공을 찌르고 있었다.

"진정하라, 의지할 곳 없는 이야기여!"

다시 한번 되풀이하며 유리는 손바닥에 힘을 주었다.

신기하다. 문장에서 말이 전해진다. 여기서 외워야 할 주문이 유리의 마음으로 곧장 들려온다. 그것을 읊으면 된다.

"길을 잃고 애처로이 유구한 시간을 유랑하는 이야기여. 이 땅은 네가 머물 곳이 아니다. 이자는 네가 깃들 그릇이 아니다."

남자가 머리를 숙이고 신음소리를 내기 시작했다. 피가 섞인 침이 실처럼 늘어져 깨끗한 벽돌이 깔린 길에 얼룩을 남긴다.

"이름을 대라, 의지할 곳 없는 이야기여. 네 이름을 나에게 고하라."

남자가 부르르 진저리를 쳤다. 다시 침이 떨어진다. 갈라진 입술이 벌어진다.

헌병과 구경꾼 양쪽 다 얼어붙은 듯 움직이지 않았다. 정적이 깔린다.

"이름……은 없다."

"네 이름을 알려다오."

"우리는 그 수가 많기에…… 우리는 방치된 것이기에…… 이름은 없다."

남자의 눈에서 주르르 눈물이 쏟아졌다. 남자는 그대로 검을 내리고 웅크렸다. 유리는 그의 얼굴에서 머리꼭지로 손바닥을 옮겼다.

가만히 쓰다듬어주었다. 손바닥 아래에서 문장의 빛이 빛나는 것을 알 수 있었다. 그 따스함이 느껴진다.

"이름도 없이 유랑하는 이야기여. 저 위대한 대륙의 울림을 들어라. 시간의 멍에에서 해방된 땅이 너를 부르는 목소리를 들어라."

네 아버지는 광활한 어둠. 네 어머니는 영원한 빛.

"네가 돌아가야 할 곳은 저 대륙이 손짓하여 부르는 윤회 속에 있느니."

떠날지어다! 한층 높이 외치며 유리는 남자의 머리에서 손을 떼고 머리 위를 가리켰다.

유리의 손가락을 뒤쫓듯이, 남자의 머리를 감싼 분홍색 연기가 스르륵 풀리며 솟아올랐다. 남자의 머리 위로 던져올리기라도 한 듯 분홍색 연기가 완전히 풀어지더니, 처음에는 뱀이 하늘을 헤엄치는 것처럼 구불거리다가, 점차 높이 올라가면서 똑바로, 단창처럼 날카롭고 강한 선이 되어 쏜살같이 하늘 저편으로 날아갔다.

웅크리고 있던 남자가 옆으로 털썩 쓰러졌다. 기절했다.

한순간의 침묵. 그리고 모두가 일제히 소리를 지르기 시작했다. 비명과 환성이 뒤섞였다. 유리에게 다가오려는 사람도 있었고, 도망치려는 사람도 있었다.

총을 내리고 헌병이 다가왔다. 그가 여전히 굳은 얼굴로 유리를 응시했다.

"넌 누구지?"

목덜미에 붙어 있던 아쥬가 통역해주었다. 하지만 대답할 필요는 없었다. 헌병은 총을 허리의 벨트에 꽂더니 떠들어대는 구경꾼들을 둘러보았다.

"이보게들, 이 아이는 마도사다."

구경꾼들이 술렁였다. 도망치려던 사람들도 발을 멈추고 돌아온다.

"이 마을 사람이 아니지? 여행 왔어? 너 혼자야?"

연달아 질문하며 헌병은 유리의 손을 잡고 일으켜 세워주었다. 말을 못 알아듣겠다고 전하기 위해 유리는 몇 번이고 고개를 저었다.

그 아이야, 그 아이. 구경을 하던 아주머니가 유리를 가리키며 큰 소리를 냈다. "아이사네 가게에 있던 길 잃은 아이야!"

헌병의 눈이 밝아졌다. 다시 쳐다보니, 코 아래에 수염을 약간 기른 아저씨다.

"그렇구나…… 그럼, 수고를 덜었군."

지각도 이만저만 지각이 아니었지만, 어쨌든 현장으로 헌병대의 마차가 한 대 더 달려왔다. 구경꾼의 무리를 헤치며 가까이 멈춘 마차 쪽에 콧수염 헌병이 말을 걸었다.

"저 녀석을 옮겨줘. 이 아가씨는 내가 데려갈게."

이런 사정으로 유리는 헌병대의 마차에 타게 되었다. 뒷좌석이 아니라 마부석 옆이다. 발판이 높아서 콧수염 헌병이 안아올려주었다.

문득 둘러보자 구경꾼들 사이에 아이사 아줌마의 얼굴이 보였다. 유리는 손을 흔들고 고개를 숙였다.

이 마을에서 마도사는 그다지 환영받지 못하는 존재일까. 적어도 구경꾼들이 놀랄 정도로 드문 것 같기는 한데. 마을 아이들이 달리는 마차를 쫓아오는 모습을 봐도 그렇다는 것을 알 수 있었다. 모두 유리를 보고 싶은 것이리라.

헌병대 건물은 위엄 있어 보이는 석조 이층 건물로, 앞뜰에 풀과 나무를 예쁘게 심어놓은 화단이 있었다. 유리는 정면 현관 앞에서 내려 콧수염 헌병이 이끄는 대로 안에 들어갔다. 천장은 높고 어둑했고, 제복과 사복을 입은 수많은 사람들이 뒤섞여 혼잡했다.

그들은 앞뜰에 면한 창문이 있는 작은 방으로 들어갔다. 헌병은 잠시 기다리고 있으라고 했다. 얌전히 앉아 있자니, 마차를 쫓아온 아이들의 잔당이 풀과 나무 그늘에 숨어 이쪽을 엿보고 있는 걸 알 수 있었다. 유리는 손을 흔들었다. 아이들이 뭐라고 떠들어대고 있었다. 이어서 유리가 손가락으로 그들을 똑바로 가리키자, 바로 거미 새끼를 흩어놓은 것처럼 도망쳤다.

"아이를 놀리면 안 돼, 올 캐스터 님."

유리와 함께 웃으며 아쥬가 타일렀다.

"이제 혼자 힘으로 문장과 통할 수 있게 된 모양이구나."

"아까 전에, 그런 거였어?"

"응. 내가 가르쳐주지 않아도 주문을 외웠잖아."

유리는 문장에 익숙해지고 있는 것이다.

잠시 후에 멋진 견장을 단 헌병과 안경을 끼고 검은 옷을 입은 남자가 찾아왔다. 콧수염 헌병의 상관이랑 관리일까? 그렇게 생각했지만, 아쥬가 통역해주는 사이 검은 옷을 입은 사람이 헤이틀랜드 국교회의 신부라는 사실을 알 수 있었다. 유리는 다시 손짓발짓을 하며 때때로 '카타르할'이라고 호소했다.

"마도사라면서 말이 통하는 마법은 쓸 줄 모르나. 불편하군."

툭 튀어나온 배를 제복 위로 문지르며 상관이 말했다. 신부님은 미소를 짓는다.

"아직 어린아이입니다. 하지만 마도에 정통한 사람이 카타르할 수도원 터에 가고 싶다고 하면 만사를 제쳐두고라도 편의를 봐주어야 합니다. 거기 도착하면 이 아이는 떨어진 부모님도 만날 수 있을 테고요."

마차로 데려다주는 것으로 이야기가 정리되었다. 그후에 또 잠시 기다리는 사이, 유리는 빵과 수프를 먹었다. 맛있었다. 이 역시 카날 마을과는 많이 다르다.

다시 헌병대의 마차에 탔다. 이번 마차는 좌석이 이인승으로, 아까 마차보다 한층 작았다. 그런데 말은 두 마리다. 산길이 험한가보다고 유리는 생각했다.

신부님과 또다른 헌병이 따라와주었다. 두 사람이 마부석에 나란히 앉고 유리는 뒤에 혼자 남았기에 아쥬와 마음 놓고 이야기할 수 있었다.

"일단 반대 방향으로 나가는가보군."

말을 부리는 헌병은 마을 변두리까지 마차를 달려 큰길로 나서더니, 마차를 북쪽으로 몰기 시작했다. 구불구불 구부러진 길을 잠시 달리자 시야 정면에 침침한 산이 들어왔다.

"이 사람들에게 카타르할 수도원은 어떤 곳일까?"

만사를 제쳐두고라도 편의를 봐주어야 합니다, 라던 말이 마음에 걸린다.

"마도를 배우는 사람이나 마도사가 모이는 곳 아니야?"

아쥬는 그다지 신경 쓰지 않았다. 유리의 손 안에서 졸린 듯 몸을 둥글게 말고 있었다.

"거의 폐허인데?"

"하지만 사람은 있겠지."

길을 가는 도중에 마부석의 두 사람은 유리 쪽을 한 번도 돌아보지 않았다. 산기슭에 있는 숲으로 들어갈 때 한 번 휴식을 취했다. 유리가 마차에서 내려 무릎을 펴고 있자니 신부님이 물통을 건네주었다.

신부가 뭐라고 말을 걸었다. 공교롭게도 아쥬는 마차 안에서 자고 있었다. 유리는 죄송합니다, 모르겠어요, 하는 난처한 표정을 지었다.

신부가 가슴에 손을 대고 손가락으로 자기 이마에 십자를 긋는 동작을 했다. 기독교의 성호와 달리, 세로선과 가로선 양쪽 다 두 줄씩 있는 십자였다.

유리를 축복해준 것일까, 아니면 마를 쫓아내는 의식을 행한 것일까.

마차가 산길을 오르기 시작하자, 다행히 아쥬가 깨어나긴 했어도 서로 이야기를 나눌 만한 상황이 아니었다. 무심코 입을 움직이면 혀를 깨물고 말 정도였다. 급경사의 좁은 길에 돌멩이 천지. 마부석의 두 사람은 팔로 버티며 몸을 지탱하고 있다. 유리도 몇 번인가 이마를 창문에 부딪혔다.

산맥을 뒤덮은 숲은 깊었지만, 나무 한 그루 한 그루는 볼품없었다. 가지는 부자연스럽게 꺾여 있고 마른 잎이 매달려 있다. 마차가 지나가자 낙엽이 뒤쫓았다. 창문으로도 몇 잎 날아 들어왔다. 거무스름해진 녹색 잎은 만지자 바스락거리는 소리를 내며 힘없이 부서졌다.

올라갈수록 시야가 좁아지고 어둠이 더해졌다. 마부석에 매단 칸델라에 불이 들어왔다. 말들이 괴로운 듯 소리 높여 울었다.

그러다 느닷없이 평탄한 곳으로 나왔다. 산을 오른다기보다 긴 터널을 빠져나온 것 같았다. 창틀에 손을 댄 유리는 눈이 휘둥그레졌다.

폐허라는 것을 직접 본 것은 이번이 처음이다. 하지만 그렇게 말해도 될지 자신이 없다. 어쨌거나 폐허라고 해도 될 만큼 건물의 윤곽은 사라져 있었다. 건축물이라고 부를 수 있는 정도의 것은 수도원 터를 둘러싼, 유리의 키 높이의 돌담 정도다.

산 위에서 가장 눈에 띄는 것은 근방에 널려 있는 거대한 바위 덩어리였다. 모두 칙칙한 회색에 군데군데 짙은 검은색이 섞인 사암인데, 모양은 실로 가지각색이었다.

"이건 원래 하나의 바위였어, 분명히."

유리와 마찬가지로 눈을 동그랗게 뜨면서 아쥬가 말했다. "어딘가에서 엄청나게 커다란 바위가 떨어져서 수도원을 찌그러뜨리고 자기도 박살난 분위기네."

수도원 터라는 명칭은 틀림없고, 아쥬의 추측도 맞는 것 같았다. 마차는 무너지면서 깨어져 겹쳐진 기둥 앞에서 멈췄는데, 거기에 불이 켜진 입구가 입을 벌리고 있었다. 겹쳐진 기둥과 기둥의 틈이 안으로 통하는 듯했다—

그렇다, 지금 그곳을 통해 몸을 구부렸다가 다리를 벌려 뛰어넘으며 검은 옷을 입은 사람이 다가왔다. 무명승과 비슷한 옷차림이지만 머리카락은 깎지 않았다. 목에 큼지막한 묵주를 걸고 있는 점도 달랐다.

헌병이 마차에서 내려 검은 옷을 입은 사람과 이야기를 시작했다. 유리가 마차에서 내릴 때 신부님이 손을 빌려주었다. "자,

다 왔다."

신부님은 뭔가 경계해야 할 것을 보는 양 희미하게 미간을 찌푸리고 있었다.

"부모님이 와 계셨으면 좋겠구나. 만약 엇갈려도 여기라면 마법으로 연락을 할 수 있지. 아직 어린 네게 술법을 가르칠 정도의 부모님이라면 그 정도는 간단할 거다"

유리를 맡기는 절차는 금방 끝난 모양이다. 검은 옷을 입은 사람이 유리에게 손을 내밀었다. 그리고 귓가에 작은 소리로 말했다.

"동료분이 몹시 기다리고 있습니다."

유리도 알아들을 수 있는, 유리가 쓰는 말이었다.

헌병과 신부님은 인사도 하는 둥 마는 둥 마차에 올라타고 온 길을 되돌아갔다. 도망가는 것처럼 보이기도 했다.

"저는 이 수도원에서 안살림을 맡은 사람입니다. 사우로라고 합니다."

올 캐스터 님, 어서 오십시오, 하고 사우로는 공손하게 절을 했다. 머리카락은 반백이고 엄해 보이는 아저씨이지만 눈매는 다정하다. 목소리도 따뜻했다.

게다가 그의 팔에는 수호의 법의가 걸려 있었다. 아아, 다행이다!

"애시가 기다리고 있군요."

사우로가 바로 수호의 법의를 입혀줬다. 유리는 부랴부랴 소매에 팔을 넣었다.

"무사히 도착하셔서 안심했습니다."

사실 안도감으로 무릎이 떨리고 있었다. 용케도 혼자서 여기까지 왔다는 사실에 스스로도 감탄하고 있었다.

"애시는 당신이라면 혼자서도 괜찮으리라고 했습니다. 시종 분은 걱정으로 안절부절못했습니다만."

"내가 같이 있으니까 걱정 없는데 말이야." 아쥬가 얼굴을 슬쩍 내밀었다. 사우로는 놀란 기척도 없다.

"당신은 시종인 사전이로군요."

"사우로 씨, 애시를 아세요?"

사우로는 미소를 지으며 고개를 끄덕였다. "어쨌든 안쪽으로 들어오십시오."

유리의 손을 잡은 채 사우로는 수도원 잔재 속을 걷기 시작했다. 언뜻 보기에는 도저히 지나다닐 수 없을 것 같은 곳에 사람이 발을 들여놓은 흔적이 있다. 제대로 통로가 나 있는 것이다.

그렇다고는 해도 폐허는 폐허이고, 잔해는 잔해다. 쓰러진 기둥 사이를 빠져나가거나, 무너져서 깨진 외벽 조각을 넘으면서 앞으로 나아가도 시야가 탁 트이는 장소는 없었다.

그때 앞을 걷던 사우로가 내리막길로 들어섰다. 잠깐 뒤돌아보더니 조심하라고 말한다. 지하실이 있는 걸까.

아니, 아니다. 유리는 겨우 이해했다. 사우로가 내려가는 곳은 계단이나 사다리가 아니고, 사람의 손으로 만든 구조물도 아니었다. 발바닥에 전해지는 감촉도 달랐다.

바위다. 완만하게 아래로, 아래로 돌로 된 터널이 뻗어 있다. 동굴로 들어가는 것이다.

유리는 벽에 손을 짚으면서 사우로에게 뒤처지지 않도록 잰걸음으로 따라갔다. 터널은 구불구불 이어지며 더 밑으로 내려갔다. 처음에는 유리가 팔을 벌리면 양쪽 벽에 닿을 정도의 폭이었지만, 내려갈수록 터널의 규모가 커지고 샛길도 나타났다. 벽 군데군데 바위를 깎아 받침대를 만들고, 거기에 촛불을 밝혀두었다. 흔들리는 불꽃이 매끌매끌한 내벽에 윤기가 도는 빛을 비춘다.

사우로가 멈춰 서서 재촉하듯 유리에게 손을 내밀었다. 유리는 그와 나란히 섰다.

"굉장하다……"

유리는 잠긴 목소리로 중얼거렸다. 너무 놀라 목소리가 몸 안에 틀어박힌 것이다.

눈 밑에는 자연이 창조한 장대한 회당이 펼쳐져 있었다. 대충 훑어본 범위 안에 들어온 것만 해도 유리가 다니는 학교 교정의 넓이 정도다. 내려가는 길이 회당 주위를 나선 형태로 둘러싸고 있는데, 마지막 부분은 여기서는 보이지 않는다. 그 정도로 깊다. 그 어둠 속에 무수히 많은 등불이 반짝였다.

회당 내부에는 사람 하나가 겨우 지나다닐 수 있을 정도 폭의 나무다리가 가로세로로 몇 개나 놓여 있었다. 나선형 길의 여기저기에 샛길이 나 있는데, 다리로 건너가기 위한 지름길이리라. 지금도 사우로와 똑같은 검은 옷을 입고 가슴에 묵주를 건 사람들이 그 다리 위를 천천히 오가고 있다. 어떤 사람은 무거워 보이는 책을 들고, 어떤 사람은 병을 껴안고 있다. 다리 도중에서 발길을 멈춘 채 등불을 들고 이쪽을 올려다보는 사람도 있다. 유리는 즉시 손을 모으고 머리를 숙였다.

"카타르할 수도원이 있을 적에는 이렇다 할 용도가 없는 동굴이었습니다만."

회당 하부를 내려다보면서 말하는 사우로의 목소리가 광대한 공간에 빨려들어간다.

"수도원이 파괴되었을 때 많은 수도사들이 여기로 도망쳐서 목숨을 건졌지요. 수도원의 경전과 문헌, 귀중한 미술품도 여기로 옮겨서 반 이상은 파괴와 압수, 약탈에서 지킬 수 있었습니다."

삼십몇 년 전의 일이라고 한다.

"이교에 대한 헤이틀랜드 국교회의 탄압은 역사상 수도 없이 많았습니다만, 카타르할 수도원은 외진 곳에 고립되어 있던 덕분에 오랫동안 수난을 면해왔습니다. 하지만 당시의 이교도 사냥은 꽤 대규모였어요."

"수도원 잔해 속에 불탄 흔적이 있었어."

재빨리 유리의 머리 위로 옮겨가며 아쥬가 중얼거렸다. "불을 지른 거지?"

예, 하고 사우로는 고개를 끄덕였다.

"수도원장은 붙잡힌 후 얼마 지나지 않아 주요 지도 수도사들과 함께 처형당했습니다. 그와 맞바꾸어 우리 교단은 특별히 갈 곳이 없는 수도사들이 잔해 속에서 살아갈 수 있도록 허가받기 위해 국교회 이단 심문단과 계약을 맺었습니다. 물론 대가로 상당한 금품도 제공했습니다만."

"그런 탄압은 지금도 계속되고 있나요?" 유리는 물었다.

"아니요, 지금은 거의 형식뿐인 사찰이 한 해에 한두 번 행해질 뿐입니다."

요컨대 여기는 종교 시설이라기보다는 병자나 빈민, 살아가기 힘들어 토지를 버린 유민들의 피난처 역할이 커진 곳이기에 국교회도 묵인하고 있다고 한다.

"다만 주변 마을과 쉽게 오갈 수 없게 되어 있습니다."

"제가 헤매던 언덕 기슭 마을 주위에 결계가 쳐져 있었어요."

"알아차리셨습니까?" 사우로가 빙긋 웃었다. "역시 올 캐스터 님이십니다. 그런 결계는 이단 심문단이 친 것이라서 저희 힘으로는 풀 수가 없습니다."

"알아차린 건 이 쥐인데요." 유리는 머리 위의 아쥬를 가리켰다. "하지만 대단하네요. 기슭 마을은 평화롭고 풍요로운데다 아름다웠어요."

"여기 사람들도 나름대로 평화롭게 살고 있습니다. 저희는 저희 나름대로 이 지하 동굴의 전모를 조사관들의 눈으로부터 감추기 위해 마법을 사용하고 있지요."

"사우로 씨네 사람들이 믿고 있는 신은……"

사우로가 다시 유리를 재촉해서 나선 모양 길을 내려가기 시작했다. 걷기 시작하자 동굴 속에 있는 사람들의 음성과 주변 소리가 들려왔다. 생활의 냄새도 떠돈다. 여기저기서 올라오는 김도 보인다. 상당히 많은 사람이 여기 살고 있는 모양이다.

"저희가 모시는 신들은 자연 그대로의 신들입니다. 성스러운 힘이나 마魔의 힘, 어둠조차 자연에서 생겨나는 법. 고로 저희가 모시는 신은 아주 많습니다. 길가의 돌멩이에도 신은 깃들어 계시니까요."

과연, 헤이틀랜드 국교와는 양립할 수 없는 종교겠구나. 하지만 유리에게는 귀에 낯선 가르침은 아니다.

"우리나라에서도 비슷하게 가르쳐요. 수많은 신들이 우리를 지켜봐주신다고요."

"그것 참 기쁜 말씀이십니다."

찍찍? 아쥬가 소리 높여 물었다. "어디선가 들은 적이 있는 목소리가 들리는데."

"쥐 공은 귀가 좋으시군요."

사우로는 그렇게 말하고 나서 샛길로 들어섰다. 나선 모양 길을 삼 분의 일 정도 내려간 곳이다. 샛길이라지만 폭은 충분히 넓은데, 거기서 또 갈림길을 몇 번이나 통과한 끝에 작은 방이 있었다. 문이 없기 때문에 동굴의 아치 앞쪽에 바로 사람들의 얼굴이 보인다. 여자랑 어린아이도 있다. 조잡한 가구, 생활 도구. 아이들이 놀고 있다. 세탁물이 널려 있다.

떠들썩함 속에서 유리의 귀도 들은 적이 있는 목소리가 들려왔다. 기쁨에 가슴이 뜨거워졌다.

"막다른 곳에 있는 방입니다." 사우로가 가리켰다. 유리는 달리기 시작했다. 여기저기의 방에서 고개를 내민 사람들이 놀라서 유리를 바라봤다.

"애시! 소라!"

유리는 암벽 터널을 빠져나가 뜻밖에 넓은 공간으로 뛰어들었다. 달리던 여세 때문에 눈앞의 낡은 테이블에 양손을 짚었다. 테이블을 사이에 두고 애시가 검은 옷을 입은 사람과 마주하고 있었다. 한쪽 팔꿈치를 테이블에 대고 검은 옷을 입은 사람에게 뭐라고 말하고 있던 애시는 그대로 유리 쪽으로 눈을 돌리며 말했다.

"……그래서, 이 말괄량이가 내가 데리고 있는 올 캐스터란 말이지."

애시 맞은편의 검은 옷을 입은 사람이 이쪽을 보았다. 비유만이 아니라, 유리는 정말 가슴이 '철렁!' 하고 설레었다. 엄청난 미남자였던 것이다.

그 사람은 유리에게 미소를 지으며 의자에서 일어나 머리를 숙였다.

"잘 오셨습니다."

11장
고백

유리는 얼굴이 새빨개졌다. 뺨이 화끈 달아오른다.

"뭘 멍하니 있어?"

애시가 무뚝뚝하게 물었다. 그런 말은 무시하자. 유리는 검은 옷의 미남자만 쳐다보며 수호의 법의 자락을 잡고 가볍게 한쪽 무릎을 굽혀 발레리나처럼 인사를 했다.

"유, 유리라고 합니다."

"저는 라틀, 이 수도원의 의사입니다."

미남자 의사는 애시보다 조금 젊은 듯했다. 탐스러운 흑발. 야무진 눈매는 또렷하고 시원스럽고, 키도 크다.

"자, 앉으시죠. 무사히 도착하셔서 다행입니다. 걱정했습니다."

라틀 선생님이 의자를 당겨주어서 유리는 얌전하게 앉았다.

"아쥬가 같이 있었잖아. 걱정할 필요 있나."

애시는 약간 기분이 언짢은 듯했다. 상관없다. 하나도 신경 안 쓰인다.

"어이, 쥐톨, 도움은 좀 됐나?"

유리의 목덜미에서 고개를 내밀고 아쥬가 작은 이빨을 드러냈다. "애당초 네가 변변치 못해서 떨어진 거잖아!"

유리는 여전히 멍한 상태였다. 정말이지 이렇게 아름답게 생긴 남자는 태어나서 처음 본다. 그냥 잘생겼다는 게 아니고, 지적이고 다정해 보이는데다가 비실비실하지도 않다.

그리고 가까이에서 보고 알아차렸다. 라틀 선생님의 눈동자도 보라색이었다. 소라보다 훨씬 밝은 보라색. 봄철 양지에 피는 제비꽃 색이다.

"타토에서 오셨다고 들었는데, 그곳은 타지 사람을 꺼리는 마을입니다. 여행자도 드물지요. 길을 잃고 불쾌한 일을 당하진 않으셨습니까?"

결계로 보호되는 그 아름다운 마을은 타토라고 부르는 모양이다. 유리가 선생님에게서 눈을 떼지 않은 채 넋을 잃고 고개를 젓자, 선생님 역시 부끄러운 듯한 표정을 짓는 바람에 유리는 당황해서 눈을 내리깔았다.

"더, 덕분에 괜찮았어요."

목소리가 뒤집어진다.

"정말이지 손이 많이 가는 올 캐스터야."

애시의 불평을 흘려들으며, 유리는 법의 자락을 정리한 후 눈을 내리뜨고 무릎에 손을 얹었다.

"친절한 마을 사람이 헌병에게 알려줬어요. 제가 여기로 간다는 걸 알자 바로 마차를 준비해서—"

"친절해서 그런 게 아니야" 하고 애시가 끼어들었다. "타토 녀석들은 여기와 연관되기 싫을 뿐이라고."

"여기에는 여기대로 유리를 만나기 싫어하는 녀석이 있는 것 같은데." 화난 목소리로 아쥬가 되받아쳤다. "너도 알지? 한창 날아오는 중에 봉마의 벽에 부딪혀서 떨어졌어. 오지 말라고 누군가 외쳤다고. 그거 누구야?"

어째서인지 애시와 라틀 선생님이 얼굴을 마주 보았다. 선생님의 얼굴에서 다정한 미소가 사라졌다.

"바로 만나러 가시겠습니까?" 선생님이 애시에게 물었다.

"그게 가능한 상태라면." 애시도 대답한다.

"알겠습니다." 라틀 선생님이 일어섰다.

"빠른 편이 좋겠지요. 그가 봉마의 주문을 사용했다면, 좀 애먹을지도 모르겠습니다만."

"각오는 하고 있어." 애시는 대답했다.

그럼 나중에 보자면서 라틀 선생님은 급한 발걸음으로 떠나갔다. 유리는 아쉬워하며 고개를 틀어 그의 모습을 눈으로 좇았다. 조금 더 곁에서 이야기하고 싶었는데.

"서둘러야 할 이유라도 있어요?"

"이래서 여자아이는 안 된다니까."

선생님이 사라지자 애시는 불쾌감을 노골적으로 드러냈다.

"네가 처한 입장과 시간, 장소를 생각하는 게 어때?"

"하지만 너무 멋지잖아요."

유리는 천연덕스럽게 말했다. 우습다. 애시는 탐탁지 않은 거다. 그런 인간적인 구석도 있구나.

"의사 선생님도 계시다니, 여기는 정말로 하나의 마을이네요. 여기에 있는 사람은 백 명 정도 되나? 더 많아요?"

"정확하게는 몰라. 아무도 헤아려보지 않았으니까."

수도사만 해도 팔십 명은 된다고 한다.

"묘하게 들떠 있는 것 같으니까 먼저 일러두겠는데, 여기는 네가 생각하는 그런 밝은 곳이 아니야. 여기에 몸을 의탁하고 있는 사람들은―"

"가난한 사람, 병든 사람, 살 곳을 잃은 사람." 유리는 앞질러 말했다. "아까 사우로 씨한테 들었어요. 아이들도 있고요."

"거의가 고아야."

"애시는 여기를 잘 알아요? 라틀 선생님하고도 친한 것 같아 보이던데."

애시가 미간을 찡그렸다. 아직도 기분이 풀리지 않은 듯 보였다.

"여기에는 카날 마을의 우즈 같은 사람도 있어."

용수철 다리를 가진 남자아이다. 되살아난 죽은 자들에게서 탄생한 괴물의 독을 이어받은 사람들.

"다른 곳에서는 살지 못하고 쫓기고 쫓기다 도망쳐 이곳에 들어오지. 그리고 여기서 죽어."

이 땅 아래 동굴에서.

"죽으면 매장해줘야 해. 바로 내가 나설 차례지."

그렇구나. 과연 유리의 뺨에서도 열기가 가셨다.

"동굴 가장 아래층에 묘지가 있어. 난 그곳의 묘지기이기도 해."

"……알았어요."

올 캐스터 님, 하고 작게 속삭이듯이 부르는 소리가 들렸다. 둘러보자 방구석에 서가 두 개가 나란히 놓여 있다. 여기는 거실 같은 공간인 듯 벽에는 그림이 걸려 있고, 아마도 말린 꽃이겠지만 꽃병에는 꽃도 꽂혀 있었다.

"내가 인사하고 올게." 아쥬가 유리의 어깨에서 뛰어내려 재빨리 서가를 기어오르기 시작했다. 낡은 책등의 책들이 와자하게 웃었다. 유리는 그쪽으로 미소를 보내고 가볍게 고개를 숙였다.

"그러고 보니 소라는요? 같이 있죠?"

이렇게 묻다가 한순간 오싹했다. 설마 소라도 혼자 다른 장소에 떨어진 건 아니겠지?

"그 녀석이라면 병실에서 간호사 흉내를 내고 있어."

여전히 소라 이야기를 할 때 애시의 말투는 몹시 차갑다. 왜 그런 말투를 쓰지? 환자를 돌보는 걸 돕고 있다고 하면 되잖아.

"네가 여기 도착할 때까지 가만히 앉아서 기다릴 수 없다고 하기에. 처음에는 혼자서 널 찾으러 가겠다고 우겨대서 사우로를 곤란하게 했어."

"죄송해요. 소라는 제 시종이니까 절 제일 먼저 걱정해줬을 거예요."

유리는 일어섰다. "소라를 찾아올게요. 병실은 어디쯤에 있어요?"

"내버려둬. 그럴 시간 없어 —"

"바로 돌아올게요!"

유리는 다시 달리기 시작했다. 뭐야, 애시는 심술쟁이야. 빨리 소라를 만나고 싶다. 소라는 유리의 몸을 걱정하면서 그 자신도 몹시 불안했을 터이다. 유리는 법의 자락을 펄럭이며 나선 모양 통로를 달렸다.

내려가면 내려갈수록 많은 사람들이 눈에 들어왔다. 타토 마을 사람들과는 아주 다른, 수척하고 어두운 눈을 지닌 사람들이었다. 눈동자가 맑고 행동거지가 또렷한 사람은 검은 옷을 입은 수도사들뿐. 유리를 보고 놀라지 않는 것도 그들뿐이었다. 다른 사람들은 하나같이 눈이 휘둥그레졌고, 때로는 겁을 먹고 뒷걸음치기까지 했다.

병실은 두 군데 있다고 한다. 갈라진 큰길 좌우에 하나씩. 처음에 들여다본 방에 소라는 없었다. 어린아이가 침대에서 울고 있었다. 약병을 손에 든 수도사가 그 아이의 머리를 쓰다듬으며 나지막한 목소리로 뭐라 타이르고 있다. 곁에서는 엄마로 보이는 사람이 눈물을 펑펑 쏟고 있었다. 이 병실은 여자와 어린아이 전용인 모양이다. 허술한 나무 침대가 빽빽이 줄지어 있어서, 사이를 빠져나가려면 게처럼 옆으로 걸어가야 했다.

피와 고름 냄새가 났다. 병실을 나오려다 누군가에게 손목을 잡혔다. 놀라서 뿌리치자 앞에 놓인 침대에 드러누운 노파가 뿌리친 손을 움츠린 채 겁에 질린 듯 몸을 웅크리고 있다.

"죄, 죄송해요. 아프지 않으셨어요?"

유리는 허둥지둥 노파를 향해 몸을 숙였다. 코를 콱 찌르는 약 냄새와 노파의 강한 체취가 느껴졌다.

비쩍 마른데다 머리카락이 반 넘게 빠졌다. 남은 머리카락은 새하얬다. 한쪽 눈은 감겼고, 뜨고 있는 다른 쪽 눈도 하얀 막으로 덮여 있었다.

"사, 살려주세요."

노파가 혀가 꼬이는 소리로 말했다. 이는 거의 다 빠지고 입술은 갈라져 있다.

겁에 질린 마음을 다잡으며 유리는 노파의 손을 잡았다. "안정을 취하셔야 해요. 알겠죠? 괜찮아요, 괜찮아요. 선생님이 진찰해주실 거니까."

병실에서 도망쳐나와 통로에서 가슴에 손을 댔다. 심장이 종을 치듯 뛴다.

퍼뜩 놀랐다. 이마의 문장이 뜨거웠다. 당황해서 만져보자 유리의 손바닥 아래서 문장의 열이 식어간다. 문장 역시 동요한 것 같았다.

유리는 손바닥을 얼굴 앞으로 내려 가만히 쳐다보았다. 어쩌면 타토 시가지에서 분리물을 물러나게 한 것처럼, 여기서도 이 손으로 병을 치료할 수 있을까?

―할 수 있어?

그렇게 물으면서 다시 한번 이마를 만져보았다. 이번에 문장은 아무 반응도 보이지 않는다.

할 수 없나. 아니면, 하면 안 되는 건가. 그래서 문장은 침묵하고 있나……?

"유리 님!"

소라의 목소리다! 유리는 비틀거리며 화들짝 놀라 뒤를 돌아보았다. 바로 뒤에 있는 작은 방 출입구에 소라가 서 있었다. 두 눈을 크게 뜨고 입도 벌린 채.

유리는 두 팔을 벌리려는 소라의 품안으로 뛰어들었다. 소라!
뛰어들었을 때 소라는 막대기처럼 뻣뻣하게 굳어 있었다.

소라가 제대로 받아주지 않았기 때문에 유리는 충돌하며 소
라를 쓰러뜨리고 말았다. 야단스런 소리와 함께 둘은 바닥에 넘
어졌다. 검은 옷의 소매와 자락이 엉켰다. 제정신이 든 유리는
꺅 소리를 지르며 벌떡 일어났다.

"소라, 너 정말!"

쥐구멍이라도 있으면 들어가고 싶다. 그런데도 소라는 얼이
빠진 듯 엉덩방아를 찧은 채 가만히 있다.

"괜찮아?"

"……유리 님."

겨우 눈의 초점이 맞자 소라는 천천히 몸을 일으키더니, 일어
서지 않고 그 자리에서 정좌했다. 그리고 넙죽 엎드렸다.

"정말 죄송합니다. 제가 곁에 있으면서도 유리 님을 혼자 위
험에 빠뜨렸습니다."

민머리를 바닥에 대고 문지른다. 유리는 당황해서 어쩔 줄 몰
랐다. 갈림길 저편을 오가는 사람들이 이쪽을 힐끔힐끔 보고 있
다. 병실에서도 검은 옷을 입은 수도사가 고개를 내밀고 무슨 일
인가 하는 표정을 짓고 있었다.

"괜찮으니까 일어서. 이런 데서 엎드려 빌지 마."

소라의 팔을 잡고 겨우 일으켰다. 그가 일어서려고 하지 않기

에 유리는 쭈그리고 앉아 소라를 똑바로 쳐다보았다.

"보다시피 난 아무 탈도 없어. 아쥬도 같이 있어주었고, 제법 즐거운 모험이었어. 떨어진 곳이 좋았거든. 타토라는 예쁜 마을 인데—"

유리는 입을 다물었다. 소라는 살짝 눈물을 머금고 있었다.

"걱정 끼쳐서 미안해."

"아닙니다. 제가 모자란 탓입니다."

자신의 눈물을 알아차렸는지 소라는 당황해서 고개를 숙였다.

소라가 울고 있다. 텅 비었다고, '무'라고, 아무 존재도 아니라고 하던 소라가 눈물을 흘리고 있다.

소라는 소라다. '무' 따위가 아니야. 소라는 이제 무명승이 아니다. 그것은 엄연한 사실이다. 내 멋대로의 바람이나 믿음이 아니다.

유리는 소라의 손을 꼭 잡았다. 그때 중요한 사실을 깨달았다. 무심결에 소리를 지를 뻔할 정도로 중요한 발견.

"저기, 소라. 너, 내가 타토 마을에 있는 동안에 여기서 간호를 도왔지? 게다가 혼자서 날 찾으러 가려다가 만류당했다면서?"

아직도 부끄러운 듯 고개를 떨어뜨린 채 소라는 살짝 고개를 끄덕였다.

유리는 한 손을 가슴에 대고 몇 번 두드려 보았다.

"그 말은 즉, 내가 곁에 없어도 넌 또렷하게 모습을 갖추고 있었다, 실체를 가지고 돌아다녔다는 말이지?"

주변 사람들의 눈에 소라의 모습이 보였다는 뜻이기도 하다.

"그렇지? 그렇게 생각할 수밖에 없는 거지?"

놀랐는지, 소라의 보라색 눈이 휘둥그레지고 아까와 마찬가지로 다시 멍하니 입이 벌어졌다. 유리도 덩달아 입을 벌리고 말았다. 그대로 둘이서 얼굴을 마주 보며 고개를 끄덕였다.

"그치?"

"그, 그러하군, 요."

어안이 벙벙해진 소라는 손으로 자기 몸을 여기저기 더듬으며 새삼스레 확인했다.

유리가 드높게 선언했다.

"넌 더이상 공허한 존재가 아니야! 틀림없는 인간으로 돌아왔어!"

이것이 최고의 증거 아닌가.

"유, 유리 님은 안 계셨지만, 수호의 법의는 여기 있었습니다. 그 힘 때문은 아닐는지요?"

정말 부정적이네.

"수호의 법의도 알맹이인 내가 빠져나가면 그냥 검은 옷이야. 낡고 더러운 옷이라고. 그러니까 그런 말 하지 마!"

소라의 야윈 어깨를 때리자 철썩, 하고 좋은 소리가 났다. 생각보다 훨씬 세게 때린 모양이라 아플 것 같았다.

"미, 미안, 미안."

나도 참 너무 들떴다. 알맹이 운운한 것도 너무 우쭐댔다.

그런 건 어쨌든 간에 소라가 여기 있다는 사실이 기쁘다. 소라가 소라라는 사실이 기쁘다.

어쩐지 이번에는 내가 눈물이 날 것만 같다. 유리는 쑥스러워졌다.

"애, 애시가 말한, 실마리를 가지고 있는 사람을 이제 곧 만날 수 있나봐. 빨리 가자."

손을 잡았을 때, 소라의 몸에서 좋은 냄새가 난다는 사실을 알아차렸다. 향 냄새 같다.

코끝을 들어보자 향기로움의 근원이 소라뿐만이 아니라는 것을 알 수 있었다. 아까 소라가 출입구 앞에 서 있던 작은 방—이 통로의 막다른 곳에 있는 방에서 향 냄새가 퍼져나왔다.

"소라, 병실에서 돕고 있었지?"

"아, 아니요, 저는."

유리는 재빨리 발을 옮겨 냄새의 근원인 작은 방으로 다가갔다. 실내는 어둑하지만 촛대에 양초가 켜져 있었다.

"여기는 병실이 아닌 것 같네."

살짝 발을 들여놓았다. 작은 방이다. 이 방은 동굴의 일부인지, 벽과 천장이 암벽으로 되어 있고 전체적으로 일그러진 구형이다. 그 벽에 그림 몇 장이 걸려 있다. 아니, 유리의 키보다 큰 것은 벽에 기대어 세워져 있다. 그리고 중앙에 높직한 테이블이 놓여 있고, 거기에 향이 피워져 있었다. 옅은 푸른색 연기가 보인다.

여기는 뭘까. 미술실인가.

"소라, 여기를 구경하고 있었어?"

천천히 둥근 테이블로 다가가면서 유리는 물었다. 소라는 출입구에서 주저하다가 결국 따라왔다.

"위쪽 방으로 돌아가려다가 길을 잃어서……"

길을 잃어? 바로 옆인데. 하지만 유리의 그런 사소한 의문은 새로운 발견에 떠밀려 곧 사라졌다. 벽의 그림이 전부 초상화였던 것이다.

유리는 출입구 정면에 있는 제일 큰 그림으로 다가갔다. 멋진 은색 갑옷을 입고 어깨에 진홍색 망토를 늘어뜨린 남자가 서 있는 그림이다.

역시 미남자였다. 하지만 라틀 선생님보다 훨씬 젊다. 젊은 무사다. 게다가 분위기도 다르다. 라틀 선생님은 남자다운 미남자—미장부라고 표현해야 할까—이지만, 이 젊은 무사는 그야말로 미의 화신이다. 성별이 떠오르지 않을 만큼 추상적이지만, 그 때문에야말로 더더욱 완벽한 미가 사람의 모습을 띠고 드러난 것 같다는 느낌이 들었다.

스무 살 정도일까. 수려한 이마, 반듯한 콧날. 칠흑으로 반짝이는 눈동자. 약간 곱슬거리는 풍성한 흑발은 목덜미까지 내려와 있다. 뺨 언저리에는 솜털 자국까지 보일 것 같고, 초상화 전체에 싱싱함이 가득하다. 하지만 젊은 무사의 오른쪽 관자놀이 부분에는 붓으로 슥 그은 것처럼 선명하게 눈에 띄는 한 줌의 은발이 있었다.

그의 오른손은 허리에 찬 대검 자루에 놓여 있고 왼손은 망토 아래에 반쯤 가려져 있었는데, 가운뎃손가락에 큼지막한 반지를 끼고 있었다. 반지에 새겨진 조각은 망토의 어깨 부분을 고정한 훈장과 아주 비슷했다. 옆의 촛대에서 타오르는 양초를 하나 조심스레 꺼내서 유리는 그림에 얼굴을 가까이 가져갔다.

"아, 역시 똑같은 모양이네."

등뒤에서 소라의 목소리가 들렸다. "다이크스트라 백작 가문의 문장입니다."

"다이크스트라 가문?"

소라가 유리와 나란히 초상화 앞에 섰다.

"키리크의 생가입니다."

유리의 눈이 휘둥그레지며 손에 든 양초가 기울었다. 녹은 촛농이 발치에 떨어졌다. "그럼, 이건……"

"다이크스트라 백작 가문 제12대 당주 키리크 로스, 약관 십구세 첫 출전의 초상."

죽은 자로 이루어진 군을 지휘한 반란의 주도자. 그리고 애시의 젖형제. 저주받은 — 영웅.

"다이크스트라 백작 가문의 적자에게는 반드시 오른쪽 관자놀이에 한 줌의 은발이 난다고 합니다. 그것이 정당한 후계자의 증표랍니다."

유리는 눈도 깜박이지 않고 키리크의 전신상을 바라보았다. 그러고는 천천히 뒷걸음쳐서 다른 그림 쪽으로 눈길을 주었다. 새하얀 포대기 속에서 잠자는 아기를 그린 그림. 저쪽에는 개를 데리고 큰 나무 아래에 있는 소년을 그린 그림. 짓궂어 보이고 뺨이 새빨갛고 —

"여기 장식된 초상화는 모두 키리크를 그린 것입니다."

성장해가는 키리크의 모습을 기록으로 남긴 것이다.

"하지만 이거, 어떻게 된 거야? 키리크의 난은 비참한 결과로 끝났잖아?"

소라는 양초를 촛대로 되돌려놓았다. "왕좌에 오른 후, 죽은 자의 군세가 폭동을 일으킨 탓에 키리크는 그 책임을 엄중하게 추궁당했습니다. 왕도의 반항 세력들의 — 대부분은 왕족을 따르던 의회 사람과 귀족들, 즉 키리크에게 내쫓길 때까지 부와 권력을 독식하고 있던 자들인데 — 추궁과 압박을 받고서 키리크는 되살아난 죽은 자와 괴물들을 토벌하기 위해 전군을 이끌고 왕궁을 나섰습니다. 그리고 두 번 다시 돌아오지 않았습니다."

부득이한 결단이었다고는 하나 왕궁을 떠난 탓에 키리크는 토벌군을 이끄는 새로운 왕에서 국가에 맞서는 반역자로 되돌아가고 말았다. 그를 왕좌에서 끌어내리려 하던 반대 세력들에게는 대의명분이 얼마든지 있었기 때문이다. 이 혼란, 폭동과 괴물의 광란을 초래한 것은 키리크다. 키리크야말로 모든 악의 근원이다 —

토벌을 위한 싸움은 패주의 싸움으로 변했다. 그리고 그러는 가운데 키리크는 죽었다.

"하지만 민중은 여전히 키리크를 지지하고 있었습니다. 키리크는 헤이틀랜드의 학대받는 모든 백성을 위해 반란을 일으켰기 때문에, 왕의 칭호를 박탈당하고 그를 대신하는 새로운 왕에게 반역자라는 낙인이 찍혀 전국에서 쫓기는 몸으로 전락하고 나서도 그를 돕고 그를 숨겨주는 세력은 남아 있었습니다."

유리는 조용하게 걸으며 다섯 장의 초상화 앞에 서서 하나하나 확인하듯 쳐다보았다. 그리고 고개를 끄덕였다.

"카타르할 수도원도 그런 세력 중 하나였구나."

소라도 고개를 끄덕였다. "그렇습니다. 그들은 지금도 키리크를 민중의 영웅, 비운의 젊은 성왕이라 추앙하고 있습니다. 여기는 키리크의 방입니다, 유리 님."

삼십몇 년 전에 대대적인 이교도 탄압이 일어났을 때도 이곳 사람들은 이 초상화들을 끝까지 숨겼다. 강한 의지와 연대 없이는 불가능한 일이다.

"더 화려하게 꾸밀 수도 있을 텐데, 병실 근처에 걸어놓은 것
도 뭔가 의미가 있는 거지?"

소라는 미소를 지었다. "키리크는 약자들의 곁에 있는 왕이기
때문이라고 합니다."

유리도 마주 보고 미소를 지었다. 측은함과 슬픔이 가슴을 찔
렀다. 하지만 키리크가 지금도 여기서 존경받고 있다는 사실이
그 아픔을 누그러뜨려주는 듯하다.

"가자."

유리는 초상화를 향해 귀부인처럼 예를 갖추고 나서 작은 방
을 나왔다.

소라와 함께 다시 그 거실 같은 방으로 돌아가자, 안쪽 서가
앞에서 등을 돌리고 있던 애시가 돌아서서 갑자기 무서운 표정
을 지었다.

"어디서 농땡이 부리고 있었어?"

"길을 잃었어요. 죄송해요."

아쥬는 서가 꼭대기에 있었다. 분홍색 콧등을 씰룩대며 말한
다. "여기 책들이 역시 유리랑 이야기하고 싶대. 잠깐이라면 괜
찮지? 응, 애시, 응?"

이상하네. 아쥬답지 않은 약한 말투다.

유리가 서가로 다가가자 거기 빼곡히 줄지은 책들의 책등이

빛을 발하기 시작했다.

"'테두리'의 수호자이자 위대한 조율자. 문장을 받은 어린아이이자 선한 빛의 사자. 그리고 봉인의 이치를 등에 진 자이시여."

올 캐스터 님—합창하는 목소리와 함께 강해진 책들의 빛이 유리의 얼굴을 밝게 비추었다.

"헤이틀랜드에 잘 오셨습니다, 카타르할에 잘 오셨습니다."

"고맙습니다."

고개 숙여 인사하면서도 유리는 약간 주눅이 들었다. 지금 한 말은 뭐지? 위대한 조율자라느니, 봉인의 이치를 등에 진 자라느니, 의미를 알 것도 같고 모를 것도 같고…… 어쨌든 처음 들은 말이었다.

"올 캐스터 님." 합창은 하나의 목소리로 바뀌었다. 노파의 목소리다. "이번 파옥 사건에는 우리 카타르할 수도원의 오래된 연이 얽혀 있습니다. 그 농도는 갓 흘린 피와도 같으며, 그 깊이는 '테두리' 끝의 나락과도 같지요. 올 캐스터 님, 여기 있는 지혜자 아쥬를 통해 저희 지혜도 올 캐스터 님께 드리겠습니다. 부디 뜻대로 사용해주십시오."

아쥬가 코를 옴찔옴찔했다. "응, 나, 이것저것 많이 배웠어. 새 주문도 익혔고."

"그래. 잘됐다."

애시는 어느 틈엔가 서가 곁을 떠나 출입구 옆 암벽에 기댄 채 팔짱을 끼고 있었다. 표정은 딱딱했다. 노려보는 듯한 시선이 따갑다.

"이, 이쪽은 제 시종인 소라예요."

소라도 서가를 향해 고개를 숙였다. 책들의 빛이 엷어지고 흩어졌다. 뭔가 이상한 것을 보고 눈을 깜박이기라도 한 것처럼.

소라의 표정도 굳어 있었다. 유리와 똑같은 빛을 받고 있는데 그의 뺨만 창백해지고 피부에 보풀이 인 것처럼 보인다. 왜?

"저희들은 이제부터……"

유리가 부자연스러운 말투로 말을 꺼내자 노파 목소리를 내는 책이 말을 막았다. "알고 있습니다. 올 캐스터 님."

인간과 마찬가지로 책들 또한 괴로운 일을 알릴 때는 살짝 떨린다.

"부디 마음을 단단히 먹으시기 바랍니다."

"네?"

무슨 의미지? 게다가 왜 아쮸까지 거북한 듯이 콧등을 긁적이는 거야?

"이번 영웅의 파옥과 카타르할 수도원이 뭔가 관계가 있나요? 아까 오래된 인연이라고 말했죠? 그건."

그때 통로에서 조급한 발소리가 다가왔다. 라틀 선생님이다.

"여러분 다 모이셨습니까?"

방에 발을 들여놓으며 라틀 선생님은 애시를 보았다. "겨우 진정되었습니다. 때를 맞이했다면 더는 도망쳐 숨을 수는 없다면서요."

"기특하군."

침을 뱉듯이 말을 내뱉고 애시는 몸을 일으켰다. "가자, 유리. 면회다."

애시의 기세와는 반대로 라틀 선생님은 두 어깨를 축 늘어뜨리고 있었다.

"실마리를 가진 사람을 만날 수 있는 거예요?"

"그런 셈이지. 빨리 와."

유리는 서가 곁에서 떠나기가 망설여졌다. 뭐야, 이 수상한 전개는. 괜스레 의미심장하고, 수수께끼 같은 냄새나 풍기고.

"여러분은 제가 알아야 할 사실을 알고 있죠? 지금 여기서 가르쳐주지 않을래요? 네, 부탁이에요."

서가에 손을 대고 책등을 만지면서 유리는 호소했다. 아쥬가 어깨 위로 뛰어올라왔다.

"필요한 사실은 내가 들었어. 그러니까 가자, 유리."

"너도 뭔가 아는 거야? 그럼 가르쳐줘!"

"가면 알아. 전부 알 수 있어, 유리."

들으면 들을수록 유리는 혼란스러웠다. 스스로도 느끼고 있었다. 나, 겁먹었어. 무서워. 무섭다고!

애시가 방을 가로질러서 유리의 팔을 잡았다. "적당히 좀 해 둬!"

"그만두십시오, 애시 님."

소라가 유리를 감쌌다. 애시는 난폭하게 소라를 밀어냈다. "넌 물러서 있어."

"그만둬요! 소라한테 무슨 짓이에요!"

유리는 한순간 화가 치밀어올랐다. 힘껏 애시를 떠미는 것으로도 화가 풀리지 않아 그를 때리든지, 할퀴든지, 뺨을 후려치든지, 어쨌거나 뭔가 하지 않으면 마음이 풀리지 않을 것 같았다. 유리는 무턱대고 양손을 쳐들고 덤벼들었다. 유리, 하고 아쥬가 외쳤다.

쳐들었던 유리의 손이 애시의 얼굴 앞에서 딱 멈췄다. 애시의 손이 유리의 손목을 잡고 있었다. 오른손도, 정신을 차려보니 왼손도. 움직일 수 없었다.

"올 캐스터면 올 캐스터답게 행동하는 게 어때."

이 응석받이가. 나지막이 말하며 애시는 유리를 뿌리쳤다. 비틀거리는 유리를 소라가 뒤에서 받아안았다. 그대로 애시와 유리는 서로 노려보았다.

"올 캐스터 님."

노파의 목소리에서 우는 듯 떨리는 기색이 느껴졌다.

"지금은 부디 '늑대'를 따라가주십시오. 이 카타르할의 깊은 곳에 올 캐스터 님이 필요로 하시는 것이 기다리고 있습니다."

유리는 여전히 애시를 노려보고 있었다. 그대로 노파 목소리에게 물었다. "아까, 당신들도 소라 앞에서는 빛이 옅어졌죠. 당신들도 소라가 싫어요? 애시가 소라에게 심술궂게 대하는 이유를 당신들은 알아요? 계속 그래요. 애시는 턱없이 으스대고, 소라한테는 차갑고, 그러면서 중요한 건 하나도 안 가르쳐준다고요."

"유리 님, 괜찮습니다. 저는—"

"안 괜찮아! 내가 이해 못 하겠다니까. 소라는 잠자코 있어."

"유리." 조용한 목소리가 들렸다. 팔꿈치를 살짝 붙잡아 유리를 소라에게서 떼어놓았다.

라틀 선생님이다. 어느 틈엔가 곁에 있었다.

"갑시다. 시간이 없습니다."

그는 무슨 말을 해야 할지도 모르면서 한층 입을 내밀고 반문하려 하는 유리를 눈빛만으로 제지하고 말을 이었다.

"그것은…… 당신과 그리 오랫동안 이야기할 수 있는 상태가 아닙니다."

그것? 유리는 눈을 크게 떴다. 사람이 아니야?

말을 삼킨 유리를 방에서 데리고 나가면서, 라틀 선생님은 마찬가지로 다정한 눈빛을 소라에게 향했다.

"당신은 여기 남으세요. 아니, 남아주십시오. 유리를 위해서

입니다."

소라 역시 영문을 모른다는 점은 유리와 마찬가지일 텐데도 순순히 고개를 끄덕이고 물러섰다. 한껏 뒷걸음친 탓에 소라의 등이 서가에 부딪쳤다. 그러자 책들이 어지러이 빛났다.

애시가 말없이 앞에 섰다. 셋이서 통로를 걷기 시작한 후 얼마쯤 지나 유리는 라틀 선생님에게 말했다. "이제 실례되는 짓은 안 할게요. 죄송해요."

라틀 선생님은 빙긋 웃었다. 처음에 만났을 때 보았던 것처럼 넋을 잃을 듯한 미소는 아니었다. 그 눈동자에는 연민이 있었다. 유리는 그것을 알아차렸다.

애시는 이 동굴 내부를 잘 알고 있는 듯 망설임 없는 발걸음으로 나아갔다. 유리는 라틀 선생님과 나란히 걷다가, 때로는 애시를 따라잡기 위해 종종걸음을 했다.

세 명뿐이었다. 아쥬도 남아 있으라고 지시한 것이다. 아쥬가 시끄럽게 소리를 지르며 항의한 탓에 애시가 손가락으로 집어들고 내던질 뻔했다. 유리가 화를 내며 말리자 웬일인지 소라가 그런 유리를 타일렀다.

직접 두 발로 걸어내려가자, 맨 위에서 내려다보았을 때 느낀 것보다 훨씬 깊었다. 한 층 한 층 내려가자 여기저기 밝혀져 있던 불빛이 양초와 램프에서 횃불로 바뀌어갔다. 불빛의 수도 줄어든 듯 점차 어둠의 영역이 늘어난다. 내려가는 난간 너머로 아래를 보니 눈에 들어오는 것은 횃불의 불길뿐이다. 동굴 안에 사는 사람들의 모습도 확 줄어들었다.

유리의 불안을 알아차렸는지 라틀 선생님이 말했다. "제일 아래층의 가장 깊은 부분에 중병을 앓는 환자 전용의 격리 병실이 있습니다. 우리는 거기로 향하고 있어요."

"격리 병실?"

"디미트리가, 키리크가 깨운 죽은 자로부터 생겨난 괴물의 피가 지닌 독기에 대해서는 말했습니까?"

유리는 발을 조금 늦추고 고개를 끄덕였다. 약간 숨이 차다.

"독기가 표면화되면 환자는 얼마 지나지 않아 목숨을 잃습니다. 하지만 그 짧은 기간 동안에 몹시 흉포해질 때가 있지요. 그런 환자에게서 환자 자신과 주변 사람들을 지키기 위해 격리 병실이 필요합니다."

라틀 선생님의 상냥한 말투에 변명 같은 울림이 섞여 있다.

"그 독기는, 요약해서 말씀드리면 죽은 자를 소생시키는 마술의 부작용입니다."

라틀 선생님의 입에서 유리가 사는 사회의 의학 용어가 튀어나왔다.

"근원이 마술이기에, 해제하든 치료하든 마술의 힘에 기대는 것밖에 방법이 없습니다. 이런 경우에 의학은 무력합니다."

"해제 마술을 연구하고 있나요?"

선생님은 살짝 눈을 깜박거렸다. "사람은 때때로 어느 방향으로 나아갈 때는 아주 열심이면서도, 그 방향을 바꾸거나 되돌아가야 할 필요가 생길 때를 전혀 대비하지 않는 과오를 저지릅니다."

그 설명만으로 충분했다.

"이제 와서 해제 마술을 완성시켜봤자, 왕가나 귀족들에게 이익이 되는 건 아니니까요. 유리의 세계에서도 마찬가지겠지요. 사람은 부와 권력을 만들어내지 않는 것에는 지혜를 짜내려 하지 않는 법입니다."

부드럽기는 하지만, 유리의 귀에는 라틀 선생님이 헤이틀랜드의 마술사와 마도사들을 비판하고 있는 것처럼 들렸다.

드디어 세 사람은 동굴의 가장 아래층에 도착했다. 나선 모양의 내리막길 끝에는 한층 커다란 한 쌍의 횃불이 세워져 있다. 여기서는 머리 위가 어둠이다. 횃불에서 튀어나오는 불꽃이 연기와 함께 어둠을 향해 피어오르고 있다.

무섭다—불현듯 유리는 그렇게 생각했다. 이제 두 번 다시 지상으로 나갈 수 없는 것은 아닐까.

"이 동굴은 땅속을 향해 직각으로 뚫려 있진 않아."

땀에 젖은 이마에서 흐트러진 머리카락을 쓸어올리며 애시가 말했다.

"전체적으로 완만하게 비스듬히 뻗어 있지. 내려오면서 못 알아차렸어?"

전혀. 유리는 고개를 저었다.

"네가 알아듣기 쉽게 비유하자면, 거대한 개미집 같은 거야."

아닌 게 아니라 그 표현은 머릿속에 잘 와 닿았다. 무수하게 갈라진 길과 수많은 작은 방. 정말이지 개미집 아닌가. 과학 교과서에 실려 있던 사진이 떠올랐다.

"이런 동굴을 불완전하게나마 사람이 살 수 있는 장소로 만든 카타르할의 수도사들은 훌륭하지. 아무리 어둡고 숨이 막힌다 해도 여기는 사람의 손으로 만들어낸 거처야. 결코 이 세상의 끝이 아니라고."

여기서만 안식을 얻을 수 있는 사람도 있다. 여기서밖에 살 수 없는 사람도 있다. 애시는 중얼거리듯이 말을 계속했다. "그러니 그런 한심한 표정 짓지 마. 이마의 문장이 울겠다."

비꼬는 듯한 웃음이 더해지긴 했지만, 아무래도 애시는 나름대로 유리의 기운을 북돋워주려 한 모양이다. 유리는 이마의 문장에 손을 댔다. 한순간의 하얀빛. 어렴풋한 따스함. 문장의 격려다.

"지금부터 뭘 보고 뭘 듣든, 놀라지 말라고는 하지 않을게. 다만 쓸데없이 한탄하지는 마."

"여기 있는 사람들은 자기 의사로 여기에 안주하고 있다는 말입니다, 유리."

네, 하고 유리가 대답하자 라틀 선생님이 앞으로 나서더니 망토 밑에서 열쇠 다발을 꺼냈다. 은색 고리에 놀랄 정도로 많은 열쇠가 매달린, 무거워 보이는 열쇠 꾸러미다.

"이쪽입니다."

라틀 선생님이 발걸음을 옮기는 암벽에는 터널이 뚫려 있었다. 입구는 철 격자로 가로막혀 있다. 라틀 선생님이 자물쇠를 열고 철 격자 중앙에 있는 작은 쪽문을 열었다.

"발밑을 주의하십시오."

이 터널에는 샛길이 없고, 옆쪽 벽에 직접 작은 방이 이어져 있었다. 모든 방에 철 격자가 끼워져 있다. 불빛은 횃불에서 다시 양초로 바뀌었다. 암벽에 박힌 구부러진 못에 양초가 꽂혀 있었다. 촛농이 벽을 타고 통로까지 흘러떨어져 하얀 덩어리를 이루고 있다. 춥다. 뼛속까지 추위가 스며든다.

지나치는 작은 방은 모두 텅 비었다. 허술한 나무침대가 놓여 있을 뿐이다.

"지금은 특별한 손님을 대접하는 것만으로도 힘에 부쳐서 말이야. 다른 환자들은 위층으로 옮겨됐어."

이번에는 열쇠 꾸러미를 손에 든 라틀 선생님이 선두다. 조금 걷자 바로 다음 쪽문이 보인다. 그 문을 연다. 그 앞에 또 쪽문. 이러니까 저렇게 수많은 열쇠가 필요한 것이다.

이렇게 깊은 곳에 엄중하게 갇혀 있는 건 누구지?

자연스레 유리는 자세를 가다듬었다. 발걸음이 무거워진다. 공포로 숨이 차올랐다. 소라가 같이 있으면 좋을 텐데. 아쥬가 같이 있다가 농담이라도 해주면 좋을 텐데.

"두려워하실 필요 없습니다." 라틀 선생님이 유리를 뒤돌아본다. "여기에 유리 님이 두려워하셔야 할 자는 없습니다."

그때.

동굴 안쪽에서 뭔가가 묵직하게 삐걱대는 듯한 소리가 들려왔다. 낡아서 녹이 슬고 경첩이 망가진 문을 억지로 비틀어 열 때 나는 소리. 또는 몇백 년이나 계속 닫혀 있던 석관의 뚜껑을 밀어서 열 때 나는 소리.

세 사람은 멈춰 섰다. 유리는 바르르 떨었다. 그리고 깨달았다.

이것은 그냥 '소리'가 아니다. '목소리'다. 누군가의 목소리다. 유리의 등에 한기가 내달렸다.

그 순간 유리는 뒤로 돌아 맹렬히 도망치기 시작했다. 안 돼, 안 돼, 안 돼! 이런 곳에는 이제 한순간도 더 있을 수 없어!

바로 뒤의 철 격자에 몸을 통째로 부딪힌 후, 너무 조급해진 나머지 쪽문의 손잡이를 미처 붙잡지도 못하고 꼴사납게 헐떡였다. 무릎은 부들부들 떨리고, 식은땀이 등을 타고 흐르고, 눈에는 눈물이 고였다.

"유리 님."

라틀 선생님이 부른다. 알 게 뭐야. 뭐가 두려워할 필요 없다는 거야.

다시 동굴 깊은 곳에서 목소리가 울려퍼졌다. 아까보다도 큰 소리다. 더 확실히 알아들을 수 있었다. 신음소리다!

유리는 간신히 쪽문을 열었다. 몸을 구부리고 머리를 부딪혀 가며 어찌어찌 건너편으로 빠져나가자, 세번째 신음소리가 좁은 터널의 측벽과 천장에서 메아리치며 유리의 등으로 바짝 다가왔다.

"─유, 유리."

유리는 그 자리에서 얼어붙었다.

"유, 리."

동굴 안쪽에 격리되어 있는 누군가가 쉬어버린 신음소리로 유리를 부르고 있었다.

철 격자를 붙잡은 채 유리는 천천히 고개를 들었다. 바로 지금 자신이 어떤 얼굴을 하고 있는지 스스로도 쉽게 짐작할 수 있다. 핏기가 가셔서 유령 같으리라. 진짜 유령도 지금의 유리와 마주치면 겁을 먹을 것이다.

"미안해…… 유, 리."

유리는 숨을 멈추고 입을 벌렸다. 동굴 속의 냉기가 대번에 목을 찔렀다. 바로 사레가 들리고 말았다. 등을 둥글게 말고 콜록대자 라틀 선생님이 다가와서 다정하게 문질러주었다.

"너를 만나도 된다고—아니, 너를 만나야 한다고 저것도 단단히 각오했겠지." 애시가 말했다. "봉마의 벽으로 방해했던 것도 사과하려나?"

유리는 라틀 선생님을 붙잡고 겨우 몸을 일으켰다. 눈에서 눈물이 뚝 떨어졌다.

"오지 말라고 소리 질렀던 사람이군요."

애시가 고개를 끄덕였다. 라틀 선생님은 떨리는 유리의 등을 계속 문질렀다.

"저한테—하나만, 제발 가르쳐줘요. 제발."

저건 오빠예요?

공포와 함께 솟아오른 질문은 말이 되지 못하고 유리의 목구멍에서 얼어붙었다.

그래도 애시는 차분한 목소리로 이렇게 대답했다. "네 오빠가 아니야."

라틀 선생님도 말없이 한 번, 두 번 고개를 저었다. 유리의 목구멍에서 얼음이 녹아 몸에서 흘러나갔다.

"저건 실마리야. 네가 찾아다니는 모리사키 히로키도 아니고, 그의 잔해도 아니야. 내가 몇 번이나 말했을 텐데."

너는—하고 애시는 목소리를 낮추었다.

"다른 사람 말에 더 제대로 귀를 기울이는 법을 배워야 해. 지금의 너는 아무것도 듣지도 않고 생각하지도 않아. 그저 자신의 감정에 빠져 허우적대며 멋대로 우왕좌왕할 뿐이지."

초등학생 여자아이한테 할 만한 질책이 아니다. 하지만 지금
의 유리는 평범한 여자아이가 아니니까, 고개를 떨어뜨린 채 이
비난의 말을 감수하는 수밖에 없다.

"죄송해요."

유리는 쪽문을 빠져나와 두 사람 곁으로 돌아왔다. 얼굴을 들
지도 못한 채.

라틀 선생님의 크고 따뜻한 손이 유리의 어깨에 닿았다. 그때
한층 더 큰 신음소리가 울려퍼졌다. 이번에는 무슨 말인지 알아
들을 수 없었다.

울음소리다. 저것이라 불리며 이런 동굴 가장 깊은 곳에 갇혀
있는―스스로 원해서 틀어박혀 있는 누군가가 울고 있었다.

유리는 땅속 깊은 곳의 어둠 속에서 불안하게 흔들리는 촛불
에 시선을 향했다.

흐느끼는 소리는 계속되고 있었다. 아까 두려움에 가득 찬 질
문을 할 때 생겨난 얼음이 녹아내린 통로를 통해, 주위의 어둠으
로부터 뭔가 다른 것이 유리 안으로 스며들어왔다. 유리 자신도
이름을 붙일 수 없는 감정. 어떻게 표현해야 좋을지 모르겠다.
그저 느껴진다. 가슴이 아릴 정도로.

저렇게 울다니.

―불쌍하게도.

유리는 동굴 안쪽으로 걷기 시작했다. 순간 놀란 듯한 라틀 선생님이 뒤를 따랐다. 그리고 유리의 앞으로 돌아와 눈앞의 철 격자 쪽문에 달린, 어린아이 주먹보다 큰 자물쇠를 열어주었다.

"이게 마지막 자물쇠입니다."

유리는 쪽문을 통과했다.

바로 정면의 암벽에 구부러진 못이 박혀 있다. 금방이라도 다 타버릴 듯한 크기의 양초도 있다.

지금까지 구부러진 못은 전부 측벽에 박혀 있었다. 정면에 있는 것은 처음 보았다.

이곳이 막다른 곳, 가장 깊은 곳이다.

유리는 천천히 고개를 돌려 좌우를 보았다. 발을 번갈아 디디며 그쪽으로 방향을 바꿨다.

촛불이 닿는 범위에 겨우 철 격자가 보였다. 빛무리 밖에서는 모든 것이 어둠에 삼켜져 있다.

그 어둠 안쪽에서 울려퍼지던 흐느낌이, 유리가 돌아서자마자 딱 멎었다.

어둠과 정적.

자신의 숨결과 거친 호흡. 몸 안쪽에서 들린다. 그것 말고는 전부 어둠, 어둠. 방금 희미하게 옷이 스치는 소리가 났다. 라틀 선생님이 쪽문을 통과한 것이다.

정신을 차리자, 애시는 어느 틈엔가 유리 바로 옆에 있었다.

소리도 없이, 기척도 내지 않고.

"구르그."

애시가 앞쪽에 고인 어둠에 말을 걸었다. "데려왔어."

눈의 착각일까. 어둠이 술렁인 것 같다.

애시는 갑자기 웃더니 말했다.

"아니, 이 아이가 자기 힘으로 여기까지 당도했어. 널 만나러 왔지. 오빠의 행방을 알고 싶다는 마음 하나로 찾아온 거야. 이제 방해하지 말고 이야기해줘."

어둠이 움직였다. 잘못 본 것이 아니다. 가만히 바라보자, 어둠 속에 한층 어둡고 어렴풋한 것의 윤곽이 보인 듯했다.

어쩐지, 몹시 크다.

"구르그." 애시는 다시 한번 말을 걸고 한숨을 쉬었다. "그렇게 한탄만 하고 있어서는 아무것도 끝나지 않고, 아무것도 시작되지 않아. 이건 네가 저지른 잘못에 대해 배상할 수 있는 유일한 기회야. 지금을 놓치면 넌 영원히 구원받지 못해. 잘 알잖아?"

바닥 근처에서 뭔가 젖은 것을 끄는 듯한 소리가 들렸다. 이 자리에 어울리지 않는 기억이 유리의 뇌리에서 번뜩였다. 일 년에 한 번, 엄마가 집에 있는 모든 담요를 빨 때. 모직용 세제에다 유연제도 듬뿍 썼다. 유리코, 좀 도와줘. 담요가 바닥에 닿겠어. 세탁기에서 끄집어내는 것만 해도 꽤 힘들다―

"구르그 님" 하고 라틀 선생님도 말을 걸었다.

"그 이름으로는 성에 안 차나?" 애시가 말을 이었다. 목소리에 잔뜩 날이 서기 시작한다.

"그럼 네 본명으로 불러줄까?"

미노치 이치로.

어둠 속에서 유리는 눈을 크게 떴다. 저도 모르게 몸을 약간 움직이자 벽의 양초가 지지직 소리를 내더니 연기가 흘렀다.

"미노치, 이치로 씨."

그 산에 있던 별장의 주인이다. 은둔자, 별난 성격의 거부. 전 세계를 여행하며 고서를 사들여 산장 서재에 모으던 히로키와 유리코의 작은할아버지.

이름밖에 모른다. 얼굴을 본 적도 없다. 불과 일 년 전까지는 존재조차 몰랐다.

하지만 지금은 안다. 그는 죽은 사람을 되살리는 방법을 찾고 있었다. 그러기 위해 『엘름의 서』를 손에 넣었다—

철 격자 건너편에 느닷없이 하얀 얼굴이 둥실 나타났다. 너무나 예상치 못한 위치였기에 유리는 목소리를 삼키며 뒤로 물러섰다.

하얀 얼굴은 유리의 무릎 높이에 있었다. 머리카락과 경계를 이룬 이마 아랫부분만 선명하게 보인다.

노인이다. 눈썹에 하얀 털이 섞여 있다. 뺨은 홀쭉하게 들어갔고, 피부는 건조하며, 늘어진 눈 아래와 입 주변은 껍질이 벗겨진 것 같은 모습이다.

하지만 눈은 맑았다. 열 살 때 여름, 머나먼 소나기구름을 우러러보는 어린아이의 눈동자. 그 눈동자를 충혈된 흰자위가 감싸고 있다. 얼굴 형태는 완전히 노인. 오직 눈동자만 소년.

순식간에 눈물이 넘쳐나더니 야윈 뺨을 타고 흘러 떨어졌다. 눈물에 젖은 곳은 피부가 쓰라릴 것처럼 불그레해졌다. "작은할아버지?"

유리의 부름에 노인의 얼굴이 부끄러운 듯 고개를 숙이더니, 더 바닥 가까이 내려가버렸다.

"정말로 미노치 이치로 씨죠? 저는 유리코예요. 당신 형의 손녀예요."

유리는 앞으로 나서면서 몸을 구부렸다. 손을 뻗자 손가락이 철 격자에 닿아서 붙잡았다. 그리고 몸을 더 구부렸다. 그러지 않으면 미노치 이치로와 같은 높이에 맞출 수 없다.

"우리는 당신이 죽었다고 들었어요. 하지만 아니군요? 미노치 씨는 안 죽었어요. 우리 영역을 떠나서 헤이틀랜드에 와 있었네요. 어째서요? 별장이랑 서재는 다 그대로 남아 있어요."

미노치 이치로는 뒷걸음질을 치고 있는 듯했다. 어둠 깊은 곳에 몸을 숨겨 얼굴이 보이지 않게 되었다.

다시 물에 젖은 무거운 것을 끄는 듯한 소리가 나더니 울음소리를 꾹 참는 듯한, 괴로운 숨소리가 들렸다.

유리는 철 격자에 얼굴을 갖다댔다. "전, 당신이 『엘름의 서』를 가지고 있었다는 걸 알고 있어요. 당신이 없어진 후에 우리 가족이 별장을 방문했고, 서재를 찾았는데 — 오빠가 『엘름의 서』를 가지고 나왔어요. 그리고 '영웅'에 씌어서 오빠는 최후의 그릇이 돼버렸어요."

어둠에서 오열하는 소리가 울려퍼졌다. 나지막이, 나지막이, 바닥을 기듯이 발치로 전해진다. 오열이 발목에 감기더니 장딴지를 타고 몸을 기어올라와 유리의 귓가에 다다랐다.

"저는 오빠를 찾고 있어요. 애시는 당신이 실마리를 쥐고 있대요. 그래서 저는 당신을 만나러 왔어요."

부탁드립니다. 이제는 유리도 바닥에 납작 엎드려 있었다.

"부탁드립니다. 오빠의 행방에 대해 뭔가 알고 있으면 가르쳐주세요. 당신은 『엘름의 서』를 잘 알고 계시죠? '영웅'에 썬 사람이 어떻게 되는지 아시나요? 어떻게 하면 오빠를 찾을 수 있죠? 저는 이제부터 어떻게 하면 될까요? 어디로 가면 돼 —"

애시가 말없이 유리의 어깨를 붙잡고 뒤로 끌어당겼다.

철 격자를 사이에 둔 어둠 속에 다시 노인의 하얀 얼굴이 떠올랐다. 거리낌 없이 울고 있다. 눈꺼풀이 부어 있었다.

"미안하다."

얼굴이 아주 약간 흔들리더니 유리에게 다가왔다가 급히 멀어졌다. 유리는 묘한 비린내를 느꼈다. 뭘까, 이 냄새. 미노치 씨의 숨결? 마치 항구 구석에 방치된 오래된 그물 같은 냄새다. 작년 여름에 온 가족이 해수욕장에 갔을 때 가까이에서 보았다. 아빠가 저건 그물이라고 설명해줬지만, 너무 냄새나고 더러워서 기분 나빠서 다가갈 수가 없었다. 심해에서 뭍으로 나와 몰래 햇볕을 쬐고 있는 괴물 같다고 생각했다.

"미안하다, 용서해다오."

몇 번이고 머리를 숙이며 미노치 이치로는 유리에게 간곡히 호소했다. 그 동작에 그의 머리 위쪽이 어렴풋이 보였다.

—지금, 뭐지?

미노치 이치로의 머리에는 굵은 머리카락이 빈틈없이 자라 있었다. 흰 털이 섞인 눈썹과는 어울리지 않는 새카만 머리카락. 아니, 머리카락치고는 너무 굵지 않나. 고무호스처럼 보인 건 유리의 눈이 이상하기 때문일까.

"전부 내 죄다. 내가 『엘름의 서』를 우리 영역에 가지고 왔어. 그리고 그 책을 해독해서, 그 안에 잠들어 있던 걸 깨우고 말았어."

눈물 섞인, 목이 메어 분명치 않은 목소리지만 제대로 알아들을 수 있었다. 수호의 법의가 지닌 힘이 없어도 알아들을 수 있는, 유리의 영역에서 사용하는 말. 일본어다.

"나는—벌을 받았다."

눈물을 뚝뚝 흘리면서 미노치 이치로는 이야기를 계속했다. "그 벌의 무게 때문에, 나는 내 영역에 머무를 수 없게 되어 여기로 도망쳐왔어. 자신의 죄를 잊고 책임을 내팽개친 채 그 별장의 서재를 두고 도망치는 것밖에 생각할 수 없었어."

유리의 심장이 의지를 거스르며 날뛰었다. 이어서 몸 전체가 마찬가지로 유리의 뜻을 거스르기 시작했다. 여기서 떠나고 싶다. 여기서 도망치고 싶다. 이런 것의 곁에 있고 싶지 않다.

꽁무니를 빼려는 몸을 붙잡아두기 위해 유리는 더 세게 철 격자에 들러붙었다.

"당신의 죄. 그건 죽은 사람을 되살리려 한 거죠? 당신은 그것을 위한 마법을 줄곧 찾아왔어요. 그렇죠?"

노인의 야위고 하얀 얼굴이 고개를 끄덕였다.

"그래서 당신은 키리크의 생애를 기록한 『엘름의 서』가 필요했어요. 그는 죽은 자를 깨운 영웅이었으니까. 거기에는 그가 사용한 마법도 적혀 있었으니까."

미노치 이치로의 얼굴이 괴로운 듯 일그러진 채 오른쪽에서 왼쪽으로 움직였다. 유리의 눈은 분명 그것을 보았지만, 이해력은 따라가지 못했다. 바닥 위 이십 센티미터 정도 되는 높이에서 그는 이 미터 가까이 되는 거리를 재빠르게 흐르듯 이동한 것이다. 아무리 바닥에 웅크리고 있거나 누워 있었다고 해도 목을 저렇게 움직일 수 있을까.

유리의 온몸이 경보를 울리기 시작했다. 한계다, 한계다, 이제 여기에는 있고 싶지 않아. 이상해, 이상해! 유리는 관절이 불거질 정도로 세게 철 격자를 움켜쥐었다.

"유리."

그게 이쪽에서의 네 이름이지. 불분명한 목소리로 그렇게 중얼거리더니 미노치 이치로의 목이 유리 쪽을 돌아보았다. 목의 위치가 유리의 어깨 높이까지 스르르 올라왔다.

"네 오빠가 최후의 그릇이 된 건, 그를 『엘름의 서』에 접근시킨 내 책임이다. 아무리 사과해도 모자라. 네게는 나를 힐책하고, 나를 비난하고, 오빠의 원수를 갚기 위해 내 목숨을 뺏을 권리가 있어."

유리는 목소리도 낼 수 없었다. 불안하게 흔들리는 단 하나의 양초 불빛과 동굴의 가장 깊은 곳에 갇힌 어둠 속에서 유리의 눈은 기능을 되찾기 시작했다. 눈동자가 어둠에 익숙해지는 것이다. 거기 비친 광경이 마음에 어떤 영향을 줄지 아랑곳하지도 않은 채.

철 격자 건너편으로 미노치 이치로의 몸의 윤곽이 어렴풋이 보였다. 자세히 쳐다보지 않아도 눈에 들어왔다.

거대하다. 이 작은 격리 병실을 가득 채울 정도로 큰 몸.

그것은 인간의 형태가 아니었다.

"참회는 이제 됐어."

억양을 잃은 애시의 목소리가 유리의 머리 위에서 들렸다.

"죽고 싶으면 알아서 죽어."

그리고 애시는 유리의 팔을 잡고 일으켜 세워 뒤로 끌어당기려 했다. 하지만 유리의 손가락은 철 격자에서 떨어지지 않았다. 구부러진 채 경직되고 말았다.

움직일 수가 없어. 나, 완전히 얼어붙었어.

"죽기 전에 하나 가르쳐줘. '영웅'은 어디 있지? 『엘름의 서』를 통해 마도를 깊이 연구한 너라면 알 거야."

미노치 이치로가 창백한 얼굴을 아래로 향했다. 이번에는 한층 더 분명히 보였다. 노인의 머리에 무수하게 자라난 굵은 것은 머리카락이 아니었다. 고무튜브 같은 질감. 은근하게 검은 광택이 나며 마디가 있다. 그 마디가 구부러질 때 희미하게 틱틱 하는 소리가 난다. 갑충이 종이 위를 길 때 나는 것 같은 소리다.

"'영웅'이 『엘름의 서』를 열쇠 삼아 파옥했다면—"

미노치 이치로가 이야기했다. 떨리고 잠긴 듯한 목소리지만, 몇 번 듣는 동안 사실은 그렇지 않다는 것을 알 수 있었다. 인간의 목소리에 뭔가 다른 잡음이 섞여 탁해진 것이다.

틱틱거리는 소리도 심해진다. 어둠 속에 둥실 떠오른 미노치 이치로의 얼굴이 천장에 실로 매단 가면이 바람에 흔들리는 것처럼 가볍게 좌우로 움직였다.

척, 하고 젖은 담요를 내던진 것 같은 묵직한 소리가 유리의 발치에 전해졌다.

"그는 반드시 봉인당한 키리크의 육체를 원할 거다."

애시의 목소리에 날이 선다. "키리크의 유해라는 뜻인가?"

창백한 얼굴이 위아래로 흔들렸다. "그래. 죽은 후에 여덟 조각으로 나누어진 키리크의 몸은 봉마의 관에 담겨 땅속 깊은 곳에 묻혔지. '영웅'은 그걸 모두 되찾아 키리크의 몸을 부활시킨 후 그 몸에 깃들기를 원할 거야."

조용하게 숨을 들이마시는 소리가 들렸다. 라틀 선생님이다. 정신을 차리자 선생님은 유리 바로 뒤에 와 있었다. 유리의 등 쪽에서 감싸듯이 팔을 뻗어, 구부러져 굳은 채 철 격자에서 떨어지려 하지 않는 유리의 손가락을 하나하나 주의 깊고 다정하게 떼어냈다.

우선 오른손 엄지손가락. 이어서 집게손가락. 선생님의 숨소리가 귓가에서 들렸다.

"그런 이야기는 기록에도 전승에도 없어." 애시가 되받아쳤다. "키리크는 야전에서 죽었어. 시신은 다른 병사들의 시신과 섞여서 행방불명이 되었다고밖에 전해지지 않아. 무덤조차 없다고!"

미노치 이치로가 처음으로 웃었다. "나는 그걸 키리크한테 들었어. 지금도 『엘름의 서』에 깃들어 있는 그의 혼한테서 들었지."

유리의 오른손 손가락은 전부 떨어졌다. 다음은 왼손이다. 한 손만이라도 자유로워지자 유리의 몸은 와들와들 떨리기 시작했다.

"무덤이 있는 곳을 가르쳐줘. 여덟 군데 전부."

미노치 이치로의 얼굴이 어둠 속에서 가볍게 옆으로 미끄러졌다. "가르쳐줘? 지식은 자기 힘으로 손에 넣는 법이야. 그러지 않으면 의미가 없어."

"뭐라고? 잘난 척하기는."

애시가 소리를 질렀을 때, 유리의 왼손 손가락도 모두 떨어졌다. 라틀 선생님이 유리를 낚아채듯 안아올렸다.

선생님이 뒤로 물러남과 동시에 미노치 이치로의 얼굴이 돌진해왔다. 이마가 세찬 소리를 내며 철 격자에 부딪혔다.

미노치 이치로는 웃고 있었다. 창백한 얼굴, 야윈 볼. 형형한 눈동자가 검게 불타오르고 있다.

유리는 라틀 선생님에게 꼭 안겼다. 선생님이 검은 옷의 자락으로 유리를 감쌌다.

"구르그. 일찍이 미노치 이치로라는 인간이자, 현자라는 칭호로 불리던 때의 당신을 생각해내십시오. 이 작은 아이는 당신의 혈족입니다!"

들리지 않는다. 말이 전달되지 않는다. 아아, 이 사람은 제정신을 잃었구나. 피가 얼어붙는 듯한 공포와 함께 유리는 깨달았다. 마음이 부서졌다. 정신을 붙잡아두는 테가 벗겨져버렸다.

"죽은 자를 되살리는 마법을 사용하기 위해서는."

꺼림칙하게 히죽대는 웃음을 띠고 미노치 이치로는 말을 계속했다. "술사 자신이 마법의 매개체가 되어야 해. '테두리'에 떨어지는 생명의 힘을 빨아들이고 그러모아 축적하는 전지 역할을 해내야 한다고."

생명의 힘. 그것은 혼돈의 에너지, 해방된 원시의 힘이다. 모으면 모을수록 높아지는 압력과 싸워 그것을 제어할 수 있는 술사만이 그 에너지를 죽은 자에게 줄 수 있다.

"나는 그것에 성공했지. 그래도 키리크한테는 한참 못 미쳤지만—"

왜 못 미쳤죠? 그럴 생각은 없는데도, 유리는 묻고 있었다. 뭐가 못 미쳤는데요?

"나는— 생명의 힘을 모았다."

"이제 됐어요, 애시!" 라틀 선생님이 목소리를 쥐어짜냈다. "더이상은 무리입니다."

유리를 안고 달려가려는 라틀 선생님의 품속에서 유리는 발버둥을 치며 저항했다. 미노치 이치로에게서 눈을 뗄 수 없다. 그의 불타는 검은 눈동자에서 벗어날 수가 없다.

"당신은 생명의 힘을 모았어요. 그리고 어떻게 됐나요?"

"유리!"

미노치 이치로가 입을 크게 벌렸다. 새카만 혀가 보였다. 그의 이는 하나도 남김없이 빠져 있었다.

"내 몸은 몸에 모인 에너지에 굴복했다. 아니, 아니, 진 건 아니야. 에너지를 축적하기 위해 보다 바람직한 형태로 변모했지!"

자랑스러운 듯한 커다란 웃음소리와 함께 그의 두 눈에서 섬광이 뿜어져나왔다.

눈앞이 아찔해질 듯한 하얀빛에 동굴의 어둠이 순식간에 사라졌다. 동굴 가장 깊은 곳의 구석구석까지 훤히 밝혀졌다. 철격자 안에 있는 미노치 이치로의 모습이 드러났다.

"보아라, 어린 올 캐스터여. 이것이 내 진실, 내가 얻은 힘이다!"

검은 덩어리. 작은 산처럼 쌓아올려진 진흙. 유리의 눈이 본 것을 머리와 마음은 그렇게 인식했다. 썩은 듯한 물가의 냄새가 주위에 가득 찬다.

미노치 이치로는 완전히 괴물로 변해 있었다. 검게 젖어 번들번들 빛나고, 모든 것이 축 늘어져 출렁거리며 부풀어올라 층을 이루고 있었다. 원래는 어디가 팔이고 어디가 다리였는지 동체의 형태조차 분명하지 않았다. 크고 작은 고무호스와 썩은 해초 덩어리.

그것이 움직이며 촉수가 보였다. 하나, 둘, 셋. 촉수가 차례차레 검고 작은 산에서 떨어져나와 위로 뻗어올라갔다. 거기에는 무수히 많은 흡반이 빼곡히 자리 잡고 있었다. 작은 산의 꿈틀거림에 호응해 흡반들도 열렸다 닫혔다 한다. 굶주림과 갈증으로 먹이를 구하며, 또 그 이상으로 뭔가 말하기를 원하면서.

미노치 이치로의 앙상한 얼굴은 그런 촉수 한 가닥 끝에 악마의 초롱처럼 매달려 있었다!

유리는 소리를 질렀다.

의미 있는 말은 나오지 않았다. 그저 소리를 지르고, 지르고, 지르고, 또 질렀다. 동굴에서 달려나가는 라틀 선생님에게 안겨 목을 내팽개치듯 뒤로 젖힌 채 계속 비명을 질렀다.

라틀 선생님은 수많은 쪽문을 바람처럼 빠져나갔다. 끊임없이 소리를 지르는 유리의 머리를 손바닥으로 부드럽게 누르고서. 선생님의 가슴에 얼굴을 묻은 유리는 비명을 멈추지 못했고, 비명은 곧이어 애원이 되었다. 내보내줘요, 내보내줘요, 여기서 내보내줘요! 날 밖으로 내보내줘요!

들이킨 숨을 몽땅 내뱉은 후 호흡이 끊기자 유리는 정신을 잃었다. 동굴 가장 깊은 곳보다 어두운 암흑 속으로 굴러떨어지듯이.

─오빠.

새카만 어둠 속에 유리는 혼자 우두커니 서 있다. 좌우도 분간

할 수 없다.

—오빠, 어디 있어?

머나먼 저편에 오빠의 얼굴이 보인다. 핏기가 싹 가신데다 수
척해졌지만 확실히 오빠다. 모리사키 히로키의 얼굴이다. 미소
짓고 있다.

그리고 유리에게 손을 흔든다. 잘 있어, 하고.

—기다려! 가지 마!

쫓아가자. 지금이라면 아직 쫓아갈 수 있어. 그런데 발이 움
직이지 않는다. 마음만 헛돌고 유리는 한 발도 내딛을 수 없다.

모리사키 히로키의 하얀 얼굴이 한층 멀어진다.

—오빠!

오빠의 손이 어느 틈엔가 검은 촉수로 변해 있었다. 흠칫 겁을
먹은 유리는 오빠를 뒤쫓아가려고 뻗은 자신의 손을 보았다.

그 손도 역시 검게 변색되기 시작했다.

"싫어!"

소리를 지른 순간, 유리는 꿈에서 현실로 뛰쳐나왔다. 벌떡
일어났다. 그러자 눈앞에 소라가 있었다. 소라의 보라색 눈동자
가 보였다.

온몸이 식은땀에 젖은 채 바짝 움츠러들어 있다. 엉덩이 아래
가 딱딱하다. 정신을 차리자 카타르할 수도원 터의 잔재 속이었
다. 쓰러진 네모기둥 하나를 침대 삼아 누워 있었던 것이다.

"유리 님 —"

소라는 기둥 옆에 무릎을 꿇고 있다가 일어서서 유리를 부축하려고 손을 내밀었다. 유리는 몸을 움츠렸다. 소라는 당황해서 뒤로 물러나더니 어중간하게 공중에 떠 있던 자신의 손을 떨구며 겸연쩍은 듯이 고개를 떨어뜨렸다.

유리는 뺨에 선뜩한 것을 느꼈다. 젖어 있다. 운 것이다. 춥다.

머리 위에는 푸른 하늘이 있다. 꼭두서니 빛을 띤 하얀 구름이 느릿느릿 한가로이 흘러간다.

숨을 들이켠다. 차갑고 맑은 바깥 공기가 폐 속으로 흘러들어 왔다. 가슴 깊은 곳에서 버둥대던 심장이 신선한 공기에 씻겨 차분해진다. 더 깊이 숨을 들이킨다. 사레가 들려 콜록거렸지만, 한 번씩 호흡할 때마다 편해진다.

"유리, 나야."

아쥬의 목소리다. 어디지? 아아, 소라의 어깨 위다. 콧등을 실룩거리고 긴 수염을 떨며 아쥬가 말했다.

"그쪽으로 가도 돼? 이제 유리를 만져도 괜찮아?"

아쥬는 귀와 콧등 둘 다 한기 때문에 빨개져 있다. 소라도 추운 듯 어깨를 움츠리고 있다.

"이쪽으로 와, 아쥬. 소라도."

자신이 먼저 손을 뻗어 뛰어서 옮겨온 아쥬를 옷깃 속에 넣고, 이어 소라의 손을 잡아당겨 꼭 끌어안았다.

"미안해. 미안해. 이제 괜찮아."

유리는 소리를 내어 울기 시작했다.

실컷 울어 유리가 안정을 되찾을 때까지 상황을 보고 있었던 것이리라. 유리가 손수건으로 얼굴을 닦은 후 코를 풀고 한숨 돌렸을 때, 잔해 속의 동굴로 들어가는 출입구에서 검은 옷을 입은 라틀 선생님이 나타났다. 김이 올라오는 큼지막한 동제 컵을 들고 있다.

"정신이 드셨습니까? 마침 잘됐군요. 이걸 드세요."

달콤한 향기가 나는 음료수였다. 한 모금 마시자 목이 개운해졌다.

"당신 이마에 있는 문장을 만져보십시오."

라틀 선생님이 손가락으로 자기 이마를 가볍게 두드리며 말했다.

"그건 당신 자신도 치료할 수 있을 터. 수호의 법의로도 완전히 막아내지 못한 피해에서 당신을 회복시켜줄 겁니다."

일러준 대로 해보자 문장에서 온기가 전해졌다. 그 온기가 몸 구석구석으로 달려가는 것도 느껴졌다. 온기가 도달한 곳부터 서서히 힘이 되살아난다.

"올 캐스터 님은 의사가 필요 없으십니다."

라틀 선생님이 빙긋 웃었다. 유리도 마주 웃다가 그렇게 할 수 있다는 것이 기뻐서 소라와 아쥬에게도 미소를 보였다.

"애시가 울보 올 캐스터라고 또 야단칠 거예요."

"애시?" 라틀 선생님은 고개를 갸우뚱하다가 끄덕였다. "디미트리 말씀이시군요."

선생님이 검은 옷의 자락을 걷어올리고 유리의 발치에 앉았다. 저물기 시작했지만 해는 아직 밝다. 바깥 햇빛 속에서 봐도 역시 라틀 선생님은 미남이었다.

"당신을 구르그와…… 미노치 이치로와 만나게 한 애시에게 화내지 마시기 바랍니다."

유리는 컵을 양손으로 감싸고 고개를 끄덕였다.

"덧붙여 그걸 말리려 하지 않았던 제게도." 선생님은 익살스레 눈썹을 살짝 움직여 보였다.

"네, 선생님."

"애시는 당신에게 최악의 상태를 각오하게 하려 한 겁니다."

유리는 잠자코 다시 한번 고개를 끄덕였다.

"당신이 오빠를 찾아다니다 언젠가 재회하게 된다 쳐도, 그것이 당신과 오빠에게 꼭 행복이리라고 할 수는 없습니다."

유리의 옷깃, 멱살 부분에 아쥬가 부드러운 몸을 비볐다.

"알겠어요. 아니, 안 것 같아요. 지금은 완전히 알았어요."

차가운 바람에 라틀 선생님의 머리카락이 흩날렸다.

"애시는 지금, 구르그의 말을 단서 삼아 키리크와 연고가 있는 곳이 얼마나 되는지 조사하고 있습니다. 키리크에 대해서, 특히 그의 최후에 대해서는 기록과 기억, 구전과 소문이 뒤섞여 좀처럼 분명한 사실을 알 수 없습니다. 노력이 필요하겠지요."

"헤이틀랜드의 역사서는 도움이 안 되나요?"

"그를 쓰러뜨린 사람들이 많은 부분을 고쳐 썼으니까요."

이 헤이틀랜드를 만든 '자아내는 자'는 그걸 용납하는 걸까. 유리는 생각했다. '자아내는 자'는 키리크의 편 아닌가. 그의 공적이 올바르게 전해지지 않아도 괜찮나?

헤이틀랜드는 이미 '자아내는 자'의 손을 떠났기에 어찌할 도리도 없는 걸까. 그렇다면 '자아내는 자'는 세계를 창조할 수는 있어도 제어할 수는 없는, 상당히 어설프고 힘없는 존재다.

라틀 선생님은 온몸으로 유리를 바람으로부터 지키려 하는 소라에게 다정한 눈길을 보냈다.

"당신은 '이름 없는 땅'에서 왔죠?"

소라는 보라색 눈을 약간 크게 뜨고 소극적인 여자아이처럼 어쩔 줄 몰라했다. 누군가가 자신에게 직접 말을 걸어오리라고는 생각해보지도 않았다는 것처럼.

"소라는 무명승이에요." 유리가 대답했다.

"선생님은 이름 없는 땅을 아시는군요."

"애시에게 배웠습니다. 그는 박식한 사람이죠."

친근함과 존경이 담긴 말투였다.

"그래서 저는 제가 살고 있는 이 세계가 만들어진 것이라는 사실도 알고 있습니다—기분은 나아지셨습니까?"

유리는 이마에서 손을 떼보았다. 기분이 차분해졌고 심장 고동도 평정을 되찾았다. 기력도 되돌아온 것 같다.

"우리의 '자아내는 자'가 이 헤이틀랜드를 좀더 살기 좋고 평화로운 세계로 만들어주었으면 좋았을걸, 하고 생각할 때도 있습니다."

라틀 선생님이 머리 위의 구름을 올려다보며 눈을 가늘게 떴다. "그래도 저는 이곳에서 생명을 부여받은 것에 감사하고 있습니다."

어두운 역사를 지닌 이 헤이틀랜드라 할지라도.

"유리, 어쩌면 당신이 사는 세계 역시 누군가가 창조한 것일지도 모른다고 생각한 적은 없습니까?"

"하지만 우리 세계는……"

"테두리의 중심, 근원이다. 예, 그렇지요. 그러니 유리의 세계를 만든 '자아내는 자'는 이 헤이틀랜드의 경우처럼 한 명이 아닙니다. 수많은 '자아내는 자'가 있지요. 그리고 지금 현재, 이 순간도 무수한 이야기를 자아냄으로써 유리의 세계를 계속 만들어내고 있습니다. 그렇게 생각할 수도 있지 않을까요?"

유리는 눈을 깜박였다. "만드는 것으로 유지하고 있다?"

"그렇습니다. 좋은 의미든, 나쁜 의미든."

당신 역시—하고 라틀 선생님은 유리의 어깨에 손을 얹었다.

"그러한 '자아내는 자' 중 하나입니다. 자신은 작가도 아니거니와 역사가나 예술가도 아니라고 당신은 말씀하시겠지요. 하지만 그것은 단순히 입장과 역할이 다른 것뿐입니다. 인간은 모두 삶으로써 이야기를 자아내니까요."

"저도요?"

"예." 라틀 선생님은 크게 고개를 끄덕이더니 다시 소라에게 고개를 돌렸다. "그러니 죄업을 지는 것은 '자아내는 자'만이 아닙니다. 무명승만도 아니지요. 우리는 모두 똑같은 죄인입니다. 죄를 지으며 살고 있습니다. 살기 위해서는 따로 방법이 없으니까요."

똑바로 자신을 향한 눈길에 소라가 도망치듯 눈을 내리깔았다. 아쥬가 찍, 하고 울어서 또 무슨 농담이라도 하려나 싶었지만 그대로 입을 다물어버렸다.

"소라. 저는 오히려 당신이야말로 가장 청정한 존재라고 생각합니다."

"말도 안 됩니다!"

견디다 못했는지 소라가 빠른 속도로 말했다.

"저, 저는 죄업을 진 자입니다. 게다가 이름 없는 땅에서도 추방당했습니다."

"아니요. 그건 진실이 아닙니다."

말을 잇는 라틀 선생님의 단정한 얼굴에 다정함과 깊은 이해,

그리고 공감의 빛이 떠올랐다.

공감? 갑자기 유리는 불안과 함께 딱히 이유도 없이 강한 반
감을 느꼈다. 왜? 왜 라틀 선생님은 소라에게 이런 수수께끼 같
은 말을 하는 걸까.

유리의 기분은 아랑곳없이 선생님은 이야기를 계속했다. "당
신은 자유입니다. 빚은 이제 사라졌습니다."

"빚이라니, 무슨 뜻이에요?"

유리는 두 사람 사이에 끼어들었다. 몸을 내미느라 어깨 위에
얹은 라틀 선생님의 손을 뿌리치는 모양새가 되고 말았다.

"저는 소라가 무명승이 된 건 뭔가 죄를 저질렀기 때문이라고
들었어요. 이야기에 살려 한 죄라고요. 그게 빚인가요? 진실이
란 뭐예요? 저는 선생님 말씀이 뭐가 뭔지 통 모르겠어요."

"그런 말투는 실례야, 유리."

아쥬가 작은 손으로 유리의 턱 끝을 만졌다. 생쥐의 모습이 되
기 이전의, 유리가 아직 이름도 모르는 박식한 책이었던 무렵을
떠올리게 하는 엄한 나무람이었다.

"괜찮습니다, 아쥬."

라틀 선생님은 말했다. 눈으로는 소라를 계속 쳐다보고 있다.

"당신은 제 말의 의미를 알 겁니다. 아니, 알아가는 중입니다.
그것은 당신에게 필요한 일이고, 피할 수 없는 일이기도 합니다."

유리가 소라를 돌아다보자 그는 바로 고개를 들어 유리를 보

았다. 살짝 눈물이 고였고 흰자위가 빨갛게 충혈되어 있다.

유리는 동요했다. 왜 그래, 소라? 라틀 선생님이 무슨 말을 하는지 넌 정말로, 정말로 알아?

"저는 죄업을 진 자입니다."

울음을 터뜨리기 직전처럼 잠긴 목소리로 그렇게 딱 잘라 말하더니 소라는 허우적대듯 일어섰다. 검은 옷자락이 다리에 감겨서 넘어질 뻔했다. 그래도 무턱대고 몸을 일으키더니 쏜살같이 도망친다. 동굴 입구로 달려간다.

"소라!"

뒤를 쫓아가려 하는 유리의 머리꼭지로 아쥬가 폴짝 뛰어올랐다. "안 돼, 안 돼, 안 된다고! 잠깐 혼자 있게 내버려둬!"

몰아닥치는 충격으로 유리는 핑 하는 현기증을 느꼈다. 아쥬 너까지 그런 말을 하다니!

"아쥬, 그럼 넌 어때? 선생님이 하시는 말씀을 알겠어? 그럼 가르쳐줘. 소라의 죄가 뭐야? 빚은? 그게 사라졌다니 무슨 말이야."

"아아, 시끄러워."

아쥬는 폴짝 뛰어올라서 유리의 머리를 때렸다. "올 캐스터답게 좀 얌전히 못 있겠어? 바로 새된 소리나 지르고, 그냥 말괄량이잖아!"

약이 오르고 부끄럽기도 해서 유리는 부들부들 떨었다. "하지만 다들 나한테 제대로 가르쳐주지 않으니까 그렇지."

나 역시—하고 아쥬가 갑자기 의기소침해졌다. 꼬리가 힘을 잃고 축 늘어진다.

"모르는 게 많아. 난 도움이 안 되는 풋내기 사전이야."

미안해. 이번에는 아쥬까지 울음을 터뜨릴 것만 같았다.

"아직 확실하진 않지만, 나도 조금은 깨달은 게 있어. 하지만 선생."

아쥬는 라틀 선생님에게 코끝을 향했다.

"난 그런 거 싫어."

라틀 선생님은 고개를 끄덕였다. "예, 압니다."

"여기 있는 책들이 가르쳐준 거—"

"그들은 지식을 가지고 있으니까요."

"그걸 처음부터 이 여행이 시작될 때 내가 알고 있었다면 좋았을까?"

또다시 수수께끼 문답이다. 하지만 이번에 유리는 발끈 성을 내지 않았다. 그러기는커녕 가슴이 차가워져갔다. 종잡을 수 없는 것은 여전하지만, 무서울 정도로 진지하고 겁을 먹기까지 한 듯한 아쥬. 이런 아쥬의 모습은 처음이다.

"당신이 알고 있었다 해도 말할 수는 없었겠지요" 하고 라틀 선생님은 대답했다. "말해봤자 믿어주지 않았을 겁니다. 믿어주지 않으면 믿어줄 때가 오기까지 당신 역시 침묵할 수밖에 없었겠지요."

선생님은 갑자기 입을 다물었다가 과감히 털어내듯 작게 덧붙였다. "지금 애시가 그러고 있는 것과 마찬가지로."

아쥬는 몸을 잔뜩 웅크려 하얗고 폭신폭신한 털 뭉치가 됐나 싶더니, 몸을 확 펼치고는 유리의 머리에서 뛰어내려 곧장 잔해 틈새로 뛰어들어가버렸다.

얼마가 지나서야 유리는 겨우 목소리를 되찾았다. "선생님, 아쥬는,"

"얼굴 닦으세요, 유리."

말을 듣고 눈가를 만져보자 눈물이 나고 있었다. 당황해서 손으로 문질렀다.

"죄송해요. 저는……"

괴로운 듯 선생님은 입가를 찡그린다.

"저야말로 경솔했습니다. 말이 지나쳤던 점을 사과드립니다."

바람이 한바탕 불어와 유리와 선생님의 검은 옷을 펄럭였다. 바람에 떠오른 유리의 앞머리 사이로 문장이 드러났다.

"……제가 한가하게 기절한 동안 무슨 일이 있었군요."

입 밖으로 내어 물어보고 나니 분명 그랬을 거라는 확신이 들었다.

라틀 선생님은 괴로운 듯한 표정을 유지한 채 억지로 미소를 지었다. "아니요, 아무 일도."

거짓말이다. 선생님은 거짓말을 하고 있다.

"선생님이 저를 지하에서 데리고 나와주셨죠? 저, 도중까지는 기억하고 있어요. 철문을 몇 개나 빠져나와 가장 아래층의 홀로 나온 것까지는요."

자신이 계속 비명을 지르고 있던 것도.

"그다음에 무슨 일이 일어난 거죠? 그래서 소라랑 아쥬가 동요해서, 선생님이 둘을 달래려고 좀 전과 같은 이야기를 하신 거죠?"

가르쳐줬으면 좋겠다. 유리는 넙죽 엎드려 간청하고 싶은 기분이었다. 답답하게 머리에 휘감기는 베일을 벗겨내고 싶다. 가장 조바심 나는 것은, 이 대화의 수수께끼 같은 부분이 전혀 수수께끼가 아닌 것처럼 느껴진다는 점이다. 한 발 들여놓고 아주 조금만 힘을 내면 유리도 풀 수 있는 문제일 것 같다. 바로 근처에 답이 있을 것 같다.

"유리."

"선생님은 다정하시니까 가만히 계실 수 없었죠? 애시처럼 심술궂지 않은걸요. 그렇죠?"

가르쳐주세요. 무슨 일이 있었어요? 이번에는 유리가 선생님의 검은 옷소매를 힘주어 잡으려 했다. 그때.

쿵.

발치에서 밀어올리는 듯한 진동이 느껴졌다. 지진? 유리는 펄

쩍 뛰었다. 라틀 선생님이 즉시 자세를 바로하고 유리를 감싸기
위해 끌어당겨 안았다.

쿵! 두번째 진동이다. 잔해 더미에서 먼지가 피어올랐다. 무
너져 잔뜩 금이 간 기둥 여기저기에서 파편이 떨어졌다.

"이건!"

라틀 선생님이 머리 위를 올려다보았다. 유리도 하늘을 보았다.

12장
대미궁

평화롭고 한가로이 저물어가는 푸른 하늘. 두둥실 떠 있는 구름 가장자리에 꼭두서니 빛이 비치고 있다. 꼭 구름이 뺨을 붉게 물들인 것 같다. 그리고 구름은 흘러간다. 점차 모여든 구름이 꼭두서니 빛을 모아 저녁 하늘을 만든다.

그 하늘을 세 조각 내며 눈부시고 날카로운 번개가 달려갔다. 너른 하늘의 균열. 한 번. 그리고 두 번. 소리도 없이 하늘을 가르는 새하얀 섬광.

갑자기 그늘이 졌다. 유리의 눈에는 태양이 하늘의 균열에 빠져들어 사라진 것처럼 보였다. 하지만 세번째 번개가 하늘을 달려나간 뒤, 태양은 그 자리에 제대로 있었다.

다만 칠흑으로 변해 있을 뿐이었다.

세계가 산산조각 난 것이 아닐까 의심스러울 정도로 큰 천둥이 울렸다. 번개의 뒤를 이어 두 번, 세 번 사방으로 울려퍼진다. 굉음이 들릴 때마다 하늘에 균열이 생기고 한층 세밀하게 금이 가서, 금방이라도 머리 위로 떨어질 것만 같아 유리는 저도 모르게 손을 들고 목을 움츠렸다.

라틀 선생님은 일어서더니 불안한 걸음걸이로 두 사람이 나란히 앉아 있던 기둥에서 두세 걸음 떨어졌다. 선생님의 눈은 하늘이 아니라 더 먼 저편을 향하고 있었다. 그쪽으로 끌어당겨지듯이 다시 몇 걸음 휘청휘청 걸었다.

"맙소사……"

선생님이 응시하고 있는 방향으로 눈길을 주다 유리도 일어서고 말았다. 선생님과는 반대로 뒷걸음쳤다. 몸이 저절로 도망치려 한 것이다.

저 멀리, 완만한 능선이 끊어진 사이로 서쪽 지평선이 보인다. 앞으로 두 시간만 있으면 그곳으로 가라앉는 아름다운 저녁 해를 볼 수 있었으리라. 하지만 지금 거기 있는 것은 유리의 머리로는 쉽게 이해할 수 없는 불가사의한 광경이었다.

회오리바람? 아니다. 회오리바람이라면 아무리 거대하다 해도 익숙한 모래시계 같은 형태일 터이다. 그렇다면 저건 뭐지? 바람 덩어리라는 건 알겠다. 그 힘으로 지상에 있는 것을 송두리째 빨아올려 하늘로 날려보내고, 산산이 부수면서 꿈틀대고 있으니까. 하지만—

거인이 지닌 한 쌍의 손. 그렇게밖에 형용할 길이 없었다. 손가락 관절의 움직임까지 알아볼 수 있었다. 서쪽 지평선에 생겨난 거인의 손이 지상을 휩쓸고 있다. 방금 전에 오른손을 내리쳐서 뭔가를 때려부쉈다. 왼손이 불쑥 올라가며 그것을 공중으로 날려 보냈다.

"선생님, 저쪽에 뭐가 있어요?"

반쯤 쓰러진 기둥을 방패 삼아 유리는 가까스로 강풍에서 몸을 지키고 있었다. 선생님에게 그렇게 묻기 위해 거의 소리를 질러야 했다. 아까 전까지는 북풍이 불었는데, 어느 틈에 바람은 서풍으로 바뀌었다. 거인의 손이 날뛰고 있는 저 방향에서 불어오는 것이다. 눈을 뜨고 있기조차 힘들다. 강풍에서 돌풍으로, 점점 힘을 더해가며 맹위를 떨치는 바람은 잔돌과 모래를 머금고 있었다. 피부에 닿으니 바늘로 찌르는 느낌이다.

손가락으로 얼굴을 감싸면서 유리는 다시 선생님을 불렀다. 거인의 손에 의해 사방으로 흩어지는 것들 사이로 교회나 성의 첨탑 같은 모양이 얼핏 보였다. 그러나 그것들은 바로 바람에 휘말려 산산조각나고 말았다.

"저기는 왕도 방향입니다." 라틀 선생님도 유리에게 소리를 질렀다.

왕도 엘미그아르드. 헤이틀랜드의 중심 수도이면서, 마도사 엘름의 무덤이기도 한 도시.

"왕도가 파괴되고 있는 건가요?"

온 힘을 다해 되물었을 때, 머리를 낮추고 바람을 견디던 라틀 선생님이 결국 쓰러지고 말았다. 그대로 바람에 떠밀린 선생님은 바로 곁에 있는 외벽의 파편 더미에 부딪혀 그 자리에 착 달라붙었다. 팔다리를 벌리고 십자가에 매달린 듯 한 자세로 움직이지 못했다.

"유리, 동굴로 도망치세요!"

목소리가 바람에 갈가리 찢어진다. 어떻게든 선생님을 구해야 돼. 도와줄 사람을 불러와야 돼. 기다시피 하며 유리가 움직이기 시작했을 때, 선생님이 경악에 찬 소리를 질렀다. "안 돼!"

유리는 바로 몸을 일으켰다. 다음 순간 뭔가 탄력 있고 단단한 것에 몸을 꽉 붙잡혔다. 세게 죄어져서 숨이 막힌다.

그리고 유리는 공중으로 날아올랐다. 바람에 휘말린 것이라고 생각했다. 하지만 아니다. 머리는 위고, 다리는 아래. 양손은 자유롭다. 바람 속에서 거꾸로 매달린 상태가 아니다─

또 라틀 선생님에게 안겨 있었다. 그리고 무슨 일이 일어났는지 깨달았다.

선생님은 왼팔로 유리를 껴안은 채 오른손으로 잔해 더미와 무너진 기둥을 붙잡고 위로, 위로 기어오르고 있었다. 붙잡은 후 몸을 일으키고, 또 붙잡은 후 몸을 끌어올렸다. 선생님의 팔이 너무나 길어서 올라갈 때마다 몸이 진자처럼 붕붕 흔들린다.

라틀 선생님의 팔은 인간의 팔이 아닌 다른 것으로 변해 있었다. 피부는 갈색에, 뼈는 고목 뿌리처럼 검게 불거져 있다. 손바닥만 해도 유리 얼굴 크기의 배는 되리라. 기다랗고 끝부분이 가느다란 손가락이 채찍처럼 휘어 하늘을 가르며 힘있게 잔해 더미를 잡았다.

이런 거 동물원 원숭이 우리에서 봤어. 이 자리에 어울리지 않는 기억이 유리의 이해를 도왔다. 엄마 원숭이가 한 팔로 아기 원숭이를 껴안고, 비어 있는 한 손으로 가지에서 다른 가지로 건너가는 거.

라틀 선생님과 유리는 카타르할 수도원 터의 잔해 더미 꼭대기로 올라갔다. 순간 사방이 잔잔해진 듯 시야가 트이고, 유리는 보았다. 서쪽 지평선에서 이 수도원 터를 향해 기듯이 일직선으로 밀려오는 검은 물결을.

거인의 손이 내던진 바람의 칼날이다! 유리는 눈을 감았다. 라틀 선생님이 유리를 껴안은 채 잔해 더미를 박찼다. 두 사람이 하늘 높이 뛰어오름과 동시에 검은 바람의 칼날이 카타르할 수도원 터를 덮쳤다.

잔해들이, 서로 겹쳐져 의지하고 있던 몇 개의 기둥이, 바람에 토막토막 잘리며 날아올랐다가 떨어지면서 서로 부딪혀 바스라졌다. 하지만 그 굉음은 유리의 귀에 닿지 않았다. 유리는 공중을 날고 있었다. 선생님과 유리가 입은 검은 옷의 자락이 우아하게 저녁하늘에 펼쳐졌다. 한 번 도약한 것만으로 미친 듯이 날뛰는 돌풍 위로 벗어난 것이다.

선생님이 괴이한 모습의 한쪽 팔을 크게 휘두르자, 그것이 검은 날개처럼 하늘을 갈랐다. 팔의 움직임으로 만들어진 상승기류가 추락하는 두 사람의 몸을 다시 조금 밀어올렸다.

"유리, 문장을!" 선생님의 목소리가 들렸다.

유리는 정신없이 이마에 손바닥을 댔다. 주문 따위는 모른다. 아쥬한테서도 배우지 않았다. 자신의 말로 생각할 뿐이다. 부탁해, 부탁해, 부탁해. 우리를 지켜줘요. 우리를 안전히 땅위에 내려주세요!

문장이 빛났다. 섬광의 번쩍임이 한 번, 두 번. 그러자 어느새 유리와 선생님은 하얀 빛무리 속에 있었다. 떨어지는 속도가 아주 느려졌다. 선생님이 다시 팔로 날갯짓을 했다. 하얀 빛무리가 빙그르르 돌자 유리는 공중에서 보이지 않는 의자에 앉은 듯 안정감을 느꼈다. 이대로 천천히, 천천히 지상으로. 선생님의 날갯짓으로 방향을 바꾸면서.

바람의 칼날은 지나간 상태였다. 유리는 그 뒷모습을 바라보았다. 카타르할 수도원 터를 산산이 부수고 앞에 있는 먹잇감을 찾아 똑바로 나아간다.

그 모습은 마치 낫이 날아가는 것 같았다. 수도원 뒤쪽의 산을 깎아내고 숲을 날려 보내며 싹둑 베어나간다. 산사태가 일어나

길이 파묻힌다. 나뭇가지와 잎사귀가 티끌로 변해 날아올랐다.

라틀 선생님의 두 발이, 이어서 유리의 발이 지면에 닿자 빛무리가 사라졌다. 선생님은 똑바로 서서 몸을 지탱했지만, 유리는 무릎에 힘이 들어가지 않았다.

수도원 터의 잔해는 거인이 씹어 바수고 내뱉은 음식 찌꺼기처럼 산산조각 나 있었다. 방금 전까지는 단순한 잔해 더미였어도 기둥이나 벽의 형태를 알아볼 수 있었다. 실내의 장식품이나 가구 파편도 형태가 남아 있었다. 하지만 지금은 모든 것이 뒤죽박죽되어 있다.

선생님과 유리는 불현듯 제정신을 차리고 함께 서쪽 지평선을 뒤돌아보았다. 거인의 두 손은 사라져 있었다. 자연의 바람이 끔찍하게 망가진 수도원 위를 지나가며, 사락대는 모래를 날려 보냈다.

하늘과 태양 둘 다 원래대로 돌아왔다.

"그 거대한 손이 검은 칼날로 변해 이쪽으로 날아왔습니다."

그것을 본 후 선생님은 즉시 유리를 붙잡고 함께 공중으로 뛰어오른 것이다.

"어디까지 갈까요. 저게 나아가는 쪽에 있는 땅에서는 모든 게 베여 넘어지고 말 텐데……"

여전히 선생님에게 꽉 붙들린 채 유리는 시선을 떨어뜨렸다. 선생님은 그 시선을 알아차리고 보기 흉한 것을 감추듯이 서둘러 손을 등뒤로 돌렸다. 그래도 분명히 보였다. 선생님의 손 색깔이 원래 피부 색깔로 돌아와 있었다. 크기와 형태도 보통 인간의 손이다.

검은 옷의 소매로 양손을 완전히 가리고 나서야 선생님은 겨우 유리의 눈을 보았다.

"저도 괴물의 독이 든 피를 이어받은 사람 중 하나입니다."

그렇다. 의심의 여지가 없다.

"놀라게 해서 죄송합니다. 그리고 그동안 숨겨왔던 것을 사과드리겠습니다."

유리는 아무 말도 할 수 없었다. 대답 대신에 재채기가 한 번 났을 뿐이었다. 수호의 법의에서 먼지가 피어올랐다. 선생님이 법의를 털어주었다.

유리의 입에서 울음소리가 새어나왔다.

"그럼 선생님도 이제 오래 못 사는 거예요?"

라틀 선생님의 눈매가 부드러워지더니, 무거운 것을 등에 지고 견디듯이 꼭 다물었던 입가가 누그러졌다.

"당신은 착한 마음을 가졌어요."

또 울음이 날 것 같았다. 이런 일이 일어나고, 저런 것을 보고, 카타르할 수도원 터는 산산조각 나고, 어쩌면 왕도도 파괴되었을지도 모르는데, 유리의 마음은 다른 기분으로 가득 차 있었다.

"어느 정도 살 수 있는지 저도 모릅니다. 그래서 여기로 왔습니다. 남겨진 시간을 똑같은 고통을 짊어진 사람들을 위해 쓰고 싶었기 때문이죠."

카타르할 수도원 터의 잔해 그리고 부스러기 더미. 거기서 먼지와 작은 돌조각이 아직도 떨어져내리고 있다. 유리의 몸에 떨어지는 그것들을 라틀 선생님이 손을 흔들어 털어냈다. 양손은 이제 완전히 원래대로 돌아와 있었다.

"괴물의 독이 발현한 건 삼 년 정도 전의 일이었습니다. 처음 한동안 겉모습은 전혀 변하지 않았지요. 다만 보통 사람보다 힘이 세어져 몹시 무거운 물건도 가볍게 들어올릴 수 있게 되었지요."

변화는 서서히 진행되었다. 어느 날 그릇에 가득찬 물이 단숨에 흘러넘치듯이 겉으로 드러났다.

"지금은 그 힘을 마음껏 발휘하려고 하면 꼭 양손의 형태가 그렇게 변하고 맙니다. 곧 두 다리도 그렇게 되겠죠."

그렇구나. 아까 그 말도 안 되는 도약.

"예, 그렇습니다. 제 다리 힘은 백수의 왕도 압도할 정도였지요?"

유리는 '용수철 다리'를 가진 카날 마을의 소년을 떠올렸다.

"애시가 사는 마을에 우즈라는 남자아이가 있었어요."

"알고 있습니다. 만난 적도 있어요. 그도 지금은 아직 그 마을에 살고 있습니다만, 머지않아 어머니와 함께 여기로 옮겨오게 되겠지요. 변화가 몸 밖으로 드러나면 아무래도 보통 사람들에 섞여서 생활하기는 어려워지는데다, 훨씬 다종다양한 약이 필요해지니까요."

그리고 두 사람 다 언젠가는 애시가 직접 장사 지내게 된다.

"그런 변화……가 일어날 때 아프지는 않나요?"

"아픔은 전혀 없습니다." 선생님은 양손을 가볍게 마주 비비며 손가락을 가볍게 움직여 보였다. "하지만 기분은 좀 변하죠."

사나워진다고 했다.

"괴물의 독이 든 피를 이어받은 사람들이 죽을 때가 다가오면 흉포해질 때가 있다고 했지요? 그것과 닮았습니다. 아직까지는 스스로 제어할 수 있으니 다행입니다만."

산산이 부서진 잔해 더미가 겨우 잠잠해졌다. 공기가 점점 맑아진다.

"우즈나 저 같은 사람들의 변화에는 이렇다 할 이름이 붙어 있지 않습니다. 애시도 병명을, 혹은 증세를 뭐라고 부르는지 당신에게 가르쳐주지 않았지요? 처음부터 없기 때문입니다. 그뿐 아니라 이 증세를 헤이틀랜드의 역사와 결부시켜 이야기하는 것조차 공적으로는 금지되어 있습니다."

이 나라의 위정자들에게는 꺼림칙하기만 한 과거이니까.

"이름을 붙이지 않고, 이야기하지 않고, 인정하지 않으면 그것은 존재하지 않게 됩니다. 저나 우즈 같은 사람은 드물게 태어나는, 그냥 이상한 능력을 지닌 사람일 뿐이고 헤이틀랜드의 역사와는 관계가 없다고 주장할 수도 있지요. 그래서 이름을 붙이지 않고 인정하지 않는 것입니다."

유리는 입술을 깨물었다. 라틀 선생님의 말투는 너무나 담담했다.

"저희는 스스로 원해서가 아니라 운명적으로 이런 몸을 가지게 되었습니다. 그것은 정말로 운의 문제…… 운명의 장난으로 이런 몸이 생긴 거지요."

옛날에는 그 사실에 참을 수 없이 화가 났다. 분노로 몸이 들끓었고, 복수심에 불타올랐다.

"하지만 언젠가부터 생각이 바뀌었습니다. 제 몸과 짧은 생명은 제가 뭔가 나쁜 짓을 한 까닭에 받은 벌이 아닙니다. 그저 불운했기 때문이지요. 하지만 이 세상에는 정말로 자신이 저지른 잘못 때문에 재난을 당할 운명에 처하는 사람들이 있습니다."

조그맣게 유리는 중얼거려보았다. "구르그처럼요?"

라틀 선생님이 고개를 깊이 끄덕였다. "그렇습니다. 저와 우즈는 슬픔, 괴로움, 분노를 느끼거나 때로는 스스로 동정할 때는 있어도, 자기 몸을 탓하지는 않습니다. 왜냐하면 아무 짓도 하지 않았으니까요. 하지만 구르그는 다릅니다. 그는 자신이 저지른 잘못을 알고 있습니다. 그 잘못이 자신을 괴물로 바꾸어버렸다는 사실을 누구보다도 잘 알고 있지요. 그가 아무리 슬퍼하고,

괴로워하고, 분노해도 그것은 결국 자신에게 돌아옵니다."

구르그 같은 사람이야말로 진정한 동정과 용서를 받지 않으면 안 된다. 망설임 없는 온화한 말투로 라틀 선생님은 말했다.

"그것은 당신의 오빠도 마찬가지입니다."

스스로 원해서 『엘름의 서』를 읽고, 그 힘에 매료되어 '영웅'의 그릇이 된 모리사키 히로키.

"당신이 오빠를 찾는 것은, 당신처럼 오빠를 사랑하는 사람만이 오빠를 용서할 수 있기 때문입니다. 오빠를 용서하고 해방시키기 위해서 당신은 오빠를 뒤쫓는 것입니다. 그 일에서 당신의 만족이나 위안을 구해서는 안 됩니다. 당신은 당신밖에 할 수 없는 일을 달성하기 위해 앞으로 나아가는 것이니까요."

무의식중에 유리는 이마의 문장을 만지고 있었다. 라틀 선생님은 미소를 짓고, 유리의 손가락을 살짝 붙잡아 이마에서 떼어냈다.

"이것은 올 캐스터의 입장인 당신에게 말씀드리는 것이 아닙니다. 오빠를 걱정하는 어린 여자아이인 당신에게 말씀드리는 것입니다. 아시겠지요?"

유리는 선생님의 손가락을 잡았다. 그렇게 둘이서 손을 마주 잡고 앉아 있자니 추위도 잊히는 것 같았다.

우르르! 큰 소리가 나면서 유리와 라틀 선생님 뒤의 잔해 더미가 무너지더니 판자문 하나가 튀어올랐다. 그리고 뻥 뚫린 그

밑에서 애시의 하얀 머리가 불쑥 나타났다.

"어이, 살아 있나?"

선생님과 유리는 함께 웃음을 터뜨렸다. 애시의 머리가 다시 쑥 들어가더니 이번에는 몸 전체가 기운차게 지상으로 튀어나왔다.

"뭐 하는 거야, 그런 곳에서."

"모두 무사합니까?"

"튼튼한 동굴 덕분에."

한다하는 애시도 양손을 허리에 대고 주변의 참상에 눈을 부릅떴다.

"그래서 안심하고 있었습니다. 쥐 공은?"

선생님의 물음에 유리는 앗 하고 소리를 질렀다. 아쥬를 완전히 잊고 있었다!

"여기 있어." 아쥬가 애시의 목 언저리에서 얼굴을 내밀었다. "유리, 뭐 하는 거야?"

"아쥬야말로 별난 곳에 있네. 소라는?"

"밑에서 무서워 우는 아이들을 돌보고 있어. 동굴 속은 안전했지만, 소리가 엄청났으니까."

아쥬는 애시의 어깨에서 팔을 타고 내려와 지면에 탁 뛰어내렸다. 기분이 언짢은지 코끝을 휙 돌려버린다.

"나도 간발의 차였어. 그 바람이 이쪽으로 오는 게 보이기에 당황해서 동굴 입구로 뛰어들었거든."

아쥬가 억울한 듯 말하자 애시가 역습했다. "유리를 내버려두고 말이지."

아쥬의 귀가 신경질적으로 곤추섰다. "하, 하지만, 그때는 나도 여유가."

"됐어, 됐어. 이쪽으로 와, 아쥬." 유리는 손을 내밀었다.

"땅 위의 상황은 마도경으로 보고 있었어."

애시가 서쪽 지평선으로 눈길을 던졌다. 커다란 저녁 해가 떠올라 있었다.

"……왕도로군."

라틀 선생님이 중얼거린다. "가로에 인접한 도회지나 마을도 어쩌면……"

"타토 마을은 괜찮을까요?"

"모르겠어." 애시는 간단히 잘라 말했다.

"어떻게 됐든 우리는 어쩔 도리가 없어. 구조대가 아니니까. 하여튼 왕도로 가자."

"뭔가 알아냈어요?"

"왕도에서 무슨 일이 일어났는지 모르니까 가는 거잖아. 넌 신경도 안 쓰여?"

라틀 선생님이 유리의 소매를 가볍게 당기며 나지막이 속삭였다. "초조한 겁니다. 무리도 아니지요."

두 사람은 애시에게 다가갔다.

"왕도에 있는 엘름의 무덤 곁에 키리크의 장비가 묻혀 있다는 이야기를 들은 적이 있습니다만……"

"그 이야기는 지어낸 게 아니었어. 다만 묻힌 건 장비뿐만이 아니었겠지."

"그래서 습격당했다고요?"

"그럴 가능성이 높아."

"저, 아까 전부터 이상하게 생각했었는데요." 유리는 말했다. "키리크의 유해는 여덟 조각으로 나누어졌다면서요."

미노치 이치로가 가르쳐주었다.

"머리랑 양팔이랑 양다리, 그리고 몸, 이렇게 여섯 조각이잖아요. 나머지 두 조각은요?"

"잔혹한 소리지만." 유리의 어깨 위에 자리를 잡고 아쥬가 말했다. "눈알이랑 심장 아닐까?"

키리크의 유해에서 두 눈을 도려내고 심장도 꺼냈다는 말인가.

"구르그의 말을 빌린다면, '영웅'은 이번에 『엘름의 서』를 열쇠 삼아 파옥했어. 즉, 이번 '영웅'은 키리크의 기억을 가지고 있다는 소리야."

키리크의 기억이 '영웅'의 핵을 이루고 있다. 그리고 그 존재를 형성하고 있는 것은 그를 가득 채운 수많은 '그릇'들의 에너지이다.

"'영웅'이 키리크로 완전히 되살아나기 위해서는 키리크의 유해가 필요해. 거기에는 그의 사념 — 원념이 깃들어 있어."

긴장한 채 귀를 기울이면서도 유리는 한 가지 사실을 떠올리지 않을 수 없었다. 키리크, 키리크, 그렇게 거침없이 부르지만 그는 애시에게 형제나 다름없는 존재였던 것이다.

"만약 내가 키리크라면."

애시는 발을 바꾸고 험악한 얼굴로 서쪽 지평선을 매섭게 쏘아봤다.

"맨 처음에 뭘 되찾고 싶을까? 몸의 어느 부분을?"

유리와 라틀 선생님도 엉겁결에 자신의 몸을 둘러보았다. 팔과 다리. 가슴속에서 두근대는 심장.

애시는 세차게 고개를 젓더니 툭 내뱉었다. "나도 참 나답지 않군, 얼빠진 혼잣말이었어. 가보면 알 일이야."

"저라면…… 눈입니다."

소라의 목소리였다. 동굴 입구에 서 있었다.

"무엇보다 가장 먼저, 키리크의 눈으로 지금의 헤이틀랜드를 보고 싶겠지요."

골똘히 생각한 듯한 엄숙한 말투에 다른 사람들은 모두 숨을 삼켰다.

애시는 우뚝 서서 소라와 마주 보았다. "보고, 그리고 파괴한다?"

"그가 이 헤이틀랜드에 관해 어떤 생각을 품고 있는지, 그에게 직접 물어보지 않는 한 모릅니다. 그것은 애시 님이 제일 잘 알고 계실 터."

마치 다른 사람이 된 것처럼 소라는 등을 쭉 펴고 애시의 눈길을 똑바로 받아들이고 있다.

소라는 자신의 가슴에 손을 댔다. "왕도로 가십시다."

애시는 금방 대답하지 않았다. 부자연스러운 침묵과 서로 노려보는 눈길에서 유리는 뭔가 몹시 불길함을 느꼈다. 이상한 이야기다. 힘을 내야 할 이때, 왜 불안감을 느끼는 거지?

유리의 이마에 있는 문장이 빛났다. 바로 손바닥을 대보자 온기와 함께 사념이 전해졌다. 이런 일은 처음이다. 문장의 사념.

말은 아니다—영상도 아니다. 하지만 마음으로 흘러들어온다.

"왕도로. 날아가자."

유리는 전해져온 사념을 입에 담았다. 그리고 사념이 재촉하는 대로 제자리에 쭈그리고 앉아 손바닥을 이마에서 지면으로 옮겼다.

손바닥으로 누른 부분이 밝게 빛났다. 그곳에서 생겨난 빛줄기가 몇 갈래로 갈라지면서 순식간에 퍼져갔다.

문장이다. 이마의 것과 똑같은 커다란 문장이 나타났다.

"문장이 우리를 이끌어줄 거야."

일어서서 유리는 소라에게 손을 내밀었다. 소라는 한순간 멈춰 섰다가 달려왔다. 유리의 손을 잡았다.

"라틀 선생님" 하고 유리는 불렀다.

"예." 선생님은 앉음새를 바로 했다.

"부디 건강하세요. 저, 꼭 돌아올게요. 그때까지 기다려주세요."

잔돌과 파편으로 가득한 지면에 한쪽 무릎을 꿇고, 선생님은 정중히 머리를 숙였다.

"당신에게 '테두리'의 가호가 있기를."

문장 안쪽으로 발을 들여놓은 애시가 유리의 등뒤에 서서 말했다. "쥐톨, 이번에는 떨어지지 마라."

"네 녀석이야말로!" 아쥬가 드세게 받아친다.

유리는 심호흡을 한 번 하고 눈을 감았다. 발아래의 문장에서 솟아나는 힘에 몸을 맡겼다.

비상. 이번에는 암흑 속을 날아간다. 카타르할 수도원 터로 날아올 때 느껴지던 경관의 반짝임은 사라져 있었다. 그저 어둠 속을 날아갈 뿐이다.

하지만 그 어둠은 기적으로 가득 차 있었다.

거대한 한 생물의 기적. 그리고 무수히 많은 사람들의 숨소리도 들린다. 속삭임. 외침. 모두 멀고 아련해서 답답하다.

뭐가 이 변화를 일으킨 걸까. '영웅'의 힘이 강해진 걸까. 이 거대한 생물의 존재감에 다른 생물들은 압도당해 있다. 어둠은 한층 짙어지고 두께가 더해져, 그 속을 날아서 빠져나가는 유리는 마치 심해를 헤엄쳐 건너는 작은 물고기가 된 것 같았다. 의지할 수 있는 것은 이마의 문장뿐.

이것이 '영웅'에게서 솟아나는 어둠이라면, 그 어둠은 결코 부정함만으로 이루어져 있을 리 없다.

― '영웅'은 영웅인걸.

거기에는 선함, 올바름도 있다. 그 이면인 황의를 입은 왕이 지닌 불의의 힘에 맞서려는 정의의 힘이. 그렇다면 무턱대고 어둠을 두려워해서는 안 된다. 어둠 속에서 빛을 찾아야 한다.

한 가지 더 잊어서는 안 되는 것이 있다. 이 어둠에는 모리사키 히로키가 있다. 황의를 입은 왕에 매료된 불운한 최후의 그릇이기는 해도, 오빠의 마음에는 역시 '영웅'이라는 사물의 표면인 진짜 영웅을 지향하는 의지가 있었을 터다.

온 힘을 다해 부르면 그 마음에 가 닿을지도 모른다. 부른다면 다른 어떤 호칭보다도 이것이 잘 어울린다.

―오빠!

평화롭고 즐거웠던 나날에 수도 없이 그랬던 것처럼 유리는 몇 번이고 마음속으로 소리를 높여 오빠를 불렀다. 오빠, 오빠.

부르면 언제든지 히로키는 대답해주었다. 시끄러워, 뭐야, 하고 퉁명스러울 때도 있었고 무슨 일이야? 하고 걱정해줄 때도 있었다. 유리와 함께 생각하고 유리와 함께 고민했다.

유리와 함께 살아왔다. 두 사람은 남매니까. 그것은 지금도 변함없다.

—오빠, 나, 바로 따라갈게!

눈을 뜬 순간 유리는 어둠에서 지상으로 튀어나왔다.

"우와아아악!"

아쥬가 소리를 지르며 유리의 머리카락에 매달렸다.

"왁! 어디야, 여기. 높잖아!"

아쥬의 말대로였다. 유리 일행이 내려선 곳은 무슨 우리 같은 목제 상자 위였는데, 지면보다 족히 십 미터는 높은 곳에 자리 잡고 있었다.

"관문이다."

날렵하게 내려선 후 아래를 내려다보며 애시는 말했다.

"왕도로 이어지는 가로 일대에는 관문이 몇 군데 설치되어 있어. 이건 첫번째 관문의 망루야. 망루 꼭대기에 내려선 거지."

유리의 눈에 널찍한 길이 들어왔다. 길은 불그죽죽한 대지에 구불구불 뻗어 있다. 지나가던 사람들과 짐수레를 끌던 사람들, 말을 몰고 가던 사람들이 발걸음을 멈추고 멍하니 이쪽을 올려다보고 있다.

"왕도는 어느 쪽이에요?"

성이 보이지 않는다. 길에는 사람들이 가득하다. 대지와 길. 뭉게뭉게 피어오르는 흙먼지가 꼭두서니 빛 하늘을 뒤덮으려 하고 있다.

"모두 왕도에서 도망쳐나온 걸까?"

사람들의 무리는 한결같이 똑같은 방향을 향하고 있다. 옷 한 벌만 걸친 채 빈손으로 아이를 안고 있는 사람도 있고, 짐수레에 커다란 짐을 실은 사람도 있다.

피난민이다. 영화에서밖에 본 적 없지만, 이것은 진짜다. 유리의 무릎에서 힘이 빠진다.

"이봐, 궁성은 어떻게 됐지?" 애시가 망루 가장자리로 상반신을 내밀고 아래에 있는 사람들에게 물었다. 한 노인이 등의 짐을 추슬러올리며 이쪽을 올려다봤다.

"당신들 어디서 왔지?"

"카타르할 수도원 터. 방금 전 돌풍에 당해서 산산조각 났어."

노인의 얼굴에는 검댕이 묻어 있었다. 이 높이에서 보아도 얼굴뿐 아니라 그의 몸 전체가 흙과 먼지투성이라는 사실을 알 수 있다.

다른 사람들은 갑자기 망루 위로 내려온 이상한 일행에게 신경 쓸 여유는 없다는 듯 발걸음을 재촉한다. 노인은 헤엄치듯 그 흐름을 거슬러 망루 아래까지 다가왔다.

"성에 변고가 생겼어. 왕도는 전쟁이 난 것처럼 야단법석이야."

"궁성이 파괴됐나?"

"잘 몰라." 노인은 허덕이듯 숨을 들이켜다가 콜록콜록 기침을 했다. "난 외벽 시가지에 있었어. 성이 갑자기 지면에서 솟아난 엄청나게 큰 손에 감싸이는 걸 봤지. 카타르할에서도 보였나?"

"보였어요. 마치 회오리바람 같았어요." 유리도 큰 소리로 외쳤다. "그게 성을 부쉈나요?"

"몰라. 하나도 모르겠어. 여기저기서 불이 나고, 내가 차려놓은 노점도……"

노인이 너무 떠는 통에 등에 진 짐이 흘러내렸다. 노인이 짐의 무게에 비틀거렸다.

"사라졌어! 성은 사라졌다고!"

짐을 실은 손수레에 아기를 태운 젊은 여자가, 노인을 밀어제치고 앞질러 나가면서 새된 소리로 끼어들었다. 얼굴은 창백하고 두 눈이 치켜올라가 있다.

"궁성이 사라졌다고?"

"말끔히 없어졌어! 그뒤에는 지면에 구멍만 뚫려 있다고!"

애시는 불안하게 삐걱대며 기울기 시작한 망루 위에서 날렵하게 길로 뛰어내렸다. 망루가 더 기울어서 지면이 가까워지자 유리와 소라도 뛰었다. 순간 사람들 무리에 휩쓸려 이리저리 치이며 우왕좌왕하고 있는데, 애시가 말 두 필의 재갈을 잡고 인파를 거스르며 다가왔다.

"말은 어디서 구했어요?"

"깊이 묻지 마."

애시는 유리를 한쪽 말의 안장 위에 내던지다시피 해서 올리더니, 고삐를 소라에게 건넸다.

"너도 타든지 끌든지 해서 따라와. 간다!"

말을 내뱉자마자 다른 말의 잔등에 올라타고 부츠 뒷굽으로 말의 배를 탁 때리며 달려나갔다.

"시, 실례하겠습니다."

입술까지 새하얘진 소라는 과감하게 등자에 발을 걸고 유리 뒤로 올라탔다.

"유리 님, 꽉 붙잡고 계십시오."

"소라, 말 탈 줄 알아?" 유리의 옷깃에서 고개를 내밀고 아쥬가 물었다.

"모릅니다만, 노력하겠습니다."

"노력?"

유리와 아쥬가 이구동성으로 외쳤을 때, 소라가 고삐를 흔들며 괴상한 목소리로 "으랴!" 하고 소리를 질렀다. 말은 순순히 달리기 시작했다.

왕도 방향에서 도망쳐나오는 사람들의 수는 점점 늘어만 간다. 길에서 비어져나온 사람들의 행렬이 갓길까지 이어져 있었다. 여기저기서 짐수레가 옴짝달싹 못하고 있고, 그 곁에서는 싸움이 벌어지고 있었다. 바로 유리 근처에서 멋들어진 점박이 말이 미친듯이 날뛰어 주인을 떨어뜨리고 도망쳐버렸다. 언뜻 보였던 말의 검은 눈동자는 공포로 번뜩이고 있었다.

이 혼란과 혼잡함 덕분에 소라가 흠칫거리며 다루는 말은 적당한 거리를 유지하며 애시 뒤를 따라갈 수 있었다. 게다가 애시는 때때로 말을 멈추고 뭔가에 귀를 기울이는 듯한 동작을 되풀이하고 있다.

"애시, 왜 그래요?"

유리가 큰 소리로 묻자, 피어오르는 흙먼지 저편에서 애시가 뒤돌아보았다.

"너한테는 안 들려?"

그리고 대답을 기다리지 않고 왕성이 있었던 방향을—지금은 아무것도 없이 그저 푸른 하늘이 펼쳐져 있다—올려다보았다. 그때 애시의 바로 옆을 지나가던 사람이 문득 발을 멈추고 그의 망토 자락을 잡아당겼다.

"당신, '장의사'지?"

번드르르하게 살이 오른 몸에 따뜻해 보이는 외투를 껴입은 중년 남자다.

"아아, 그래. '죽은 자와 친밀한 사람'이지" 하고 애시는 대답했다.

"왕도에 갈 거면 서문으로 돌아가. 서문 경비대가 교통정리를 하면서 움직일 수 있는 사람을 모으고 있어."

"성은 어떻게 됐지? 사라졌다는 게 사실이야?"

남자는 고개를 한 번 끄덕이고 얼굴에 묻은 흙먼지를 닦았다. "땅속으로 빨려들어가는 것처럼 보였어. 무너져내리거나 파괴된 게 아니라…… 몰라, 어쨌든 땅으로 빨려들어가버렸어."

안에 있던 사람들까지 몽땅.

"왕도 수비대는 어떻게 됐지?"

"뿔뿔이 흩어지지 않았을까. 적어도 근위병의 모습은 하나도 못 봤어."

성과 마찬가지겠지, 하고 애시가 중얼거렸다.

"왜 날 불러 세웠지? 당신은, 의사 같은데."

"그래. 난 내벽 시가지에 사는 시시한 마을 의사야. 성이 사라졌을 때 왕진 도중이라 개선문 앞 거리에 있었어. 거기서 봤지."

성과 성의 부지가 통째로 땅속으로 빨려들어가는 순간, 개선문 안쪽에 있던 보초병이 괴물로 변하는 모습을.

애시의 옆얼굴이 한층 더 험악해졌다.

"괴물 하면 당신들 '장의사'가 나설 차례잖아? 서문 경비대에서는 전국의 '장의사'를 긁어모으라는 포고문도 발표했어."

"모아서 뭘 어쩌려고?"

"토벌 겸 수색대를 결성하겠지. 땅 아래로 잠입하는 거야."

모두—하고 중년 의사는 길을 나아가는 사람들의 무리를 보며 눈살을 찌푸렸다.

"왕도에서 꾸물대고 있다가는 자신도 괴물이 되든지, 괴물 사냥에 소집당하든지 둘 중 하나니까 도망치는 거라고."

중년 의사의 말은 틀림이 없었다. 왕도 엘미그아르드의 서문에는 다른 곳과 마찬가지로 사람들이 넘쳐나고 있었지만, 다른 곳에는 없는 질서와 활기가 있었다. 게다가 여기에는 문을 나가는 사람들보다 문으로 들어가려고 하는 사람들이 더 많았다.

문을 지키는 경비병들은 유리도 금방 알아볼 수 있었다. 경장갑을 차려입고 얼굴 가리개와 정강이 보호대를 착용하고 있다. 모두 칼을 차고 있는데, 등에 화살통을 멘 병사도 있었다. 성문의 안쪽 통로에 대궁이 갖추어져 있는 것이다.

병사들은 비장한 표정으로 목이 쉬어라 소리를 지르며 문을 통과하는 사람들에게 지시를 내리고 있었다. 문 앞에서 두 필의 말과 헤어진 유리 일행은 애시가 검문하는 경비병 코앞에 '장의사' 허가증을 들이댄 후 붐비는 사람들을 헤치고 앞으로 나아갔다.

"엘미그아르드는 성채 도시로군." 유리의 머리 위에서 구경하기로 작정한 아쥬가 말한다. "굉장하다, 이 돌벽 좀 봐, 유리."

십 층짜리 빌딩 높이 정도는 되겠다고 유리도 생각하고 있었다.

"왕도의 구조는, 왕궁을 중심으로 삼중의 원을 그리고 있어."

오가는 사람들을 확인하듯 눈을 가늘게 뜨며 애시가 말했다. "바깥쪽부터 외벽 시가지, 중앙벽 시가지, 내벽 시가지. 그 안쪽에 해자와 도개교가 있는데, 그다음부터가 왕궁 부지야."

필시 장대한 광경이었으리라. 지금은 푸른 하늘밖에 없지만. 커다란 무대 배경이 치워지고 난 후의 무대 뒷모습 같다고 유리는 생각했다.

"저 천막이로군."

애시가 오른쪽에 보이는 포장 지붕 쪽으로 발걸음을 향했다. 유리는 소라를 재촉해서 뒤처지지 않도록 종종걸음을 쳤다.

천막은 그 외에도 몇 개 더 있었다. 부상자와 의사들이 있는 천막. 짐이 산더미처럼 쌓인 천막. 경비병 대기소. 말을 몇 필이나 매어놓은 천막.

서문에 가까운 이곳은 외벽 시가지로, 주위의 건물은 거의가 상점이다. 쇼핑몰이구나, 하고 유리는 생각했다. 아직 사람이 있고 열려 있는 (그렇다고 해도 장사는 하고 있지 않고, 상품은 전부 경비병에게 징발당했다) 곳도 있거니와, 정문을 완전히 닫은 곳도 있었다. 당장에라도 도망가려고 가족을 총동원해 가재도구를 짐수레에 싣고 있는 집도 있었다. 놀라움과 공포로 굳은 얼굴, 얼굴, 얼굴.

애시가 향하는 천막에는 수많은 사람들이 바쁘게 드나들고 있었다. 병사도 있지만 대부분은 애시와 비슷한 옷차림을 한 남자들이다.

"이봐, 어떻게 하려고."

불안해 보이는 아쥬에게 애시는 태연하게 대답했다. "성이 사라졌다는 땅 아래로 들어가보지 않고서는 아무것도 할 수 없잖아? 아무래도 여기서 지원자를 모집하는 것 같으니까."

"갈 거야?"

"남고 싶으면 남아."

애시는 천막 입구의 천에 손을 댔다. 그러자 마침 안쪽에서 천을 걷어올리며 텁수룩한 턱수염이 눈길을 끄는 덩치 큰 남자가 나왔다. 애시와 마주치자 덩치 큰 남자는 커다란 눈을 한층 더 크게 떴다.

"이런, '재의 남자' 아냐. 언제 돌아왔지? 쿠르쿠에서 악귀 사냥을 하고 있는 줄 알았어."

"딴청 부리지 마, 이 뚱땡이."

애시는 주먹을 쥐고 텁수룩한 턱수염의 세 겹으로 접힌 배를 툭 때렸다.

"대륙 제일의 소식통이 이번 '파옥'을 모를 리 없지. 그쪽이야말로 어디서 뭘 했어?"

덩치 큰 남자는 얻어맞은 배를 감싸는 기색도 없이 양손을 허리에 대고 껄껄 웃었다.

"그건 영업상 비밀이지. 너랑 똑같아. 그것보다 접수하려면 빨리 하는 편이 좋을 거야. 병사라는 녀석들, 완전히 쫄아서 말이야. 지하를 탐색하느니 구멍을 막고 도망치자고……"

덩치 큰 남자의 말이 뚝 끊겼다. 남자는 커다란 얼굴을 움직여 유리 쪽을 보았다. 눈알을 다시 둥글둥글 돌리다가 눈부신 듯 실눈을 떴다.

"이런, 이런, 준비성이 좋구만. 그 아이는 **문장붙**이 아닌가."

"여전히 실례되는 말만 하는군."

애시가 어깨 너머로 유리와 소라, 아쥬를 돌아다본다.

"이 녀석은 내 동업자, 모건이야. 지저분한 뚱땡이지만 나쁜 놈은 아니야."

"잘도 지껄이는군. 하지만 정말이야, 문장붙이 아가씨. 나는 기름진 음식을 좀 좋아할 뿐 착한 사람이라고."

유리는 한 걸음 다가가서 머리를 숙였다. "안녕하세요. 당신도 '늑대'로군요."

모건은 입가에 손가락을 세우더니 친근하게 유리 앞에 몸을 수그렸다. "그건 비밀이야. 난 이 녀석 같은 전사가 아니거든."

접수하고 오겠다는 말을 남기고 애시가 천막 안으로 사라졌다. 애시가 들어가고 난 후 남자 두 사람이 긴 밧줄과 창 같은 것을 들고 밖으로 나왔다. 그들 중 하나가 들고 있던 창을 아무렇게나 바꿔쥐는 바람에 창자루 끝이 곁에 있던 유리의 법의 자락을 스쳤다.

"아이쿠." 모건이 유리의 겨드랑이 아래에 손을 집어넣고 휙 들어올려 옮겨주었다.

"소란스럽구만. 저렇게 긴 걸 휘둘러봤자 소용도 없는데."

"당신, 뭐야?"

유리의 가슴께에 숨어 있던 아쥬가 모건의 코끝 앞으로 얼굴을 내밀고 거리낌 없이 물었다.

"너무 친한 척 유리를 만지지 말라고."

갑자기 나타난 쥐가 야단을 쳐도 모건은 놀라지 않았다. 놀라기는커녕 희색이 만면하여 말했다.

"좀 만져봐도 돼?"

유리에게 양해를 구한 모건은 아쥬의 목덜미를 붙잡고 들어올렸다.

"엑! 무슨 짓이냐, 놔라!"

"이거 재미있구만. 아가씨와 같이 다니는 거지? 별난 시종도 다 있군그래."

"쥐가 돼버린 건 제 마법이 미숙해서예요."

"그렇지 않아. 이 녀석은 원래 이런 거야."

모건이 아쥬를 공중에 붙잡아놓고 구석구석 위아래로 관찰한다. 아쥬는 화가 나서 끽끽 소리를 지른다.

"이 녀석은 사전이로군. 아운카우이 사전이야. 실물은 오랜만에 보는구만."

아쥬가 하얀 털을 거꾸로 세웠다. "그 이름으로 부르지 마!"

모건은 즐거운 비밀이야기라도 하듯이, 당황하는 유리에게 얼굴을 가까이 댔다.

"아운카우이 사전은 말이지, 아가씨. 별명이 '가짜 사전'이야. 오류랑 공백이 많아서 도움이 되질 않지. 하지만 그건 또 그것대로 쓸모가 있으니까."

오가던 사람들이 깜짝 놀라서 쳐다볼 정도의 큰 소리로 아쥬가 외쳤다. "난 아니야아아아아!"

유리는 더이상 참을 수 없어 모건의 손에서 아쥬를 빼앗았다. 아쥬는 재빨리 유리의 법의 안으로 도망쳐 들어갔다.

"아쥬는 훌륭한 시종이에요!"

"그렇겠지, 응." 모건이 고개를 끄덕였다.

"나도 그 쥐를 헐뜯으려는 건 아니야. 시종의 가치를 결정하는 건 문장의 힘이니까."

그때 서글서글하고 친근해 보이는, 싱글싱글 웃던 그의 얼굴이 갑자기 굳어졌다. 유리의 뒤쪽을 뚫어져라 보고 있었다. 유리가 무슨 일인가 싶어 허둥지둥 뒤돌아보자 떠들썩하게 오가는 사람들 사이로 소라가 보였다. 소라는 닫힌 상점의 문을 등지고, 홀연히 사라진 왕성을 찾으려는 듯 머나먼 곳을 바라보는 눈빛으로 여전히 하늘을 우러러보고 있다. 지나가는 병사들이

거칠게 부딪쳐도 그저 비틀거릴 뿐, 눈은 여전히 머리 위를 올려다보고 있었다.

모건은 웬일인지 뚫어지게 소라를 쳐다보다가 침을 꿀꺽 삼켰다. 소라는 그것을 전혀 알아차리지 못하고 있었다.

"저것도, 설마하니 아가씨의 시종인가?"

"저거라니, 소라 말이에요?"

"저것한테 이름이 있어? 아아, 아가씨가 붙였구나. 저건 무명승이지?"

별 생각도 없이 모건이 말하는 대로 끌려가던 유리도 이번엔 몹시 화가 났다. 뭐야, 이 사람.

"예, 소라는 제 시종이에요. 저를 계속 지켜줬어요. 저거라고 부르다니 실례예요! 소라는 인간인걸요."

턱수염 못지않게 텁수룩한 모건의 눈썹이 처량하게 축 처졌다.

"아니, 그, 저기. 화내지 마."

모건은 몸을 움츠리고 곤란한 듯 손가락을 꼼지락거리다가 말했다.

"'재의 남자'—아가씨가 애시라고 부르는 녀석 말야. 녀석도 저 무명승을 알지?"

"물론이죠. 여기까지 쭉 함께 왔으니까요."

모건이 목소리를 낮추었다. "녀석이 아무 말도 안 했어? 뭐…… 말 안 하려나."

중얼중얼하다가 혼자서 납득해버리는 말투였다.

"나 말고도 여행 도중에 만난 누군가가 저 무명승에 대해 뭔가 이상한 걸 묻거나, 수수께끼 같은 말을 하거나 하지 않았어?"

이번에는 유리의 뺨이 움찔 긴장할 차례였다. 표정이 변한 걸 들키기 싫어서 재빨리 얼굴을 숙였지만, 모건의 눈은 속일 수 없었다.

"아아, 짐작 가는 데가 있구나."

위로하는 듯이 상냥한 말투가 유리의 마음을 파고들었다. 거의 아픔에 가까운 불안감이 솟아올랐다.

"애시는 항상 소라에게 차갑고 제대로 상대해주지도 않아요. 저한테도 소라한테 너무 마음 쓰지 말래요."

유리는 불안을 억지로 분노로 바꾸어 덩치 큰 남자의 커다란 얼굴을 노려보았다. "모건 씨도 그래요? 무명승을 경멸해요?"

"경멸하기는. 그들은 성인이야."

유리의 눈이 휘둥그레졌다. "성인?"

"그래. 우리 같은 것보다 훨씬 깨끗하고, 훌륭하고, 이 세상에 필요한 존재지. 그야 뭐, '영웅'보다도 더."

모건은 아주 진지했다. 결코 유리를 놀리고 있는 것이 아니다. 그리고 그 커다란 눈에는 슬퍼하는 기색이 있었다.

"하지만 시종으로는 적당하지 않아. 적어도 아가씨의 시종으로는 어울리지 않아. 그들은 원래 '이름 없는 땅'을 떠나서는 안되는 자이기도 하고 말이야."

"소라는 추방당했다고……"

애시가 천막에서 나왔다. 모건은 유리를 그 자리에 남겨두고 커다란 몸을 육중하게 흔들며 그에게 달려가더니, 망토를 잡고 옆으로 끌어당겼다. 뭐야, 하고 애시가 눈을 부라렸다.

"너, 무슨 짓을 하는 거야? 저 아이는 아무것도 모르지?"

모건은 이 이야기가 유리의 귀에 들어가는 걸 꺼리고 있는 기색이었지만, 몹시 허둥대고 있는데다 목소리가 원체 큰 탓에 모조리 다 들렸다.

"뭘 말하는 거야."

"저 무명승 말이야!"

애시와 모건이 소라를 힐끗 보았다. 소라는 아직도 얼빠진 듯 우두커니 그대로 서 있다.

유리는 두 사람에게 다가갔다.

"소라한테 무슨 안 좋은 일이 있나요?"

애시의 얼굴에 순간적으로 노여운 기색이 스쳤다. 모건은 푸둥푸둥한 손바닥으로 두 눈을 덮었다.

"무슨 이야기지? 소라가 몸 상태라도 나쁜 거야? 허수아비처럼 우두커니 서 있는 것 같은데."

"또 그렇게 시치미 떼고!"

모건이 끼어들었다. "안 돼, 아가씨. 그렇게 물어봤자 허사야. 이 녀석은 알면서 입 다물고 있는 거니까."

모건은 애시의 어깻죽지를 손바닥으로 탁 두드리고는 말을 이었다.

"나쁜 말은 하지 않을게. 꼭 지하에 들어갈 거라면, 저 무명승과는 여기서 헤어져. 함께 가면 안 돼."

"그야말로 쓸데없는 말참견이군." 애시는 차갑게 내뱉고는 모건을 무시하고 유리를 향해 돌아섰다. "아무래도 지하는 미궁으로 바뀐 모양이야. 출입구는 하나밖에 없어. 수색과 구조를 위해 병사들이 들어가 있지만, 마주치는 건 괴물이나 괴물이 되다 만 사람들뿐, 아직 구조된 사람은 없다더군. 즉 지하는 터무니없이 위험한 상태라는 말이야."

갈 테냐? 올 캐스터.

"난 갈 거야. '영웅'이 키리크의 유물에 이끌려 여기로 내려온 게 틀림없어."

강한 분노와 공포에 유리는 힘을 얻었다. "제가 안 가면 어떡해요? '늑대' 혼자만으로는 아무것도 할 수 없을걸요."

애시가 히죽 웃었다. "훌륭한 마음가짐이로군. 아쥬, 거기 있나?"

자신을 부르는 소리에 조그만 생쥐는 유리의 옷깃에서 코끝을 내밀었다. "무슨 일인데?"

"예비용 무기를 장만하러 갈 거야. 넌 유리가 쓸 수 있을 만한 석장錫杖*을 찾아줘. 마르퐁드 은이 조금이라도 함유돼 있는 게 좋아. 너라면 가려낼 수 있지?"

애시는 가죽 장갑을 낀 손으로 느릿느릿 기어나온 아쥬를 붙들더니 다른 천막 쪽으로 발길을 옮기면서 말했다. "소라에 관해서는 본인과 직접 이야기해봐. 녀석이 가고 싶어하면 데려간다. 그렇지 않다면 놔두고 간다. 그뿐이야. 이제 이 뚱땡이의 헛소리는 들어주지 마."

꾸물대지 마, 이제 곧 출발이야. 애시는 성큼성큼 걸어 사라졌다.

모건은 다시 손가락을 주물럭대고 있다.

"쓸데없는 말이라는 건 나도 알고 있지만 말이야……"

"뭘 알고 있는데요?"

모건은 고개를 젓고 대답 대신 질문을 던졌다. "'그릇'이 된 건 아가씨의 육친 중 어떤 사람이지?"

"오빠……예요."

"그렇군. 딱하구나. 올 캐스터는 언제나 딱해. 모두 어린아이이고 말이야."

---

* 불교의 승려가 가지고 다니는 지팡이. 윗부분에 커다란 금속 고리가 있고 거기에 여러 개의 작은 고리가 달린 형태이다.

그러더니 모건은 유리의 어깨에 손을 대고 소라 쪽으로 밀었다.

"가서 그와 이야기해봐. 여기까지 온 이상, 지금까지 아가씨 일행이 해온 대로 하는 게 제일이야. 응, 그건 애시가 옳아. 녀석이 말하는 대로, 그렇게."

모건은 입에 발린 말로 슬퍼하고 있는 것이 아니었다. 유리를, 그리고 소라를 위해 정말로 마음 아파하고 있었다. 그 마음이 전해져오자 유리는 무서워졌다.

"모건 씨, 저……"

"난 이만 사라져야겠어. 지하에 들어갈 정도의 용기는 없으니까. 한 가지, 한 가지만 더 쓸데없는 이야길 할게."

커다란 몸을 구부려 유리와 눈을 맞추며 모건은 말했다.

"지하에서 무슨 일이 일어나도 그건 아가씨와 오빠의 죄가 아니야. 누가 나쁜 것도 아니고. 누구 탓도 아니야. 운명이야. 이 테두리의 영역에 사는 자는 '이름 없는 땅'을 순환하는 이야기의 운명에서 벗어날 수 없는 거야."

그러니 울어도 되지만, 절망해선 안 돼.

가볍게 어깨를 두들기나 싶더니 모건의 모습은 어느새 사라졌다. 그렇게 큰데, 마치 요정처럼 순식간에 모습을 감추었다.

역시 '늑대'다. '늑대'에도 가지각색의 사람이 있고 다양한 역할이 있는 것이다―

유리는 불어오는 바람에 펄럭이는 법의 자락을 누르며, 분주하게 오가는 사람들을 뚫고 소라에게 다가갔다. 소라는 눈을 계속 뜨고 있었다. 뭔가에 열중하거나 매료되어 있는 게 아니다. 오히려 텅 비어 있는 듯한 느낌이 들었다. 이상한 비유이지만 아무래도 그런 느낌이 들었다. 저 옷 아래에는 인간의 몸이 존재하지 않는 것 아닐까. 바람에 나부끼는 그의 검은 옷을 보고 유리는 처음으로 그런 생각을 했다. 바보 같다. 그럴 리 없어. 소라와 몇 번이나 손을 잡았는걸.

그런데—

"소라."

이름을 부르는 걸로는 아무 소용 없었다. 소라의 손을 잡고 몇 번이나 흔들어도, 그의 시선은 여전히 허공에 머무른 채로 몸만 휘청휘청 흔들릴 뿐이었다.

"소라, 소라. 정신 차려. 어떻게 된 거야?"

코끝이 찡해지고 목소리가 갈라졌다. 늘어선 천막 저 안쪽, 원래는 왕성이 있던 자리였을 곳에서 한 무리의 사람들이 큰 소리를 내질렀다. 비명 같기도 하고, 노성 같기도 한 소리였다.

소라는 흠칫 움츠러들더니 겨우 유리를 알아보았다. 보라색 눈동자는 메말라 있고, 속눈썹에는 흙먼지가 묻어 있다.

"……유리 님."

입을 열자 전과 다를 바 없는 소라로 돌아왔다. 눈을 깜박이자

눈동자가 눈물로 젖었다. 불안과 안도가 하나로 뒤섞여 유리는
무릎이 떨렸다.

"무시무시한 곳에 와버렸네. 나 솔직히 말해 좀 무서워. 아니,
엄청 무서워."

소라는 양팔을 축 늘어뜨린 채 조금 비틀거렸다. 유리는 그의
손을 잡고 이제부터 지하로 들어갈 거라고 이야기해주었다.

"소라, 어떻게 할래? 함께 가줄래?"

소라는 금방 대답하지 않았다. 고개를 갸웃거리다 다시 비틀
거리고, 어찌어찌 다리에 힘을 주고 버티나 싶더니 아까까지 기
대고 있던 상점 문 쪽으로 얼굴을 돌렸다. 좁은 널빤지를 몇 장
이나 붙여서 만든, 튼튼해 보이는 쌍바라지문이다.

"여기는 채소 가게였던 것 같습니다."

가게의 정면 창문은 산산이 부서졌고, 닫혀 있는 정문도 자세
히 보면 기울어져서 제대로 꼭 닫혀 있지 않았다. 차양으로 쓰는
천이 달려 있던 모양이지만 지금은 그것도 찢겨나가서 틀밖에
남아 있지 않았다. 간판도 날아가거나 부서진 듯, 가게 이름은
찾을 수 없었다.

"저희가 여기에 도착했을 때 마침 주인이 가게를 닫고 있었습
니다. 모든 상품을 상자에 넣어 가지고 나가려던 참이었습니다."

단조롭게 속삭이는 목소리.

"주인은 작업을 하면서 한마음으로 기도하고 있었습니다. 몇

번이고 몇 번이고 되풀이해서 수호의 기도를 드리고 있었지요. 신의 가호를 간절히 바라는 기도였습니다."

소라는 한 손으로 가만히 정문을 어루만졌다.

"저는…… 그 기도를 알고 있었습니다. 들은 기억이 있습니다."

유리도 한 걸음 내딛어 그와 나란히 서서 정문을 만졌다. 똑같은 행동을 하면 같은 것을 느낄 수 있을지도 모른다고 생각하면서.

고개를 돌려 차차 유리를 쳐다보았다.

"유리 님. 저는 이 시가지를 알고 있습니다. 왕도 엘미그아르드를 알고 있습니다. 정연하게 늘어선 이 집들을 기억하고 있습니다. 사람들의 생활을 알고 있습니다. 바로 오늘 아침까지 여기 있던, 거리 위에 군림하던 왕성의 모습도 머릿속에 선명하게 떠오릅니다."

떠오르고 말았습니다.

쓰레기가 섞인, 탄내 나는 먼지를 뒤집어쓴 소라의 검은 옷이 강한 바람 때문에 야윈 몸에 달라붙었다. 몸의 윤곽이 보인다. 어쩌면 이렇게 삐쩍 말랐을까. 하지만 어깨가 있고, 몸이 있고, 다리가 있다. 소라는 분명히 여기에 있는데도, 유리는 그가 멀어져가는 것만 같았다. 소라의 내면에 있는 진정한 소라가 조금씩 유리에게서 도망쳐가는 것 같다는 생각이 들었다. 이상하고 불합리한 느낌인데도 몸이 떨릴 정도로 생생했다.

떠오르고 말았습니다.

뭐가?

"넌," 겨우 목소리를 짜내어 유리는 나지막이 말했다. "무명승이 되기 전에 헤이틀랜드 사람이었을지도 몰라. 왕도에 살고 있었겠지. 그래서 그 기억이 되살아난 것 아닐까?"

그렇다. 역시 소라는 더이상 무명승이 아니다. 착실하게 인간으로서의 '개별성'을 되찾고 있다. 그것은 정말로 확실한 사실이다.

카타르할 수도원 터에서 라틀 선생님도 소라에게 말했지 않았던가. 당신의 빚은 사라졌다고.

그런데도 유리의 가슴은 후련하지 않고 울적했다. 소라에게 기억이 돌아왔다—뛰어오르며 기뻐해야 할 일인데, 어째서인지 불안감이 먼저 솟아났다.

모건이 이상한 소리를 했기 때문이다. 소라가 겁먹은 듯 보이기 때문이다. 가슴에 걸린 것을 뱉어 없애버리기 위해 유리는 힘 있게 말했다. "소라, 넌 인간으로 돌아온 거야."

"그것은…… 제가 유리 님의 시종이 되었기 때문일까요?"

여전히 텅 빈 눈동자로 소라는 고개를 떨어뜨리고 땅바닥을 향해 중얼거렸다.

"그래. 계속 날 따라다니며 지켜주었으니까."

"저는 아무것도 하지 않았습니다."

힘없는 목소리였다. 어깨가 축 처진다.

"아냐, 수많은 일들을 해줬어. 나는 잘 기억하고 있어."

유리는 소라에게 손을 내밀었다.

"가자. 아니면 이제는 따라와주지 않을 거야?"

소라는 눈을 들어 유리의 손을 보았다. 그의 팔은 여전히 기운 없이 축 늘어져 있다. 조심스레 시선을 들어올려 유리를 쳐다본다.

"유리 님, 저는 무섭습니다."

"왜? 무서울 거 하나도 없어."

꿋꿋하게 대꾸하면서도 유리는 옆에서 불어오는 세찬 바람이 마음속까지 들이치는 것을 느꼈다. 두 사람 사이로 휘몰아치며 갈라놓으려 하는 힘이 느껴졌다.

싫어. 그런 건 싫어.

"올 캐스터인 내가 함께 있잖아. 소라, 두려워할 게 뭐 있어?"

딱 잘라 선언하고 소라의 손을 힘껏 잡았다. 놀랄 만큼 차갑다. 그 차가움이 유리의 몸속에도 배어들어온다. 의문이, 의혹이, 수수께끼가 뼈를 파고든다. 박식한 뚱땡이 모건은 왜 그런 말을 했지? 소라와 함께 지하로 가면 안 된다니. 왜 애시를 붙잡고 비난한 거지? 이래서는 안 된다고.

징을 박은 부츠 소리가 들렸다. 뒤돌아보자 애시가 서 있었다.

어깨 위에 아쥬가 올라가 있었다. 애시는 더러운 포대를 등에 지고, 때 묻은 은색 지팡이 같은 것을 손에 들고 있다. 등에 진 포대 주둥이에도 금속제 무기류와 공구 같은 것이 몇 개인가 튀어나와 있다.

"네 석장이야."

손에 든 은색 지팡이를 유리의 코앞에 들이댄다. 지팡이 위에 둥그런 장식이 붙은 게 전부인 멋없는 디자인이다. 반사적으로 받아들자 제법 묵직하다.

"문장으로 축복해줘."

애시가 말한 대로 손바닥을 이마에 댔다가 그 손바닥으로 은색 지팡이를 잡았다. 그러자 유리의 손바닥이 닿은 가운데 부분에서부터 색깔이 은백색으로 바뀌기 시작했다. 하얀 빛이 양끝까지 가득 찼다. 그와 동시에 지팡이의 무게가 증발하기라도 한 것처럼 깃털보다도 가벼워졌다. 이 정도면 유리도 한 손으로 다룰 수 있다. 빙그르르 돌려서 얼굴 앞에 받쳐들자 윗부분의 구체가 번쩍 빛났다.

애시는 웃음 한 조각 내보이지 않고 방향을 돌려 소라와 마주 섰다. 소라가 유리의 손을 놓았다. 보라색 눈동자의 공허한 느낌은 그대로였지만, 소라는 뭔가 각오한 듯한 표정으로 키가 큰 애시를 올려다보았다.

"너도 같이 갈 테냐?"

애시의 질문에 소라의 입가가 떨렸다.

"지하로 가면 해답을 얻게 돼. 네가 어렴풋이 느끼기 시작한 의문의 대답을."

그렇다면 지금 이 자리에서 그 답을 가르쳐줘요! 그렇게 외치려던 유리의 머리 위로 아쥬가 뛰어내렸다.

"거참 시끄럽네! 빨리 가자!"

무턱대고 유리의 머리카락을 잡아당기며 아쥬가 발을 동동 굴렀다. 아야야야!

"아쥬 너 정말, 잠깐만 있어봐! 난 말이야."

"꾸물꾸물 말만 늘어놓고 있으면 유리를 놓고 가버릴 거야!"

맙소사. 아쥬는 눈물 섞인 소리를 내고 있다. 쥐의 눈물. 바늘귀만큼 작은 눈물.

"가겠습니다." 소라가 애시에게 다가섰다. "저를 데리고 가주십시오. 저는 가야 합니다."

야무진 말투로 딱 잘라 말하고, 소라는 유리를 뒤돌아보며 미소 지었다.

"유리 님, 가십시다. 유리 님의 말씀이 맞는지도 모릅니다. 저는 일찍이 헤이틀랜드 사람이고, 유리 님과 함께 있던 덕분에 조금씩 과거를 되찾아 인간으로 되돌아오려고 하고 있습니다― 그렇다면 이대로 멈춰 있을 수는 없습니다."

그 미소. 그 강함. 자전거에서 굴러떨어져 아픈데도, 벌떡 일어나서 곁에 있는 엄마에게 난 괜찮아, 하고 웃어 보이는 어린아이 같다. 그렇다면 나도, 그래, 넌 강해, 강하다고 말하면서 웃어 줘야 한다.

"지하로 내려가는 입구는 이쪽이다."

애시는 등을 빙글 돌리더니 조금 전부터 수색대처럼 보이는 병사와 남자들이 향하고 있는 쪽으로 걷기 시작했다. 유리는 한순간 주눅이 들어 발길을 옮기지 못했다. 소라가 먼저 애시를 뒤쫓았다. 눈은 내리깐 채 한쪽 손은 주먹을 쥐고, 다른 손으로는 검은 옷의 가슴께를 누르고서.

"아쥬, 뭔가를 슬퍼하고 있지?"

얼굴을 보여주기 싫은지, 고집스럽게 머리꼭지에 들러붙어 있는 아쥬를 유리는 손으로 가볍게 어루만져주었다.

"뭐가 슬픈지 말하고 싶지 않다면 나도 묻지 않을게. 그러니까 울지 마."

조금 있다가 "미안" 하고 아쥬가 작게 말했다. "난 슬퍼하고 있는 게 아니야. 부끄러워하는 거야. 내가 가짜 사전이라는 사실도—"

"그런 거, 나한테는 의미 없는 지식이야."

무리지은 천막 사이를 빠져나온 일행은 곧장 왕도의 중심부로 이어지는, 일찍이 중심 가도였던 듯 보이는 큰 벽돌길로 나섰다.

거기에는 누구라도 자기 눈을 의심하여 꿈을 꾸고 있나 하고 볼을 꼬집어보고 싶어질 만한 광경이 펼쳐져 있었다.

그저 악몽이라 치부하는 사람도 있으리라. 웃음을 터뜨리는 사람도 있으리라. 유리는 어떤 반응도 보이지 않고 그저 넋을 잃고 말았다.

중심 가도는 일행이 선 장소에서 불과 십 미터 정도 앞부터 깨끗이 사라져 있었다. 무너진 단면은 또렷한 직선으로, 마치 거대한 신의 손이 꼼꼼하게 꺾어낸 것처럼 보였다. 길뿐 아니라 그 앞에 군림하고 있었을 왕성도 사라진 상태였고, 그뒤에는 기가막힐 정도로 널찍한 푸른 하늘이 펼쳐져 있을 뿐이다.

"유리 님, 보이십니까?" 발을 멈추고 손가락으로 가리키며 소라가 말했다. "길이 끊어진 곳에 가지각색의 빛이 보입니다."

잘 보인다. 일곱 색깔 빛이 번지듯이 피어올라 얇은 스크린을 만들어내고 있다. 완전히 무지개다.

"저기부터 길이 지하로 꺾여 있어." 걸어나가면서 애시가 말했다.

"돌아온 선발대 병사 이야기로는 더이상 무너질 걱정은 없을 것 같다는군. 왕성은 모조리 지하로 내려앉아서 거대한 미궁으로 모습을 바꾸고 말았어."

유리는 멍한 상태에서 깨어나 반쯤 벌리고 있던 입을 다물고 호흡을 가다듬었다.

"왜 그렇게 됐을까요?"

"가보면 알아."

무지개 스크린에 다가가자, 지하로 내려가기 위한 밧줄이나 사다리가 필요 없다는 사실을 알 수 있었다. 꺾인 부분은 일직선이지만 길이 단계적으로 구불구불 지하로 뻗어 완만한 나선을 그리고 있었다. 군데군데 보초를 서는 병사들, 웅크리고 있는 부상자들, 불안에 떨며 몇몇이 한데 뭉친 사람들이 있다.

나선 끝부분에는 왕궁을 집어삼킨 지하의 어둠이 기다리고 있었다. 대규모로 갈라진 땅. 선명하게 보이는 지층은 지면이 미끄러져내려 함몰됐다는 사실을 보여주고 있었다.

그리고 하나 더.

"저건 키리크 집안의 문장인데."

지하 대미궁으로 통하는 입구를 둘러싸고, 지층이 보이는 단면에 무늬가 떠올라 있었다. 뒤섞인 잔돌과 모래가 문양을 이루고 있다. 카타르할 수도원 터에 있던 초상화에서 본 문양이다.

유리는 입구로 다가갔다. 아쥬가 어깨 위에서 일어섰다.

"다이크스트라 백작 가문의 문장⋯⋯"

"응, 맞아."

그때 손에 든 석장에 달린 구체가 빛났다. 그에 호응하듯 입구를 둘러싼 다이크스트라 백작 가문의 문장이 반짝이기 시작한다. 그리고 다음에는 유리의 이마에 있는 문장까지 빛을 발하기 시작했다.

신비한 빛의 삼중주는 몇 초 만에 멎었다. 셋이 동시에.

멈추어버린 빛을 대신하듯 유리의 귀에 목소리가 들렸다. 어디서 들리는지조차 확실하지 않은, 아득하고 희미한 목소리다. 하지만 잘못 알아들을 리 없는 목소리이기도 했다.

유리코.

유리의 눈이 휘둥그레지고 입이 딱 벌어졌다. 외침, 환성, 비명, 아무것도 나오지 않는다. 다만 무언가가 북받쳐올라 가슴이 메일 뿐이다.

오빠 목소리다. 날 부르고 있어!

"오빠!"

목소리가 들렸다. 유리는 지하 미궁 입구로 달려갔다. 미처 다다르기 전에 뒤에서 법의 자락을 꽉 붙잡혀 다리가 공중에 떴다. 유리의 다리가 허공을 휘저었다.

"놔, 놓으라고!"

오빠가 부르고 있다! 오빠가 날 부르고 있어!

"저런 것에 귀 기울이지 마."

애시는 날뛰는 유리를 뒤로 집어던졌다. 소라가 받아주었다.

"저런 것에 마음이 흔들리면 넌 지하에 들어갈 자격이 없어."

유리는 소라를 밀쳐내고 자세를 바로잡은 후, 한순간 숨을 멈췄다가 온 힘을 다해 애시에게 달려들었다. 두 주먹을 꽉 쥐고

닥치는 대로 그를 때리고 발로 차고, 이를 드러낸 채 침을 튀기며 몰아세웠다.

"비켜! 비키란 말이야! 뭐야, 잘난 척하기는! 자격이 뭐 어쨌다고! 당신 따위가 뭘 알아?"

애시는 입을 다물고 저항도 하지 않거니와 제지도 하지 않는다. 하지만 유리가 무턱대고 앞으로 나아가려 하면 다시 법의 자락을 붙잡고 소라 쪽으로 내던진다. 화가 난 유리는 또 덤벼든다. 다시 애시가 붙잡아서 내던진다. 바보같이 그걸 되풀이하던 끝에 유리는 숨이 차서 비틀거리며 엉덩방아를 찧듯이 소라의 품안으로 쓰러졌다.

"저렇게 부르는 소리는 나한테도 진작부터 들렸어."

눈앞에 버티고 선 애시는 뚫고 나갈 수 없는 벽이라기보다, 뽑아든 한 자루의 검처럼 보였다.

그것은 유리의 마음을 찢어발기는 검이었다. 울컥 흥분한 유리는 그의 어두운 눈빛을 알아차리지 못하고, 그저 모든 분노와 반항심을 담아 마주 노려볼 뿐이었다.

"길에…… 있던 때부터?"

물은 것은 아쥬였다. 유리가 몇 번이나 내던져지는 동안에도 아쥬는 유리에게 꼭 들러붙어서 떨어지지 않았다.

"너한테도 들렸구나. 하지만 그건 히로키의 목소리가 아니었을 거야. 네 귀에 들린 건……"

키리크의 목소리다.

유리는 겨우 제정신을 차렸다. 숨을 몰아쉰 후 소라의 손을 잡고 일어섰다. 맞다, 왕도를 향해 가도를 나아갈 때 애시는 뭔가에 귀를 기울이는 듯한 동작을 했었다. 그때 이미 그는 키리크가 부르는 소리를 듣고 있었다는 말인가.

"뭐가 몇 번 들려오든, 그 따위 것에는 의미가 없어."

애시는 등의 짐을 추스르고는 지하로 통하는 입구로 돌아섰다.

"그냥 속임수, 환청에 지나지 않아. 황의를 입은 왕이 우리 추적자의 눈을 돌리기 위해 놓아둔 덫이지."

"하지만, 오빠 목소리였는걸요."

유리는 떨면서 반론했다. 애시는 등을 돌린 채 짧게 으르렁대듯이 웃었다.

"그것 봐. 지금 네가 한 말이 얼마나 어리고, 미덥지 않고, 연약한지 보라고."

그게 목적이야. 뒤돌아서 유리를 쳐다보며 애시는 말했다. "널 문장의 힘을 얻은 올 캐스터에서, 한 명의 무력한 인간 여자아이로 되돌리는 데는 오빠의 목소리로 현혹하는 게 제일이지. 그래서 황의를 입은 왕은—위대한 '영웅'이 지닌 불의의 힘은 그렇게 네게 손을 쓰는 거야."

귀를 막아. 눈을 감아. 마음조차 뚜껑으로 덮어버려.

"믿어도 되는 건 문장의 힘뿐이야. 지금까지 나는 헤아릴 수 없을 정도의 실패를 되풀이하며 그걸 배웠어. 그러니 내게는 네게 명령할 자격이 있어, 올 캐스터 아가씨."

말의 내용은 위압적이지만, 말투는 아픔으로 가득 차 있었다.

"난 이 귀로 몇십 번, 몇백 번이나 키리크의 목소리를 들어왔어. 그가 부르는 소리를, 도움을 요청하는 목소리를 듣고 그 녀석을 찾아 계속 헤매왔지. 하지만 목소리가 이끄는 곳에 그 녀석은 없어. 키리크는 이제 없다고."

네 오빠도 이제 없어.

"시간의 화살은 똑바로 나아갈 뿐 결코 되돌아오지 않아. 일어난 일은 누구도 뒤집을 수 없어. 돌이킬 수 없다고, 유리."

눈도 깜박이지 않고 애시의 검은 눈동자를 쳐다보던 유리는 문득 알아차렸다. 애시가 자신을 올 캐스터라고 부르는 것은 이번이 처음 아닐까.

"그걸 돌이킬 수 있다고 속이고, 뒤집을 수 있다고 말하는 게 이야기의 힘이야. 그것이 '테두리'의 이치야. 그것은 아름답고, 따뜻하고, 때로는 사람 마음의 진실과도 상통하지. 하지만 그건 사실이 아니야. 그렇기 때문에 '테두리'의 이치를 이야기하는 '자아내는 자'들은 죄업을 진 자로 불리는 거야."

죽은 사람은 되살아나지 않아. 애시는 그렇게 말하고 허리의 검에 손을 갖다댔다.

"이 길 앞에 키리크는 없어. 네 오빠도 없지. '그릇'은 소비되어 그 목숨을 다하고 말았어. 나타나는 건 환영뿐이야. 그걸 똑바로 끝까지 응시하며 올 캐스터로서의 사명을 다하려는 결심을 굳히지 못한다면, 넌 여기서 돌아가는 편이 나아. 문장도 그걸 허락할 거야."

애시의 말을 뒷받침하는 듯이 유리의 이마에 있는 문장이 빛을 발했다. 욱신욱신 쑤시는 느낌이 들었다. 손가락으로 만져보자, 마치 부어오른 것처럼 문장의 선이 피부에서 솟아올라 있었다. 당신이 그러기를 바란다면, 당장에라도 이마를 떠나 하늘로 날아가겠다―라고 말하듯이.

어깨 위에 아쥬의 부드러운 온기가 느껴진다. 유리를 받쳐주는 소라의 팔이 느껴진다.

유리는 손끝에 힘을 주어 이마의 문장을 되밀었다. 빛이 사라졌다. 이마는 원래대로 매끈매끈해졌다.

유리코. 귓속에, 마음속에 직접 울려퍼지는 목소리가 또다시 들려온다. 하지만 유리는 입을 꼭 다물고 다리에 힘을 주며 똑바로 섰다.

"전 돌아가지 않아요. 올 캐스터인걸요. 가서 '영웅'과 대결하겠어요."

그리고 수호의 법의를 펄럭이며 발을 내딛었다.

13장
재회

당황하지 마. 세계가 변할 거야.

일행이 지하로 발을 들여놓자 애시는 날카로운 목소리로 그렇게 경고했다. 경계를 넘는 순간 참지 못하고 눈을 감아버린 유리는 곧 그 경고의 의미를 깨달았다.

이게 지면 아래? 그 갈라진 땅속? 거짓말이지? 아무리 봐도 이건─

"성 안 아니에요?"

유리 일행은 돌로 만든 벽으로 둘러싸인, 팔각형의 커다란 홀 중앙에 서 있었다. 뒤돌아 사방을 둘러보아도 들어온 입구를 찾을 수 없었다. 홀에는 네 방향으로 통로가 뻗어 있었는데, 정면 한구석에는 난간이 달린 반원형 무대 같은 것이 있었다. 무대라 해도 대략 오 층짜리 빌딩만큼 높고, 좌우에는 계단이 달려 있다.

이 홀의 천장은 더 높다. 위를 올려다보려면 목을 완전히 뒤로 젖혀야 한다. 천장 부분도 팔각형인데, 그 중심에 금은과 흑요석을 짜맞춰 만든 커다란 모자이크 무늬가 떠 있었다. 이 역시 문장인 듯하다.

"현 국왕인 하바인 2세의 문장이야."

천장을 향해 애시가 말했다. 내뱉는 숨이 새하얗다. 여기는 얼어붙을 듯이 춥다.

"헤이틀랜드 왕가에는 오랜 형제 다툼의 역사가 있다고 설명한 거 기억나? 그래서 왕가의 문장도 여러 개야."

홀의 벽에는 무수히 많은 촛대가 현기증이 날 만큼 높은 곳까지 줄지어 달려 있었다. 촛불이 흔들리며 발하는 빛이 홀 안쪽을 비추고 있다. 정면 무대 위에도 거대한 촛대 한 쌍이 고정되어, 무대 뒤쪽 벽의 양각을 비추고 있다. 아니, 양각뿐만이 아니다.

"······누군가가 있어요."

애시는 무대로 오르는 계단을 향해 발을 옮겼다.

"내 기억이 틀림없다면, 여기는 왕을 만날 수 있는 방, 알현실이다."

부츠의 징이 돌계단을 두드린다. 유리는 서둘러 뒤를 쫓아 소라와 손을 잡고 계단을 올랐다.

"왕궁의 중심부에 있어야 할 옥좌가 이런 곳에 방치되어 있다는 말이야."

무대 위에는 양각이 새겨진 석조 옥좌가 있었다. 그 위에 두툼한 망토가 걸쳐져 있다.

"……누구냐?"

은색 갑옷을 차려입은 기사 하나가 옥좌를 마주 보며 반원형 난간에 기대어 주저앉아 있었다. 그의 무릎 옆에 커다란 양날검이 떨어져 있다—고 생각했는데, 그 검에는 팔이 붙어 있었다.

갑옷을 입은 기사는 외팔이었다. 촛불 빛 아래로 사방으로 튄 피가 거무튀튀하게 보인다. 피는 대부분 말라 있지만, 고인 곳은 아직도 진득거린다.

애시는 기사 곁에 몸을 숙이고 앉았다.

"수색대 사람이군. 성에 있던 사람들은 어떻게 됐지?"

가까이에서 보니 기사의 갑옷은 복잡하게 세공되어 있었다. 칼집의 장식도 아름답다. 신분이 높은 기사가 틀림없다.

"모두, 죽었어."

기사는 간신히 숨을 쉬고 있었다. 팔을 다쳤을 뿐 아니라 얼굴도 엉망진창이었다. 검이나 화살, 창 때문에 생긴 상처가 아니다. 갑옷의 몸통 부분이 깊숙이 패여나간 곳은 엄니나 발톱으로 찢거나 할퀸 듯했다.

"아니면 산 채로…… 어둠에 삼켜져서 괴물이 돼버렸지."

목소리를 짜낼 때마다 얼마 남지 않은 생명을 토해내는 것 같았다.

"말하면 안 돼요."

유리는 소라와 둘이서 기사를 눕히려고 했다. 하지만 그는 남은 팔로 성가시다는 듯이 둘에게 물러서라고 손짓했다. 그때 알았다. 그가 한쪽 눈도 잃었다는 사실을.

"성은 보다시피 이 지경이지. 악한 마술로…… 방이라는 방은 모두 엉망이 되고, 있어야 할 것이 있어야 할 장소에서 벗어나고 말았어. 눈을 가리고도 돌아다닐 수 있을 정도로 익숙한 우리조차 이제 출구가 어딘지 몰라."

괴로운 듯 숨을 헐떡이면서도 기사는 옥좌 쪽으로 얼굴을 돌렸다.

"폐하는…… 저기 계신다. 가능하다면 너희들이 밖으로 모시고 나가다오."

유리는 놀라서 약간 뒤로 물러났다. 거기 놓인 건 망토뿐인 줄 알았는데.

애시가 아주 조심스런 손놀림으로 망토 끝을 들어올렸다. 세심하고 호화로운 자수와 끝자락에 장식된 보석. 피에 젖은데다 여기저기가 뚫리고 찢겨 있다.

망토를 들어올리자 인간의 팔이 힘없이 튀어나왔다. 정확히 말하자면 팔뼈다. 피부의 마른 잔해가 달라붙어 있다.

애시는 표정 변화 하나 없이 망토를 걷어올렸다. 한 구의 해골이 나타났다.

목 주변에는 섬세한 레이스로 짜인 옷깃 장식이 남아 있다. 유리는 온몸의 털이 곤두섰다.

"그것은 제일 먼저…… 폐하가 계시는 곳을 덮쳤다."

기사의 괴로운 중얼거림에 애시는 고개를 끄덕였다.

"우리가 달려갔을 때, 폐하는 이미 그 모습으로 변한 상태셨지."

"왕관이 없는 것 같은데."

"그것이 빼앗아갔어."

애시가 다시 한번 고개를 끄덕인다. 그리고 물었다. "당신은 근위대 기사인가?"

"제3…… 소대다. 만약 대장님이…… 아니, 분명 살아 계실 거다. 너희들, 대장님을 만나면……"

"그보다 먼저 알려줘. 이 성 어딘가에 키리크의 유물이나 유해의 일부가 숨겨져 있었을 거야. 근위대 기사라면 그 장소를 알고 있지 않나? 경비 대상이었을 테니까."

키리크의 이름을 듣자, 피로 더러워진 기사의 얼굴에 격렬한 증오의 빛이 떠올랐다.

"뭐라고? 키리크? 그게 키리크라는 건가?"

"왕을 습격하고, 당신이 보았다는 그것은 어떤 모습을 하고 있었지?"

기사의 하나 남은 눈이 공포로 흔들렸다. "모습은…… 없었어. 그건 사악한 바람처럼 날아들어왔어. 검은 그림자…… 피 냄새를 풍기고 있었지."

"그게 뭐라고 말을 했나?"

기사는 고개를 휘휘 저었다. "말은…… 없었어."

애시는 하바인 2세의 해골에 눈길을 주더니, 망토를 다시 아무렇게나 덮었다.

"왕만이 유물이 있는 장소를 알고 있었단 말인가. 그래서 키리크는 제일 먼저 왕을 습격해 지혜와 기억을 뺏은 거로군."

앞으로 나아가보는 수밖에 없을 것 같다고 말하며 애시는 몸을 일켰다. 유리는 놀랐다. "이 사람을 내버려두는 거예요? 왕은요?"

"도울 방도가 없어." 애시는 계단으로 향했다. "게다가 그 기사도 내가 만지는 건 싫을 거야. 나는 '장의사'니까."

기사의 갑옷 어깨 부분에 손을 얹고 있었던 유리는 그가 세차게 몸을 떠는 것을 느꼈다.

"뭐라고?" 기사의 충혈된 눈이 튀어나올 것 같다. "'장의사'라고? 괴물의 피로 더러워진 손으로 나와 폐하를 만졌단 말이냐?"

일어나려는 기사를 만류하며 유리는 다급히 이마의 문장에 손바닥을 댔다. 치료해주자. 그러자 기사는 몸을 버둥대며 유리를 밀쳐냈다.

"넌 어린아이 아니냐. 이런 곳에서 뭘 하는 거지?"

"좀 가만히 계세요."

"너도 불길한 '장의사'의 동료냐? 그렇다면,"

기사는 유리로부터 옥좌를 지키기 위해 입술 끝을 뒤틀며 기어가기 시작했다.

"폐하께…… 다가오지 마라…… 이 분수도 모르는 것아!"

그때 아쥬가 찍, 하고 경고의 소리를 냈다. "유리, 뭔가 온다!"

유리는 바로 얼굴을 들었다. 곁에서 소라가 자세를 가다듬었다. 둘이서 주위를 둘러보았다. 그러자 뭔가 따끔따끔한 것이 볼에 묻었다.

"천장이야!" 아쥬가 소리를 질렀다.

"너희들!" 계단 아래에서 애시가 외쳤다. "옥좌 뒤에 숨어!"

유리는 그 지시를 무시한 채 반원 난간을 붙잡고 몸을 내밀어 천장을 올려다보았다. 애시도 머리 위를 노려보고 있다.

왕가의 문장이 벗겨져서 떨어지기 시작했다. 검은 부분, 은으로 된 부분, 금으로 된 부분이 조금씩 벗겨져 미세한 티끌이 되어 떨어졌다. 이윽고 가느다란 회오리바람처럼 변해 공중에서 구불거리며 서로 얽히다가 다시 풀어져서 티끌로 돌아가면서 ─

점차 형태를 이루어간다.

검은 티끌이 한 쌍의 날개 돋은 새의 모습으로 변했다. 유리와 비슷한 크기의 새, 아니, 차라리 익룡이라고 해야 하나? 날카로운 부리가 맞물려 달칵, 하는 소리가 난다. 한 마리, 두 마리, 세 마리. 점점 수가 늘어갔다.

금과 은의 티끌은 그대로 금과 은으로 된 뱀으로 변해갔다. 분명 뱀이다. 뱀이라고밖에 할 수가 없다. 하지만 아닌가? 그도 그럴 것이 팔이 돋아 있다! 본체와 비슷한 정도의 길이를 지닌 팔. 그 끝에는 창처럼 뾰족한 세 개의 손톱. 뱀들이 서로 팔을 얽자 손톱과 손톱이 부딪쳐 불꽃이 튀었다.

애시가 쌍수검을 겨누었다. 그것이 신호라도 된 양 저 높은 천장에서 금, 은, 흑색의 괴물들이 일제히 우렁차게 포효하며 날아내려왔다.

"소라, 기사님을 지켜줘!"

유리는 석장을 들고 자세를 취했다. 아쥬가 법의 옷깃 사이로 뛰어들더니 주문을 외우기 시작했다.

"유리, 석장을 돌려!"

아쥬의 말대로 하자 허공에 반투명하게 빛나는 원반이 나타났다.

"마법의 방패야. 어서 잡아!"

오른손에 석장, 왼손에 방패를 들고 유리는 날아오는 괴물들과 맞섰다. 석장 끝의 구체가 밝게 빛나자, 그 눈부신 빛에 괴물이 빙글빙글 돌면서 떨어져나갔다. 석장으로 내려치자 금은의 뱀들이 지닌 손톱이 우스울 정도로 쉽게 산산조각 나고, 뱀은

두 동강이 나서 티끌로 되돌아갔다.

아쥬가 머리 위로 뛰어올라왔다. "유리, 날 떨어뜨리면 안 돼!"

아쥬는 뒷발로 일어서더니, 주문을 외우며 빙글빙글 돌았다. 돌면서 긴 꼬리를 휘두르자, 그 끝에서 콩알 정도 크기의 조그마한 빛의 탄환이 튀어나와 괴물들에게 명중했다. 괴물들의 포효에 분노와 고통의 비명이 섞이기 시작했다.

애시는 홀 중앙에서 쌍수검을 휘두르며 덮쳐오는 괴물들을 베어넘기고 있었다. 괴물들의 티끌이 안개처럼 피어올라 그의 모습이 제대로 보이지 않을 정도다.

"아~ 눈이 빙글빙글 돈다아아~"

아쥬가 유리의 어깨 위로 굴러떨어졌다. 그 틈에 파고들어온 검은 익룡에게 유리는 석장을 내찔렀다. 바로 앞에서 본 그들은 소름이 끼쳤다. 익룡에게는 눈이 없다. 눈은커녕, 얼굴다운 것도 없었다. 금속으로 만든 삼각뿔과 똑같다. 그 삼각뿔이 쩍 벌어져서 석장을 삼키자, 안쪽에서 폭발이 일어났다.

"우웩! 기분 나빠!"

퉤퉤, 하고 뱉어내며 아쥬는 소라의 머리 위로 옮겨갔다. 소라는 온몸으로 다친 기사를 감싸고 있었다.

"유리, 이쪽에도 석장을 돌려줘! 야, 소라, 방패를 잡아."

소라는 허공에서 나타난 반투명한 방패를 양손으로 잡고 몸

앞에 세웠다. 기사는 바닥에 쓰러져 있으면서도 남은 한 팔을 조금씩 칼자루로 뻗었다. 날아든 금색 뱀이 소라의 방패에 부딪쳤다 튕겨나가 찢어지는 소리를 지르며 옥좌에 격돌했다.

"검…… 내 검을."

소라가 괴물에게 정신이 팔린 틈에 기사는 칼자루를 잡았다. 그의 등을 향해 검은 익룡이 활공해왔다.

"위험해!" 소라가 방패를 버리고 기사 위로 몸을 내던졌다.

"소라!"

찰나에 일어난 일이라 유리는 아무것도 할 수 없었다. 석장을 겨누었을 때는 이미 무시무시한 삼각뿔이 정면에서 소라에게 덤벼들고 있었다.

유리는 비명을 질렀다. 계속 질렀다. 소라에게는 아무 일도 일어나지 않았다. 괴물은 소라를 통과하고 말았다. 빠져나가서 사라졌다. 마치 소라에게 빨려들어간 것처럼.

유리는 머리를 세차게 흔들고 입을 다물었다.

소라가 유리를 알아차리고 얼굴을 돌렸다. 눈동자가 다시 텅 비어 있다.

"방패 잡아, 소라!" 아쥬가 소리쳤다. "빨리, 빨리, 빨리 잡으라고오오오!"

외팔이 기사는 검을 잡은 채 목만 비틀어 소라를 보고 있었다. 옆얼굴로 무사한 한쪽 눈을 찢어질 듯이 크게 뜬 채—

"너, 넌 뭐냐?"

기사는 불길하다는 말을 내뱉었다. 유리에게는 분명히 그렇게 들렸다. 게다가 당치 않게도 기사는 자신을 지켜준 소라에게서 뒷걸음치고 있었다. 다친 몸에서 얼마 남지 않은 힘을 쥐어짜내, 자세를 바꾸어 칼끝을 소라에게 겨누려 하고 있었다.

"너희들은?"

공포와 혐오로 일그러진 얼굴. 갈라진 목소리. 당장이라도 토할 것 같다는 듯한 표정.

"뭐냐? 저것의 동료냐!"

"우리는!"

유리는 덮쳐오는 괴물들을 때려서 떨어뜨리면서 힘껏 소리를 내질렀다. "우리는 불길하지 않아!"

유리의 격정에 호응해서 석장의 끝부분이 환하게 빛났다. 거기서 빛이 부풀어올랐다. 동그랗고 하얀 빛의 구슬. 순식간에 빛은 유리와 아쥬를, 소라를 삼키고, 계단을 미끄러져내려가 홀에 있는 애시에게까지 다다랐다.

애시의 가죽 망토 어깨에서 연기가 풀풀 피어오르기 시작했다. 그는 손을 들어 빛으로부터 얼굴을 보호하며 큰 소리로 외쳤다

"유리, 눈 감아! 모두 엎드려!"

소리를 지르고 애시는 옥좌가 있는 단상을 향해 뛰기 시작했다.

하얀 빛무리가 팔각형 모양의 홀 구석구석까지 다다르더니, 거기서부터 벽을 타고 천장으로 올라가기 시작했다. 눈으로 좇을 수 없는 속도. 빛과 에너지. 모든 것을 감싸 뚜렷하게 밝히고 삼켜버린다.

빛이 천장의 문장에 도달했다. 안쪽에서 섬광을 발하던 문장은 잠시 뒤에 폭발했다.

왕가의 문장이 산산조각 났다. 공중을 나는 괴물들도 동시에 부서져 티끌이 되어 빛 속으로 사라졌다. 유리는 폭발의 충격에 엉덩방아를 찧었다. 애시의 말대로 눈을 꼭 감은 채. 눈을 감자 괴물들의 외침이 지금까지와는 다르게 들렸다. 맙소사. 저건 인간의 비명 아닌가. 인간이 아픔과 슬픔, 분노와 공포에 울부짖고 있지 않은가!

"사람 목소리야!"

자신도 모르게 유리도 소리를 지르고 눈을 떴다. 새하얗다! 모든 것이 다 빛나고 있다!

그러자 갑자기 옆으로 뛰어올라온 애시가 장갑을 낀 손으로 유리의 눈을 가리더니, 거칠게 뒤로 잡아당겨 넘어뜨리고 온몸을 망토로 감쌌다. 그다음 폭발이 일어났다. 홀 바닥이 진동한다. 한층 높은 비명 소리가 났다.

괴물들이 사라져간다—

잠깐 동안이지만 유리는 기절한 모양이었다. 정신을 차리자

13장 재회 273

딱딱한 돌바닥에 다리를 아무렇게나 내팽개친 채, 애시에게 안겨 있었다. 이제 눈은 가려져 있지 않다.

애시가 길게 숨을 내뱉었다.

"잘했어." 유리의 머리를 탁 두드렸다.

홀에는 정적이 돌아와 있었다. 벽면을 비추던 촛대의 양초 대부분이 사라져버렸고, 온 벽에 새하얀 재 같은 것이 들러붙어 있다. 눌어서 떨어진 촛대가 팔각형 바닥에 어지러이 널려 있다.

유리는 애시에게 기댄 채 천장을 올려다보았다. 왕가의 문장이 사라지고 천장은 부서져서 새카만 어둠이 뒤덮고 있었다. 그런데도 홀은 밝은 채로 유지되고 있었다.

빛의 근원은 유리의 이마였다. 올 캐스터의 문장이 빛나고 있는 것이다. 촛불이나 횃불, 서치라이트와도 다르다. 거기에 있는 것만으로도 모든 것을 비추는 따뜻한 빛.

"괜찮아, 유리?"

아쥬가 어쩐 일인지 애시의 품에서 등장했다. "소라도 일어설 수 있겠어?"

소라는 유리의 뒤에서 태아처럼 몸을 구부린 채 옆으로 쓰러져 있었다. 바로 곁에 그 기사의 검이 있다. 하지만 검을 붙잡고 있던 한쪽 팔과 기사의 모습은 보이지 않았다.

"정화된 거야." 애시가 말했다. "봐. 하바인 2세도 사라졌어."

옥좌 위에는 망토만 남아 있었다.

"소라, 괜찮아? 어디 다친 거야? 보여줘!"

그의 어깨를 만지자 불꽃 같은 것이 튀었다. 유리도 놀랐지만, 소라는 기다시피 뒤로 물러나 등을 돌벽에 딱 붙이고 눈을 크게 떴다. 그 보라색 눈동자에는 유리가 목소리를 삼키고 말 정도로 무시무시한 공포의 빛이 깃들어 있었다.

"내가…… 무슨 짓을 저질렀나?"

소라는 얼어붙은 듯이 움직이지 않는다.

"소라, 왜 그래?"

공포가 전염되어 목이 바싹 말랐다. 일어선 애시가 망토를 등 쪽으로 밀어내며 유리 옆에 나란히 섰다.

소라는 아직도 일어서지 못했다. 여전히 눈을 크게 뜬 채 입가를 부들부들 떨기 시작했다.

"저, 저는."

"뭐야" 하고 애시가 물었다. 그의 애검처럼 날카롭고 뾰족한 목소리로.

"아까 뿜어져나온 빛 속에서 뭘 봤지?"

눈을 깜박이는 대신에 소라의 보라색 눈동자 속에서 뭔가가 빙글빙글 움직인다. 빛났다가 멎고, 빛났다가 사라졌다. 어떤 영상. 소라의 마음속에 있는 영상이다. 너무 작아서 유리에게는 보이지 않는다.

입을 다문 채로 주먹을 쥐더니, 소라가 갑자기 자기 가슴을 두드리기 시작했다. 한 번. 두 번. 표정을 바꾸지 않고 제재라도 가하듯이 계속 두드린다. 그때마다 그의 머리가 흔들려 뒤쪽 벽에 부딪쳤다.

"저는, 저는."

유리는 참다못해 그의 손을 붙잡았다. 이번에는 불꽃이 튀지 않았다. 꽉 움켜쥔 손목은 차갑게 식어 있었다.

"……아무것도, 아닙니다."

울음을 터뜨리기 직전의 가냘픈 목소리였다. 소라는 부서지기 쉬운 것을 다루듯이 유리의 손을 살짝 떼어내고 되밀었다.

그리고 애시에게 물었다. "앞으로 나아가실 거지요. 가십시다."

애시가 말없이 고개를 끄덕이고 발길을 돌렸다. 소라는 벽에 의지해 일어서며 품속에 손을 넣고 문지르는 듯한 동작을 취했다. 가슴의 아픔을 견디고 있기라도 한 듯이.

애시와 달리 유리와 아쥬, 소라는 왕궁을 모른다. 지금은 그것이 오히려 다행일 정도로 성의 모습은 심하게 달라져 있었다. 엉망진창으로 뒤죽박죽이 되어 있었다.

방이 제자리에 있지 않을 뿐만 아니라, 방이라는 방은 전부 말도 안 되는 위치관계로 연결되어 있다. 거대한 손이 성 내부를 휘저어 아무렇게나 재배치한 것 같다.

부자연스럽게 높은 문턱이나 빙그르르 돌아 원래 자리로 돌아오는 무의미한 복도. 게다가 대부분의 장소에서 괴물들과 마주친다. 싸움을 거듭하는 동안 유리는 석장을 다루는 법에 익숙해졌고, 이마의 문장이 지닌 힘의 크기도 제대로 실감할 수 있었다.

사람의 모습을 볼 기회는 괴물들을 만날 기회보다 훨씬 적다. 아직 숨이 붙어 있는 사람을 만날 기회는 더 드물다. 거의가 갑옷 차림의 기사들이지만, 때때로 관복을 입은 관리나 옷자락이 긴 드레스 차림의 여성도 있었다.

쓰러진 사람을 발견하고 뛰어가서 맥을 짚는다. 희미한 숨소리를 느끼고 말을 걸어보아도 의식은 돌아오지 않는다. 문장을 사용하려는 유리를, 이미 늦었으니 그만두라면서 애시가 제지한다. 그런 패턴의 반복이었다. 방에 들어가 괴물들을 퇴치하고 차분하게 둘러본 순간, 아아, 이래서는 살아 있지 않겠구나, 하고 바로 알 수 있을 정도로 참혹한 광경도 눈에 들어왔다.

"키리크는 어째서 이런 짓을 하는 거죠?"

연속된 싸움 탓이 아니라, 점차 부풀어오르는 격렬한 분노와 의혹에 유리는 숨을 헐떡이고 있었다.

"이런 짓에 무슨 의미가 있다는 거예요."

자신의 손으로 사람들을 살육한다. 사람들을 괴물로 바꾸어 추격자를 살육하게 한다.

"싸움이니까."

앞장서서 나아가며 애시는 뒤도 돌아보지 않고 내뱉듯이 말했다.

"덧붙여 말하는데, 이건 키리크의 탓이 아니야. 황의를 입은 왕의 소행이지."

"하지만, 현재 황의를 입은 왕의 알맹이는 키리크죠?"

힐난하는 듯이 말하는 유리에게 그는 비아냥거렸다.

"네 오빠도 들어 있어."

"우리보다 먼저 왕궁 안에 들어온 수색대가 있을 텐데. 마주치질 않네."

이야기를 돌리려는지 아쥬가 묘하게 새된 목소리를 냈다.

"다들 좀더 안에 있으려나?"

"안이라니 어디?"

일행은 막다른 방에 와 있었다. 옥좌가 있던 홀 정도는 아니지만, 여기도 천장이 높다. 발 디딜 곳 하나 없이 밋밋하게 솟은 차가운 벽이 사방을 둘러싸고 있었다. 딱 한 군데, 오른쪽 벽의 가장 높은 부분에 좁다랗게 터놓은 아귀 같은 틈이 보였다. 하지만 어떻게 해야 저기로 올라갈 수 있을까.

이 방의 바닥에는 괴물들의 잔해가 어지러이 널려 있었다. 사람의 시체나 그 일부는 보이지 않았다. 즉, 분명 선발대가 여기서 전투를 벌여 승리를 거두고 앞으로 나아갔다는 말인데—

"또 되돌아가야겠네."

유리가 한숨을 쉬었을 때, 가느다란 사람 목소리가 귀에 들어왔다. 일행은 퍼뜩 놀라 주위를 둘러보았다.

"누가…… 있나?"

벽의 갈라진 틈에서 들려온다.

"수색대 사람이다." 애시가 위를 향해 소리를 질렀다. "벽에 막혀서 그쪽으로 갈 수 없어. 당신은 어떻게 거기 들어갔지?"

목소리는 금방 대답하지 않았다. 힘을 잃은 거라고 유리는 생각했다. 빨리 치료해야 하는데. 빨리, 빨리!

"이 벽은, 마법의 벽이다."

목소리를 듣고 애시가 주먹으로 벽을 가볍게 두드리더니 유리를 돌아보았다.

"부숴!"

주먹을 문장에 댔다가 내밀자 눈앞에 솟아 있던 잿빛 벽은 순식간에 신기루처럼 사라졌다.

결계가 열린다. 유리는 숨을 삼켰다. 아쥬가 유리의 목덜미께의 머리카락을 꼭 붙잡았다. 애시마저 놀라움으로 눈이 휘둥그레졌다.

한순간 카타르할 수도원 터로 되돌아온 듯한 착각을 느꼈다. 그것은 한층 더 장엄해 보이는 잔해 더미였다. 역시 천장이 높은 널찍한 방이었는데, 꼭대기까지 잔해가 쌓여 있다.

올려다보자, 꼭대기에서 뭔가가 빛났다.

"왕관이다." 눈치 빠르게 알아차리고 애시가 말했다. "하바인

2세의 왕관이야."

가느다란 목소리의 주인공은 잔해 더미 아랫부분에 다리를 쭉 뻗은 채 쓰러져 있었다. 기사는 아니다. 애시와 흡사한 복장의 흑발 청년이다. 망토가 찢어지고, 배 부근이 비정상적으로 움푹 들어가 있다. 거기에서 피가 흘러나오고 있다.

달려간 유리에게 청년은 애처롭게도 입술을 비틀며 웃음을 지었다.

"꼬맹이 너, 마도사냐? 대단하네. 내 동료는 이 벽에 손도 못 쓰고 쩔쩔맸는데."

"가만히 있어요. 바로 치료해줄게요."

몸을 수그리며 앉자 부츠에 감싸인 그의 한쪽 다리가 무릎 부근에서 반쯤 떨어져나갔다는 것을 알 수 있었다.

"적의 모습을 봤나?"

어디부터 치료해야 할지 허둥지둥하는 유리를 거들떠보지도 않고 애시는 물었다.

"안 보였어."

그건 눈에 보이지 않아—하고 청년은 말했다.

"아래로 갔어."

그의 떨리는 손가락이 잔해 쪽을 가리켰다.

"이 잔해는 그것이 성을 먹어치우고 뱉어낸 찌꺼기 같은 거야."

움직여서 잔해를 돌아본 애시가 말했다. "과연, 속이 텅 비었어. 여기서 밑으로 내려갈 수 있겠군."

문장의 빛을 비추고 또 비추어도 청년의 출혈은 멈추지 않았다. 상처 하나를 막으면 새로운 상처가 벌어지고 만다.

"꼬맹아, 그만둬. 소용없어."

"알았으니까, 말하면 안 돼요!"

"당신도 '장의사'지?" 젊은 남자는 애시에게 물었다. 애시가 고개를 끄덕였다.

"내 동료는, 나그라는 이름의 마도사야. 아까 마법의 벽에 퇴로를 차단당해서 앞으로 나아갈 수밖에, 없어서 말이야. 혼자서 내려갔어."

청년이 다시 애처로운 미소를 짓는다.

"당신들도 갈 거라면, 도와, 주길, 바라."

"받아들이지" 하고 애시는 짧게 말했다. "그밖에 또 내려간 사람은?"

"기사들이." 남자의 목소리가 잠기더니 격한 기침과 함께 피가 섞인 침이 튀었다.

"경비병 한 무리가 내려갔어. 우리, 는, 두번째였지."

여태까지 아무도 돌아오지 않았다.

"애시, 이 사람한테 말 시키지 말아요!"

유리가 외치자 청년의 손이 유리의 손바닥을 살짝 눌렀다. 손가락이 부러지고 손톱이 몇 개 떨어져 있었다. 청년의 눈은 계속 애시에게 고정되어 있다.

"조심, 해."

난, 그것의 목소리를 들었어. 모습은 보이지 않았지만, 그건 말을 걸어왔어.

"아이, 목소리였어. 남자아이야."

유리는 얼어붙었다.

"이, 꼬맹이 같은—아이."

눈이 초점을 잃고 머리가 휙 기울어진다.

"동생이 생각났어."

애시가 옆으로 와서 남자의 곁에 한쪽 무릎을 꿇었다. "뭐라고 말을 걸었지?"

청년은 마지막 기력과 체력을 짜내어 애시에게 눈길을 돌렸다. 입술이 움직이자 그 끝에서 피가 흘러나왔다.

"웃고, 있었어."

즐거운 듯이 웃고 있었어.

"이 세계를 깨끗하게 만든대."

더러워진 걸 모조리 없애는 거야.

"그러니 아무도 방해하지 못한다고."

남자의 고개가 푹 꺾였다. 뜨고 있는 눈 속에 더이상 생명이 없다는 것을 유리도 알 수 있었다.

눈물이 넘쳐흘렀다. 어떻게 할 수가 없었다. 몸의 떨림이 멈추지 않는다.

"오빠야."

유리의 입에서 새어나온 말에도 피가 섞여 있었다. 마음이 찢어져서 흐른 피였다.

"오빠 목소리야. 황의를 입은 왕이 오빠 목소리로 지껄이고 있어!"

몸이 휘청거려 유리는 바닥에 두 손을 짚고 말았다. 그대로 토해내듯 울기 시작하자, 아쥬가 머리 위에 매달린 채 짜랑짜랑한 목소리로 말했다.

"유리, 울면 못써! 울면 안 된다고! 자, 일어서!"

머리카락을 세게 잡아당겨도 아픔 따위는 느껴지지 않았다. 눈물을 닦고 몸을 일으킨 후, 양손으로 몇 번인가 자기 뺨을 짝짝 때린 다음에 유리는 얼굴을 들었다. 눈물로 시야가 흐릿했다.

그래도 여전히 눈에 보였다. 앙상한 영혼 같은 애시와 검은 옷을 입은 소라가.

이런 때 제일 먼저 달려와주는 건 보통 소라였다. 하지만 지금은 어떤가. 겁먹은 듯 몸과 목을 움츠린 채, 검은 옷 앞섶을 여미듯이 꼭 쥐고 유리를 쳐다보고 있다. 눈이 마주친 것은 한순간뿐, 도망치듯이 고개를 숙였다.

어깨에서 때 묻은 포대를 내리고 밧줄 한 꾸리를 꺼내더니 애시가 말했다. "계곡 같은 데 내려가본 적 있어?"

"없어요, 그런 적." 유리는 코멘소리로 대답했다.

"올라가는 것보다는 편해." 그리고 덧붙였다. "그 녀석의 눈을
감겨줘."

잔해 안쪽에는 바위와 자갈로 된 계단이 생겨나 있었다. 바깥
에서 무슨 힘이 작용해 땅이 반복해서 갈라지면서, 자연스레 높
낮이 차이가 생겨 계단 형태를 이룬 듯했다. 유리의 키보다 높은
계단도 많았다.

게다가 캄캄했다. 양손이 자유롭지 않으면 위험하기 때문에
애시와 소라도 횃불을 버렸다. 시야를 밝히는 것은 유리가 지닌
문장의 빛뿐이다. 마치 라이트가 달린 헬멧을 쓰고 있는 것 같았
다. 유리가 등을 돌리면 순식간에 순수한 어둠에 감싸여 위아래
도 구분할 수 없게 되고 만다.

극도로 긴장한 탓에 눈물이 말라붙었다. 자신의 거친 숨소리
를 듣는 사이에, 가슴의 술렁임도 이 중노동 때문이라는 생각을
하게 되었다.

그래도 마음의 상처에는 아직 피가 배어 있다. 하나는 오빠의
목소리 탓, 또 하나는 점점 이상해져가는 소라 탓이다.

항상 유리의 팔꿈치 곁에 딱 붙어 있던 소라를 이제는 일부러
뒤돌아 찾아야 했다. 줄곧 말이 없어도 존재감은 확실히 느껴졌

는데, 지금은 그 존재감을 소라 자신이 필사적으로 지우려 하는 듯이 보인다. 유리의 눈에 띄지 않게 숨으려고 하는 것처럼.

—아까 뿜어져나온 빛 속에서 뭘 봤지?

애시의 물음에 소라는 대답하려다가 말았다. 마치 자책하는 것처럼 주먹으로 몇 번이나 가슴을 치고, 울음을 터뜨릴 것 같으면서도 그저 앞으로 나아가자며 모두를 재촉했을 뿐이었다.

소라, 문장의 빛 속에서 뭘 봤어? 네가 본 게, 널 내게서 멀어지게 만드는 거야?

그렇다면 그건 뭐야?

질문은 가슴속에서만 빙글빙글 맴돌 뿐, 유리는 필요 이상으로 입을 꾹 다물고 묵묵히 앞길을 재촉했다. 내려간다기보다 한 걸음 한 걸음 깊은 곳으로 빠져드는 듯한 기분으로.

질릴 정도로 길고 위험한 하강을 감행하는 동안 괴물들과는 마주치지 않았다. 이윽고 마지막인 듯한 곳에 내려섰을 때, 유리는 지면이 단단하고 고르다는 사실을 알아차렸다.

"여기는……?"

이마의 문장이 비춰내는 주위의 벽에서도 사람의 손을 거친 흔적이 보인다.

"지하시설 같군."

옆에 나란히 서서 애시가 말했다.

"원래는 성 안의 다른 장소에 여기로 통하는 정식 통로가 있었겠지. 그것인지 뭔지 하는 녀석은 그 통로를 통하지 않고, 위쪽 바닥에 구멍을 뚫어서 내려온 거야."

아쥬가 유리의 어깨 위에서 말했다. "잔해 더미가 있던 위쪽 방은 예배당일 거야."

제단과 성화상 조각이 있었다고 한다.

"왕가의 사적인 예배당인가. 그렇군, 그것이라면 예배당도 파괴하고 싶었겠지."

언제부터인가 애시는 그것을 이름으로 부르지 않았다.

뒤쪽은 잔해로 막혀 있었다. 전진하는 수밖에 없다. 유리는 석장을 고쳐 잡았다.

문장의 빛에 의지해 걷기 시작하자마자, 머리 위의 어둠 속에서 벽에 바른 흙이 우수수 떨어져내렸다. 애시가 팔로 유리의 머리 위를 가렸다.

"성이 파괴될 때의 충격이 여기에도 영향을 준 모양이군. 조심해."

고개를 끄덕이고 유리는 주위를 찬찬히 비추어보았다. 그러자 벽에 간 금이 보였다. 부서져 떨어진 듯한 촛대와 부러진 양초도 있었다. 원래는 불이 켜져 있던 모양이다.

길은 평평하고, 사람 둘이 나란히 서서 걸어갈 수 있을 정도로 폭이 넉넉했다. 그런데 이해할 수 없는 것은 길모퉁이와 네거리가 몹시 많다는 점이다. 규칙적으로 오른쪽으로 꺾이는 길이 있으면 그다음은 네거리. 일단 똑바로 나아가면 이번에는 왼쪽으로 꺾이는 모퉁이와 마주친다. 그런 게 계속 되풀이되고 있다.

"미로네요." 유리가 중얼거리자, 묘하게 활기찬 목소리로 아쥬가 말했다.

"만卍이야. 그렇지, 애시? 아니냐?"

"정답이다. 아운카우이 사전치고는 썩 훌륭하군."

고마워, 하고 아쥬는 무뚝뚝하게 대답했다.

"여기는 만자 형태의 통로를 연결해서 만든 미로야. 아니, 참배길이랄까."

"참배길?"

"무덤을 참배하기 위한 길이야." 애시는 조금 흥분한 기색이다. "이 미로를 빠져나간 끝에 마도사 엘름의 무덤이 있는 게 틀림없어."

만은 마도사 엘름의 상징이라고 한다.

"정확하게 말하자면, 엘름 본인이라기보다 그녀를 숭배한 신자들의 상징이지."

엘름은 평생 제자를 두지 않았지만, 죽은 자를 되살릴 정도의 마력과 풍부한 지식 덕에 당시의 구원받은 헤이틀랜드 백성 사이에 엘름을 창조신의 사도로 우러러 받드는 신앙이 생겨났다. 교단이라고 할 정도로 대규모는 아니었지만, 신자들은 엘름 곁에 모여 그녀의 학구 생활을 받들고 함께 각지로 여행을 떠나기도 했다.

"엘름의 신자들은 손바닥에 만자를 그려서 증표로 삼았지."

"그건 알겠는데요." 유리는 암흑 속에서 말했다. "어째서 참배 길까지 만자 형태의 미로로 만들어야 했나요?"

"엘름이 간단히 밖으로 나가지 못하도록 하기 위해서일 거야." 하고 아쥬가 대답한다. "헤이틀랜드 왕가 사람들은, 이렇게 해서 엘름을 성의 지하에 가둔 거야."

이렇게 큰 만자 미로를 빠져나가는 올바른 방법을 아는 것은 왕가 사람들뿐이리라.

꺾고, 걷고, 직진하다 또 꺾는다. 그걸 계속하는 사이에 주위를 둘러싼 벽의 모양이 바뀌었다. 희읍스름하게 색이 밝아지더니 거기에 그림이 그려져 있었다. 사람의 모습이었다. 완전히 퇴색되고 벗겨져나간 곳도 있지만 아직 알아볼 수 있다. 남녀노소가 정연히 늘어서 있다.

모두 후드가 달린 하얀 법복을 입고 공손히 머리를 숙인 채 양손바닥을 가슴 높이로 쳐들고 있다. 그 손바닥에는 확실히 만자가 그려져 있다.

"신자들의 모습을 미로에 배치해 엘름의 혼을 달래겠다는 건가."

비꼬듯이 중얼거리고 애시가 걸음을 빨리 했다.

"중심부에 가까워지고 있어."

그곳에는 엘름의 무덤이 있다. 그리고―

"키리크의 유물이나 유해의 일부도, 엘름과 함께 비밀리에 매장되어 있던 거야."

시대는 달라도 둘 다 같은 죄를 범한 자들이니까. 엘름이 뿌리를 내리고, 키리크가 꽃을 피운 죄. 죽은 자의 부활.

"이 앞이 그것의 목적지다."

애시의 말을 뒷받침하듯이 또다시 기사들의 무참한 시체가 드문드문 나뒹굴고 있었다. 개중에는 갑옷 부품이 산산이 흩어진 시체도 있다. 애도하는 마음은 변함없지만 유리는 더이상 발길을 멈추지 않았다.

"아까 그 사람이 말한 마도사님은 더 안쪽까지 들어간 걸까요?"

유리가 말을 마치기도 전에 암흑의 앞쪽에서 깜짝 놀랄 만한 비명이 울려퍼졌다. 애시는 주저 없이 달려나갔다. 유리는 자신도 모르게 그 자리에 얼어붙어 한 박자 늦게 뒤따르다가, 이번에는 제 발로 멈추었다.

"―소라."

소라는 비명에 겁을 먹고 벽에 들러붙어 있었다. 유리의 바로 앞에서 주르륵 주저앉았다.

"안 가? 여기서 기다리고 있을래?"

이마를 벽에 붙이고 고개를 떨어뜨린 소라는 그대로 고개를 좌우로 흔들기 시작했다.

"아니요…… 아니요…… 가겠습니다."

"그럼, 가자."

내민 유리의 손에서 눈을 돌리며 말했다.

"제가 아니라 유리 님이 여기 계십시오. 여기서 기다려주십시오."

무슨 소리람. 쌓여 있던 의심과 슬픔이 한꺼번에 쏟아져나왔다.

"바보! 그럴 수 있을 리 없잖아."

이제 됐어. 몰라! 유리는 지면을 박차고 달렸다. 앞쪽 모퉁이를 꺾어들자마자 뭔가 탄력 있는 물건이 획 하고 허공을 가르며 날아드는 것을 반사적으로 석장으로 쳐서 떨어뜨렸다.

통로는 거기서 단번에 넓어졌다. 어둠도 엷어졌다. 유리는 목적지 바로 근처에 있었던 것이다.

하지만 지금 눈앞에는 그 넓은 공간을 거의 다 차지할 정도로 거대한 괴물이 버티고 서 있었다.

언젠가 중학교 도서실 앞에 나타난 괴물과 흡사했다. 하지만 이 녀석에게는 다리가 있었다. 날카로운 며느리발톱이 자라난 두 다리. 그것이 지탱하고 있는 것은 앞도 뒤도 분명하지 않은, 말랑말랑한 부정형 덩어리 같은 몸으로, 온갖 부분에서 촉수가 자라나 있었다.

그 모습을 본 찰나, 카타르할 수도원 터의 깊은 곳에서 만난 미노치 이치로의 괴상한 모습이 떠올랐다.

괴물은 녹색 피를 흘리고 있었다. 애시의 쌍수검이 이미 몇 가닥의 촉수를 잘라낸 것이다. 그래도 그것은 드높이 들어올린 굵은 촉수로 휘감은 것을 내놓으려 하지 않았다. 팔다리가 축 늘어지고, 목도 이상한 형태로 기울어져 있다. 숨은 이미 끊어졌으리라. 저 로브는 마도사의 것이다. 위에 있던 남자의 동료다.

"그 사람을 놔줘!"

유리의 외침에 괴물의 몸이 방향을 약간 틀었다. 쿵쿵, 하고 두 발을 구른다.

"놓으라고 하잖아, 이 괴물아!"

말이 통한 모양이다. 괴물은 유리를 깔보듯이 촉수로 사로잡은 마도사를 크게 휘두르더니, 이쪽으로 내던졌다. 재빨리 피하는 유리와 애시의 얼굴에 피가 튀었다. 녹색에다 빨간 피도 섞여 있었다.

괴물은 바로 다른 촉수를 뻗어왔다. 애시가 유리 앞으로 튀어나왔다. 유리는 석장을 겨누고 크게 심호흡을 했다. 왼손을 이마의 문장에 대자 문장이 빛난다.

그 빛을 들어올리고, 유리는 한층 높게 외쳤다.

"부정한 문지기여, 길을 비켜라!"

백금색 빛이 뿜어져나갔다. 눈이 멀어버릴 것 같은 빛에 아쥬가 소리를 지르고, 애시마저 팔꿈치를 들어 눈을 막았다. 유리는 의기양양하게 턱을 들고 있었다.

눈 깜짝할 사이에 괴물은 사라졌다. 그뒤에 남은 촉수 조각과 녹색 피도 증발하듯 사라져간다.

"너, 지금 한 말은……"

석장을 내리고 유리는 대답했다. "문장이 가르쳐줬어요."

"그러냐." 애시는 숨을 내쉬었다. "분명 저 녀석은 문지기였어."

이 묘지의, 키리크의 문지기 —

괴물이 막고 있던 시야가 트였다. 두 사람은 무의식중에 발걸음을 맞춰 그곳으로 다가갔다.

횡뎅그렁한 원형 홀이다. 중앙에는 마치 홀의 중심이기라도 한 듯 한 단이 더 높은 원형이 있고, 거기에 열십자 형으로 어긋매긴 십자가 한 쌍이 세워져 있었다.

유리도 아는 십자가다. 하지만 유리의 영역에서는 저런 방식으로는 사용하지 않는다. 저렇게 말뚝처럼 지면이나 바닥에 박아넣지 않는다.

"마도사 엘름의 무덤이다." 낮게 억누른 목소리로 애시가 말했다.

"주위의 벽을 봐." 아쥬가 말했다.

여기에도 신자들의 모습이 있었다. 무덤을 둘러싸듯 손바닥에 만자를 그린 사람들이 나란히 서 있었다.

"여기는 왜 밝아요?"

횃불대와 촛대가 있지만 불은 켜져 있지 않았다. 유리는 손으로 이마를 덮어보았다. 그래도 홀의 밝기는 변하지 않는다. 문장의 힘이 아니다.

어딘가 빛이 흘러나오는 곳이 있다.

어긋매긴 십자가 뒤다. 희미한 빛이 웅크리고 있다. 엷은 금색으로 빛나는 안개 같은 것이 한여름 아지랑이를 닮은 모습으로 천천히 흔들리고 있었다.

그것이, 일어섰다.

분명히 일어섰다. 사람 모양도 동물 모양도 아니다. 하지만 그 움직임은 인간의 움직임이다.

유리 곁에서 애시가 숨을 멈추는 것을 알 수 있었다.

"넌 누구지?"

애시가 묻는다. 평온하고 부드러운 말투로.

"아니, 이렇게 말을 바꾸는 게 좋겠군. 지금 여기 있는 넌 누구냐고 말이다."

유리는 여전히 손바닥으로 이마를 가린 상태였다. 손가락 틈으로 문장의 빛이 새어나왔다. 지금까지의 다정한 빛이 아니라 칼날처럼 날카로운 빛이 십자가 뒤에 선 금색 안개를 향했다.

몇 줄기나 되는 문장의 빛 화살이 금색 안개에 꽂혔다. 하나,

또 하나. 빛 화살을 맞을 때마다 금색 안개의 윤곽이 확실해져간다. 유리는 멍하니 입을 벌렸다.

애매모호하던 금색 안개가 하얗게 빛나는 사람 모습으로 변했다.

흔들리던 금색 안개를, 존귀한 신분을 나타내는 로브처럼 어깨에서부터 우아하게 늘어뜨리고 있다. 이제는 그것이 이쪽을 정면으로 향하고 있다는 사실까지 알아볼 수 있다.

"유, 유리."

법의 옷깃 안쪽에서 줄곧 유리에게 매달려 있던 아쥬가 작은 몸을 떨면서 속삭였다.

"무서워하면 안 돼. 저건 유리에게 아무 짓도 할 수 없어. 저건 유리한테는 손을 못 대."

무서워하기는커녕 유리는 그것에 홀려 있었다. 저것에게는 사람의 마음을 뺏는 힘이 있다. 저것과 마주하면 인간은 모두 매료되고 만다.

오빠가 그랬던 것처럼.

저것이 '영웅'이다.

파옥하고 '테두리'로 되돌아와 지금 다시 소생하려 하는 맹렬한 힘의 근원. 거대한 영광에 감싸여 사람들의 칭송과 헌신을 모으는 존재.

빛나는 '영웅'이 한 팔을 움직여 십자가 하나를 붙잡나 싶더니 손쉽게 원형에서 뽑아냈다. 그것을 머리 위로 높이 쳐들어 자기 머리 뒤쪽으로 내던져버렸다.

애시가 검을 겨누며 돌진했다. 하지만 '영웅'이 손바닥을 가볍게 들어올리자, 애시는 채찍에 맞은 것처럼 간단히 튕겨나와 유리의 발치까지 굴러왔다.

유리가 일으킬 새도 없이 애시는 혼자 벌떡 일어섰다. 그 곁에서 유리는 아직도 멍하니 넋을 잃고 바라보고 있었다. 이제는 머나먼 옛날로 느껴지는 그날 밤, 졸려서 감긴 눈에 비친 신비한 광경 ─ 머리를 조아리는 오빠 앞에 느긋하게 버티고 서 있던, 긴 망토를 걸친 사람의 실루엣.

"유리, 유리!"

아쥬가 작은 손으로 유리의 뺨을 때리고, 차가운 콧등을 내리눌렀다.

"정신 차려, 유리!"

몸에서 힘이 빠지고 팔이 축 늘어져 금방이라도 석장을 떨어뜨릴 것 같았다. 유리는 간신히 정신을 차리고 몸을 지키기 위해 석장을 다시 겨누었다.

애시가 돌진을 되풀이하고 그때마다 '영웅'의 힘에 튕겨나왔다. '영웅'은 마치 놀고 있는 것 같다. 손끝으로 애시를 다루면서 남은 십자기 하나를 가볍게 뽑아내 벽을 향해 내던진다. 십자가가 소리를 내며 산산조각 났다.

"……키리크."

무릎을 꿇고 숨을 몰아쉬며 애시가 신음했다.

"넌 키리크야. 생각해내. 네가 일찍이 압제하에 괴로워하는 사람들을 위해 검을 들고 일어선 남자였다는 사실을."

빛나는 윤곽이 있을 뿐 그것에 얼굴은 없다. 하지만 유리에게는 그때 '영웅'이 희미하게 웃은 것처럼 보였다.

─내게 이름은 없다.

남자도 아니고 여자도 아니다. 노인도 아니고 젊은이도 아니다. 그 누구의 목소리와도 다른, 그러면서도 어딘가에서 들은 적이 있는 듯한 기억을 불러일으키는 목소리. 그것이 유리의 귀에 울려왔다.

─나는 누구도 아니다. 그 누구도 아니다.

그것은 '무無'와 같다. 가능할까, 그런 것이. '무'가 이 정도로 압도적인 힘을 내재한다는 것이. 이 정도로 빛나고 아름다워 보인다는 것이.

"그렇다면 질문을 바꾸지." 애시가 피가 섞인 침을 뱉고 외쳤다. "넌 왜, 여기에 있지?"

'영웅'이 양손바닥을 얼굴 앞에 들어올렸다.

─모든 것은 '테두리'의 의지다.

장엄하고 중후하게 대답하더니 '영웅'은 잠깐 합장을 했다. 그리고 그 팔을 방금 전까지 십자가가 있던 곳에 찔러넣었다.

시야의 모든 것이 하얗게 날아가버릴 정도로 강한 빛이 지하 묘소를 가득 채웠다.

땅울림이 시작되었다. 여기보다 더 깊은 땅속에서 뭔가 격류와 같은 것이 눈을 뜨고 태동하여 '영웅'을 향해 달려오고 있다. 그 진동이다. 그 울림이다.

'영웅'은 기다리고 있었다.

올라온 격류가 지금 '영웅'에게 도달했다.

빛나는 윤곽이 부풀어간다. 사람 모습은 그대로인 채, 올려다보아야 하는 거인으로 커져간다. 땅울림이 더욱 격렬해지더니 바닥이 갈라지고, 묘지의 벽과 천장에서 파편이 떨어지기 시작했다.

"키리크, 그만둬!"

애시는 외쳤지만 이제 그 자리에서 한 발자국도 움직일 수 없었다. 가까이 다가갈 수가 없었다. '영웅'을 감싼, 눈에는 보이지 않는 강렬한 힘의 원이 시시각각으로 확대되어간다. 어느 틈엔가 유리는 엉거주춤한 자세를 취한 채, 거센 바람에 떠밀리는 것처럼 소리를 내며 진동하는 바닥 위를 미끄러져, 조금씩 엘름의 묘소 입구로 물러나고 있었다. 애시 역시 그 자리에 머물러 있지 못하고 뒤쪽으로 크게 비틀거렸다.

"소라! 어디 있어?"

비명 같은 유리의 부름에 대답하는 목소리는 없다. 유리는 떠밀려간다. 수호의 법의가 세차게 날려서 등뒤에서 펄럭인다. 법의의 단추가 떨어져나갈 것만 같다. 돌풍이 아니다. 자연스런 공기의 흐름이 아니다. 힘의 격류가 유리를, 애시를, 이 자리에 있는 불순물을 전부 한데 모아 휩쓸어버리려 하고 있다.

"아아아, 난 이제 안 되겠어!"

으악, 하고 비통하게 외치며 아쥬가 유리의 옷깃 언저리에서 떨어져 날아갔다. 얼른 그를 잡으려고 몸을 움직인 유리는 힘에 압도되어 공중제비를 돌아 바닥에 쓰러졌다. 그대로 힘에 휩쓸려가려는 유리의 발목을, 애시의 손이 붙잡았다. 그는 검을 바닥에 꽂아넣고 한 손으로 붙들고 있었다.

"붙잡아!" 하고 빈손을 내민다. 유리의 손이 닿지 않는다.

다음 순간이었다. 모든 것이 정지했다.

힘의 흐름이 멎었다. 땅울림이 멈췄다. 묘소에 가득 찬 빛이 뒤로 물러났다.

유리는 얼굴을 들었다. 애시도 머리를 한 번 흔들고 상반신을 세웠다.

그리고 두 사람은 보았다.

'영웅'은 묘소의 천장까지 닿을 정도로 커져 있었다. 사람의 형태는 잃지 않았다. 아니, 한층 더 인간다워졌다.

밋밋했던 그 얼굴에, 한 쌍의 눈이 생겨나 있었다.

눈동자는 없다. 흰자위와 검은자위도 없다. 그저 눈의 형태를 띠고 있을 뿐인, 뻥 뚫린 칠흑의 어둠이었다. 그것은 어둠이면서도 '영웅'의 몸 전체보다 훨씬 강하고 자랑스러운 듯한 빛을 뿜어내고 있다.

그 안에는 새로운 힘이 가득 차 있다.

"여기 봉인되어 있던 건."

애시가 한탄하듯 잠긴 목소리로 말했다.

"키리크, 너의 눈이었냐?"

'영웅'은 그것을 되찾았다. 이제 '영웅'은 키리크의 눈동자로 헤이틀랜드를, 이 '테두리'를 조망할 수 있는 힘을 회복했다.

혼이 나간 것처럼 유리는 다시 넋을 잃고 쳐다보았다. 저 눈. 저 새카만 빛. 저것을 통해 보는 '테두리'는 어떤 모습일까.

—보잘것없이 작은, 내 씨앗이여.

'영웅'의 말이 마음속으로 들려왔다.

—거기 있었느냐.

눈을 깜박이고 유리는 제정신으로 돌아왔다. 무슨 소리지? 누굴 말하는 거지?

우리 이야기가 아니다.

소라였다. 쓰러진 유리와 애시를 앞질러 소라가 비틀비틀 '영웅'에게 다가간다. 무명승의 검은 옷이 흐트러져서 야윈 어깨가 드러나 있다.

곤드레만드레 취한 것처럼 갈지자걸음이다. 한 걸음 나아간

후 무릎이 꺾이고, 자세를 바로잡나 싶더니 다시 휘청거린다. 하지만 소라는 멈추지 않는다. '영웅'에게 빨려들듯 걸어간다.

"소라, 그만둬! 멈춰!"

외치는 유리에게 눈길도 주지 않고 소라는 비틀대며 '영웅'의 몸이 두른 오라 같은 빛 속으로 발을 내딛었다.

거기서 양 무릎을 털썩 꿇고 넙죽 엎드렸다.

소라의 야윈 몸을 '영웅'의 빛이 비추었다.

유리는 숨을 멈추었다. 심장 고동마저 멎었다. 모든 것이 멈췄다.

그런 바보 같은.

믿을 수 없어.

이런, 이런 일이 있을 리 없어.

'영웅'의 오라 속에서 소라는 다른 것으로 변해간다.

검은 옷이 오라에 녹아서 사라졌다. 민머리가 눈부신 빛에 삼켜진다. 오랜 여행에 닳은 가죽 샌들도 사라져서, 툭 불거진 복사뼈 부분이 한순간 유리의 눈에 비친다.

모습이 변한다. 옷차림이 변해간다.

소라는 완전히 사라졌다.

거기 넙죽 엎드려 있는 것은 모리사키 히로키였다.

유리의 오빠, 유리코의 오빠였다.

유리는 소리도 내지 못하고 입가에 손을 댔다.

모리사키 히로키가 고개를 들었다. 그 등, 그 다리, 그 목덜미. 교복 차림이다. 오빠가 좋아하던 운동화. 신발 바닥이 더러워져 있다. 피다. 모리사키 히로키는 친구의 몸에서 피를 흐르게 했다. 그 피를 짓밟고 도망쳤다.

뒤돌아보지 마. 유리는 마음속으로 외쳤다. 나한테 얼굴을 보이지 마.

모리사키 히로키가 뒤돌아보았다. 그 뺨은 눈물로 젖어 있었다. 그의 떨리는 입가가 하나의 이름을 불렀다.

"—유리코."

땅을 뒤흔들며 다시 묘소의 천장과 벽을 뒤흔드는 웃음소리가 터져나왔다.

'영웅'이 웃고 있다.

황의를 입은 왕이 웃고 있다.

—내 그릇의 찌꺼기를 원한다면, 주마!

웃음소리가 높아지고, 높아지고, 더 높아진다. '영웅'의 빛이 강해지고, 강해지고, 더 강해진다.

"싫어어어어!"

유리가 절규했을 때, 모리사키 히로키가 일어섰다.

한순간 이쪽으로 오는가 싶었다. 유리의 곁으로 달려오는가 싶었다.

하지만 아니었다. 히로키는 눈물에 젖은 얼굴을 유리에게로

향했을 뿐이었다. 갑자기 아주 잠깐 동안 유리를 쳐다보았을 뿐
이었다.

"미안해."

오빠 목소리가 들렸다. 틀림없이 오빠 목소리였다. 오빠의 말
이었다.

잘 있어.

유리에게 흔들려는 손, 그 손도 피에 젖어 있었다.

그리고 히로키는 몸을 돌려 '영웅'에게 달려가더니 머리부터
그 거대한 모습 속으로 파고들었다. 증발하듯이 히로키는 사라
졌다. 삼켜졌다. '영웅' 속으로. 황의를 입은 왕 속으로.

'영웅'이 내지르는 승리의 함성과도 같은 웃음소리에, 이번에
는 정말로 묘소가 붕괴되기 시작한다.

"싫어! 오빠! 싫어, 싫어, 싫어!"

애시가 뒤쫓아가려는 유리에게 달려들었다. 솟아오른 바닥이
갈라져서 튀어나가고, 벽이 무너진다.

'영웅'이 위로 떠오른다. 묘소에서 날아가버리려 한다. 그 힘
과 빛에 유리와 애시도 빨려들어간다.

"문장을 사용해!"

큰 소리로 울면서 계속 오빠를 부르는 유리의 귀에는 아무 말
도 들리지 않았다. 애시가 유리의 손을 잡고 이마에 꽉 눌렀다.

'영웅'이 날아간다. 그리고 묘소의 천장이 산산이 부서져 떨어

지기 직전에 두 사람의 모습도 그 자리에서 사라졌다.

어둠에 감싸인다. 엄청나게 거대한 인력에서 가까스로 벗어나 유리와 애시는 허공 속을 날아간다. 멀어져가는 힘의 거대함과 아름다움, 반짝임. 어둠 속에 꼬리를 끌며 헤어진다. 유리에게서 떠나가는 혜성.

저기에 오빠가 있는데.

허공을 날아가는 유리의 머릿속에 오빠의 기억이 되살아난다. 차례차례 나타난다. 웃는 얼굴. 타이르는 얼굴. 화난 얼굴. 걱정하는 얼굴.

잘 있어.

단 하나뿐인 오빠. 어떻게 그런 말을 할 수 있을까. 찾고 또 찾고, 만나고 싶어서 쫓아왔는데.

계속 같이 있었는데. 왜 알아차리지 못했을까.

어째서 알아차려주지 못했을까.

온몸에 충격이 스쳐 지나갔다. 애시에게 안긴 채 유리는 허공을 날아 지면에 내려섰다.

'이름 없는 땅'이다. 돌아왔다. 미노치 이치로의 서재에서 처음 날아왔을 때와 같은 장소다.

유리는 버둥대며 몸을 일으켰다. 무턱대고 머리를 흔들다 저 너머에 불이 켜진 만서전 쪽으로 몸을 돌린다.

보였다. 찾았다! 검은 옷을 입은 무명승 하나가 쓰러질 듯 비척거리며, 발이 미끄러져 무릎을 꿇었다가도 다시 일어서서 서둘러 만서전으로 달려간다.

"오빠! 소라!"

유리도 달리기 시작했다. 반쯤 벗겨진 수호의 법의가 몸에 들러붙어 거추장스럽다. 미끄러져서 구르고 넘어져도 끊임없이 오빠를 부르면서 유리는 필사적으로 쫓아갔다.

만서전으로 향하는 무명승은 뒤돌아보지 않는다. 달리고, 달리고, 달린다. 유리에게서 도망쳐간다.

더이상 모리사키 히로키가 아닌 걸까.

이제 소라도 아닌 걸까.

"기다려! 기다려!"

따라잡을 수 없다. 무명승의 모습이 만서전 안으로 사라졌다.

그래도 유리는 달리려고 했다. 만서전을 샅샅이 뒤져서 찾아내자. 반드시 데리고 나갈 수 있다. 그리고 함께 돌아가는 거다.

하지만 피곤에 지친 유리의 다리는 더이상 그녀의 의지를 따를 수 없었다. 비틀거리다 푹 고꾸라지며 쓰러지고, 일어났다가 다시 쓰러졌다. 드문드문 자란 풀을 붙잡고 쥐어뜯으면서 필사적으로 일어서려고 하자, 애시의 손이 유리의 어깨를 눌렀다.

"소용없어. 포기해."

떨면서 이를 깨물고 유리는 그를 돌아보았다. 온 힘을 다해 어금니를 깨물지 않으면 당장이라도 애시의 숨통을 물고 늘어질 것만 같았다. 그만큼 화가 났다. 원망하고 있었다.

"저 녀석은 완전한 무명승이 됐어. 널 기억하지 못해. 모리사키 히로키라는 '개체'는 한 조각도 남아 있지 않아."

저 녀석은 이제 더이상 어느 누구도 아니야.

"그 편이 나아. 낫다고."

생각하기도 전에 먼저 손이 나갔다. 유리는 손바닥으로 애시의 뺨을 때렸다.

애시는 눈도 깜박하지 않았다.

"알고 있었어." 유리는 말했다. "당신은 알고 있었어. 알고 있었으면서."

그래서 애시는 소라에게 차가웠던 것이다.

"어째서 안 가르쳐준 거야."

"가르쳐줬다면, 믿었을까? 이해했을까?"

애시가 조용히 고개를 저었다.

"너나 그 녀석이나 믿지 않았겠지. 자기 스스로 진실에 직면할 때까지 내 말 같은 건 믿지 않았을 거야."

애시가 옳다. 분하지만 애시는 항상 옳다. 유리는 다시 한번 그를 때리려다가 손에서 힘이 빠졌다.

눈물이 흘러 넘쳤다. 지금까지 몇 번이나 울었다. 울보라고 애시에게 비웃음을 받았다. 하지만 이런 눈물은 아니었다. 눈물 때문에 자신이 불타오르는 것 같다.

"네가 소라라고 이름 붙인 무명승은 미숙한 무명승이었어."

애시는 주저앉은 채 우는 유리 곁에 한쪽 무릎을 꿇었다. 그의 머리카락은 엉망으로 흐트러지고, 볼이 움푹 들어간 얼굴도 머리카락과 마찬가지로 재를 뒤집어쓴 듯 하얘져 있었다.

"그리고 '미숙한 무명승'은 '이름 없는 땅'과 '테두리'에 지극히 위험한 존재야."

그래서 방치해둘 수 없다.

"누군가가 정화하지 않으면 안 돼." 애시는 말을 이었다. "네 문장은 그러기 위한 것이었어. 네 여행은 그러기 위한 여행이었던 거야."

일어서렴 — 하고 애시가 유리에게 손을 내밀었다.

"만서전으로 가자. 대가람에 가면 너 자신의 눈으로, 네가 무엇을 해냈는지 모두 알 수 있어."

14장
진실

'이름 없는 땅'에 찾아든 깊은 밤에 대가람은 고요에 빠져 있었다. 횃불의 불빛도 유리가 이곳을 떠났을 때보다 음울하게 그늘진 것처럼 보인다.

처음으로 방문했을 때 투기장 같다고 생각했던 원형 무대의 중앙에서 대승정이 기다리고 있었다. 『영웅의 서』—『공허의 서』를 담은 궤도 가져다놓았다. 그 곁에 네 명의 수행 무명승이 대기하고 있었다.

그들은 유리의 모습을 보자 그 자리에서 바로 검은 옷자락을 걷어올리고 엎드렸다.

유리는 비틀대면서 무대 중앙으로 걸어갔다. 무수히 많은 문자가 새겨진 궤로 다가갔다. 자신의 눈이 무엇을 보고 있는지, 자신의 발이 어디를 밟고 있는지 감각이 느껴지지 않는다. 거리감조차 잃어버렸다.

애시가 유리의 어깨를 잡아 멈춰 세웠다. 자신도 발을 멈추고 아주 잠깐 동안 호흡을 가다듬듯 뜸을 들이다 무명승들에게 말했다.

"돌아왔습니다."

대승정이 얼굴을 들었다. 애시를 쳐다본 후 유리에게로 눈길을 옮긴다.

"기다리고 있었습니다."

깊이 주름 잡힌 눈가는 말라 있었다. 유리의 울음 섞인 얼굴을 봤을 텐데도 그 눈동자는 아무 말도 걸어오지 않는다. 위로도, 사죄도 없다.

그저 깊기만 하고 어둠처럼 검은 눈동자.

"'인을 받은 자'여, 부디 궤로 다가서주십시오."

대승정이 재촉해도 유리는 움직일 수 없었다. 몸이 하나의 모래주머니이고, 밑바닥에 구멍이 뚫려 조금씩 모래가 빠져나가 텅 비어가는 듯한 기분이 들었다.

"네 문장이 역할을 다해서, 있어야 할 곳으로 돌아가는 거야. 『공허의 서』를 덮기 위해 필요한 의식이야. 앞으로 나아가."

애시의 목소리는 부드러워서, 명령이 아니라 부탁을 하는 것 같았다.

유리는 휘청거리며 앞으로 나섰다. 대승정이 몸을 일으키고 무릎걸음으로 궤에 다가가 한 번 절을 했다. 네 명의 무명승이 제각기 궤의 모서리에 서서 뚜껑을 열었다.

대승정이 정중한 손놀림으로 『공허의 서』를 꺼냈다. 그리고 다시 무릎걸음으로 궤에서 멀어지더니, 『공허의 서』를 유리의 눈앞에 내밀어 보였다.

"보십시오."

유리는 눈을 깜박였다.

『공허의 서』 표지에는 유리의 이마에 있는 인과 똑같은 문장이 희미하게 떠올라 있었다. 색깔이 연하고 엉성한데다 희끗희끗했다. 군데군데 끊어져 있다. 마치 잉크가 다 떨어진 만년필을 억지로 문질러 그린 것 같았다.

"손으로 들어주십시오."

대승정이 말하는 대로 유리는 양손으로 『공허의 서』를 받쳐들었다. 유리의 손은 언덕의 흙으로 더러웠고, 손톱 밑에도 진흙이 끼어 있었다.

『공허의 서』는 가벼웠다. 무게가 거의 느껴지지 않을 뿐 아니라, 실체감이 없었다.

유리의 이마에 있는 문장이 하얀빛을 발하기 시작했다. 놀라서 머리를 움직이자, 대승정이 제지했다.

"그대로 계십시오. 문장이 떠나고 있습니다."

이마의 문장이 발하는 빛은 점점 강해져서 손에 든 『공허의 서』에까지 다다랐다. 그러자 『공허의 서』 표지의 희끗희끗한 문장이 빛을 빨아들여 진해지기 시작했다. 처음에는 주위의 원이, 다음에는 세부가 점점 뚜렷하게 떠오르고 선이 굵어지더니 빛을 발하기 시작했다.

이마의 문장이 옮겨가는 것이다. 유리는 눈을 조금 크게 뜨고 문장의 힘이 이동하는 모습을 지켜보았다. 유리에게서 빠져나와 『공허의 서』로 돌아가는 빛은 눈부시지도 뜨겁지도 않고, 오로지,

— 맑다.

유리는 그렇게 생각했다.

이윽고 『공허의 서』의 문장이 모두 완성되자, 유리의 이마에서 뿜어져나오던 빛은 사라졌다. 그 순간 아주 잠시 『공허의 서』에 약간의 무게와 온기가 깃들었다.

그러자 이번에는 표지의 문장도 사라지기 시작했다. 그냥 사라지는 것이 아니라, 『공허의 서』 안으로 빨려들듯이 사라졌다.

힘이, 빛이, 『공허의 서』에 스며들어간다.

표지에서도 문장이 사라져 여기저기에 밝혀진 횃불 빛만이 대가람 안을 비추었다.

대승정이 유리의 손에서 『공허의 서』를 살짝 들어올렸다. 엄숙히 상자 속에 원래대로 집어넣는다.

네 명의 무명승이 궤의 뚜껑을 닫더니 머리를 다시 한번 숙이

고 나서, 네 귀퉁이의 고리에 금색 봉을 넣어 짊어졌다. 발소리
조차 내지 않고 검은 옷자락으로 바닥을 쓸며 대가람을 나갔다.

"어디에…… 보관하는 거죠?"

오랫동안 말을 잊은 듯 잠자코 있었는데도, 아까 그렇게 울며
소리를 질렀는데도 유리의 목소리는 잠겨 있지 않았다.

"만서전 깊은 곳에" 하고 대승정은 대답했다. "다시 봉인하는
그때까지 저희가 지키겠습니다."

애시는 다리를 모으고 가볍게 고개를 숙였다. 대승정은 깊숙
이 고개를 숙여 그에 답했다.

유리는 이마에 손을 대어보았다. 매끈매끈하다. 이제 손가락
을 비추는 하얀빛은 존재하지 않는다.

문장은 유리를 떠났다.

"무엇부터 듣고 싶어?"

바로 고친 자세로 애시는 유리 쪽을 향했다. 징을 박은 부츠가
금속음을 낸다.

대승정도 일어서더니 스르르 물러나서 애시 옆에 나란히 섰
다.

"무엇부터라니……"

몸이 또 휘청거렸다. 모래주머니가 이제 거의 텅 비었다.

"모르는 일투성이인걸요."

알고 있는 것은 소라는 더이상 없다는 사실뿐. 소라가 오빠였

다는 사실뿐.

나는 그걸 알아차리지 못할 정도로 어리석었다는 사실뿐.

애시가 갑자기 대가람의 천장을 올려다보았다. 대승정도 따라한다.

종소리가 울려퍼지기 시작했다. 한 번 치고는 한 번 쉬고, 다음에는 두 번 치고 한 번 쉰다. 그런 식으로 세 번 반복하더니 멎었다.

대가람 안에 종소리의 여운이 떠돌았다.

"뭘 알리는 종소리예요?"

"이건 제3의 종이야."

종소리의 여운을 맛보듯이 가볍게 고개를 기울이고 눈을 감은 애시가 대답했다.

"문이 닫힌 걸 알리고 있어."

"만서전의 문?"

유리가 되묻자 애시는 눈을 뜨고 가볍게 고개를 저었다.

"이 '문'에는 다른 의미가 있거든."

그 말에는 유리의 기억 속 깊은 곳을 간질이는 뭔가가 있었다. 어딘가에서 이상한 형태로 '문'이라는 말이 사용되는 걸 들은 적 있는 것 같다.

애시는 유리의 얼굴을 보고 있었다. 그가 언제나 기분 나쁠 정도로 눈치가 빨랐던 것은 유리가 모르는 사실을 알고 있었기 때문이고, 유리에게 감추는 사실이 있었기 때문이다. 그래서 항상 손쉽게 앞질러 갈 수 있었다. 하지만 지금은 정말로 유리의 마음속을 읽은 것 같았다.

"들은 적 있어요, 그 '문'을."

"그렇겠지. 나도 기억하고 있어."

고개를 끄덕이더니 애시는 차려 자세를 풀고 한쪽 다리를 편하게 했다. 자기 자신에 대한 야유나 냉소라고도 받아들일 수 있는 딱딱한 웃음이 그 뺨을 획 스쳐갔다.

"그 자리에서 네가 그게 무슨 의미냐고 물었을 땐 뭐라고 얼버무릴지 생각하기 바빴어."

언제였더라. 유리는 멍하니 사고의 끈을 따라가다 금방 지치고 말았다.

"그냥 처음부터 이야기하자. 길어질 거야. 앉지 않으면 피곤할 텐데."

유리는 그 자리에 털썩 주저앉아 팔로 무릎을 감쌌다. 이제 어디로도 움직이기 싫다.

그러자 대승정이 다가와 소리도 없이 유리 곁에 앉았다. 그것은 마치, 뭔가 하잘것없는 이유로 부모님에게 야단맞고 토라져 있는 손녀를 달래는 할아버지처럼 친근하고 다정한 동작이었다.

그런 할아버지와 현재 대승정의 단 한 가지 차이점은, 그가 검은 옷자락을 무릎 아래에 끼워넣고 정좌하고 있다는 것뿐이다.

"필시 화가 나셨겠지요."

눈은 계속 마른 채였지만, 목소리는 약간 젖어 있었다.

"용서해달라고는 말씀드리지 않겠습니다. 저희는 모든 걸 알고서 당신을 보냈습니다. 당신에게는 거짓말과 비밀을 짊어지게 하고, 진실은 멋대로 이쪽에서 맡아둔 후에."

신기했다. 화가 나지 않는다. 아까까지는 그렇게 미친 듯이 분노가 치솟았는데, 오히려 지금은 대승정에게 안겨 울고 싶어지는 것은 어째서일까.

"'영웅'의 파옥에는 '최후의 그릇'이 될 인간이 필요해."

일부러 그러는 것이리라. 유리와 마주하지 않고, 옆얼굴을 보이며 애시는 이야기하기 시작했다.

"'영웅'을 이야기의 흐름에 싣고 다시 이 땅에 불러들여 봉인하기 위해서는, '영웅'에게 빨려들어간 '최후의 그릇'의 힘을 덜어내야 해. 그 일은 '최후의 그릇'과 똑같은 피를 지닌 '인을 받은 자'밖에 할 수 없어."

'최후의 그릇'에는 그 올 캐스터의 목소리밖에 통하지 않기 때문이다. 목소리가 통하지 않으면 문장의 힘도 '영웅'에게 미치지 못한다.

"그리하여 올 캐스터는 '영웅'을, '황의를 입은 왕'을 뒤쫓는 자가 되지."

그리고 '영웅'의 파옥에 의해 『공허의 서』가 된 『영웅의 서』의 표지에는, 추적자가 된 올 캐스터의 이마에 있는 인과 똑같은 문장이 떠오른다.

"올 캐스터가 순조롭게 '영웅'을 따라잡아 '최후의 그릇'을 해방시키고 이곳으로 돌아오면, 이마의 인은 표지의 문장과 하나가 되고 『공허의 서』는 『영웅의 서』로 돌아와."

그 표지에는 '영웅'의 인이 떠올라 빛을 뿜어낸다고 애시는 말했다.

"여기까지는 모두 진실, 네가 여행을 떠나기 전에 들은 이야기 그대로야."

살짝 손을 펼치며 애시는 동의를 구하듯이 유리를 보았다.

유리는 고개를 끄덕였다. "저는 이제껏 그렇게 생각하고 여행을 했어요."

옆에서 대승정이 얼굴을 숙였다.

"하지만 말이야, 드물게—극히 드문 일이기는 하지만 이 절차대로 되지 않을 때가 있어."

말을 끊더니 말투를 바꾸어 애시는 유리에게 질문했다. "'영웅'에게 매료되어 영웅의 것이 된 '그릇'들은 그후에 어떻게 될 것 같아?"

의미를 모르겠다.

"그건…… '영웅'에게 빨려들어가잖아요? 에너지로 사용되고 말잖아요?"

"그래. 그리고 '영웅'과 일체화되어 그 일부가 되지."

인간이 '그릇'이 되기 위한 조건은 커다란 분노를 지니고 있을 것—그 분노를 발산하고 싶다는 강한 욕망을 품고 있을 것. 그 욕망이 이끄는 대로 '영웅'을 바라며 기다리고 있기 때문에 비로소 매료되는 것이다.

하지만 '그릇'이 '영웅'에게 삼켜진 후에는 아무것도 남지 않는다. 그 사람을 부추긴 분노마저도.

"다만, '최후의 그릇'은 좀 달라."

'최후의 그릇'은 소환자이기도 하니까, 하고 애시가 말을 이었다.

"소환자는 '영웅'을 불러내는 자. '영웅'에게 형상을 부여하는 자야. 그건 즉, '영웅'에게 가담한다는 말이지."

그것은 죄라고 애시는 말했다.

"사람으로서 '그릇'의 실체는 사라져도 그 사람이 저지른 죄는 남아. 그것이 어떤 형태가 될 것 같아?"

생각할 필요도 거의 없었다. 멍하니 초점을 잃은 채, 유리의 마음속에서 여행을 시작할 때부터 간직하고 있던 의문이 풀렸다.

"……무명승."

애시는 고개를 크게 끄덕였다.

"'최후의 그릇'은 전부, 한 사람의 예외도 없이 무명승으로 변해. 그리고 이 땅에서 자신의 죄를 갚지."

그곳에 남아 있는 것은 죄뿐이다. 개체로서의 마음, 모습, 생각은 이미 없다. 그래서 무명승들은 모두 같은 모습에 자기 자신이라는 것을 상실한 상태다.

오직 죄가 형태를 이룬 존재다. 하나이자 만, 만이자 하나.

그것이 무명승의 정체였다.

하지만— 하고 애시는 발을 바꿔 디디며 유리에게 등을 돌렸다.

"아까도 말한 것처럼 '최후의 그릇'에 드물게 사고가 일어날 때가 있어."

절차대로 되지 않을 때가 있다.

"그건 아마도 '최후의 그릇'이 파옥한 '영웅'과 소환자로서 마주할 기회가 있기 때문이 아닐까, 라고 추정하고 있지."

한순간이긴 하지만 영웅이 지닌 모든 기억, 모든 힘과 접촉할 수 있는 '최후의 그릇'은, 그 순간 다른 '그릇'들과 '늑대'들조차 도달하지 못한 경지에 다다르게 된다.

거기서 심원한 비밀을 접하고, 통찰을 얻는다.

순환하는 이야기의 힘. '테두리'를 다스리는 근원의 힘. '영웅'을 존재하게끔 하는 인간의 바람.

그와 동시에 '영웅'이 지닌 불의의 측면인 '황의를 입은 왕'의 위협, 헤아릴 수 없는 파괴의 욕망도 전부 바라보고, 모든 것을 알게 된다.

"그것이 '최후의 그릇' 속에 자신이 저지른 일에 대한 깊은 후회를 만들어냈을 때—"

'미숙한 무명승'이 태어난다고 애시는 말했다.

"미숙해도 무명승은 무명승이니까, 개인으로서의 기억과 겉모습은 잃지. 다만 완전히 잃은 건 아니야. 일시적으로 잊어버린 것뿐이지."

"오빠가, 소라가 그랬다는 거예요?" 유리의 목소리는 스스로 생각한 것 이상으로 날카롭고 뾰족했다. "아까 언덕 위에서도 그랬죠? '미숙한 무명승'이라고."

뒤로 돌아서더니 애시는 유리의 눈을 보고 고개를 끄덕였다.

"하지만 이상해요. 소라는 다른걸요."

이상해요! 되풀이하는 유리의 목소리가 한층 높게 튀어올랐다.

"소라는 말했어요. 제가 여기를 방문하기를 기다리고 있었다고. 제1의 종소리를 들었을 때, 마음이 움직였다고요."

그때 소라의 가슴 깊은 곳, 완전히 '무'였던 곳에 마음이 생긴 것이다. 잊은 것을 떠올린 것이 아니라—

아니, 떠올린 걸까.

"제1의 종소리를 들었을 때, 그 녀석 안에 마음이 생긴 게 아니야. 남아 있던 마음의 조각이 눈을 뜬 거지. 아주 조그매서, 그것만으로는 너무나도 불완전한 조각이 말이야."

숨쉬기가 힘들어져서 유리는 가슴을 눌렀다.

"하지만 그때까지 깨닫지 못했나요? 자신에게는 마음이 남아 있다는 걸요. 무명승이란 이런 게 아니라고, 소라는, 오빠는 스스로 의식할 수 없었나요? 무엇보다도 자신이 언제부터 '이름 없는 땅'에 있었는지 알고 있으면 —"

퍼뜩 깨달았다.

'이름 없는 땅'에 시간의 흐름은 없다.

"그 녀석 역시 진실은 몰랐어. 자신이 일찍이 누구였는지 잊고 있었지. 하지만 이 땅을 방문한 너와 함께 여행을 떠나야 한다는 사실은 알고 있었어. 그 녀석은 널 따라가기를 스스로 원했어. 그건 소라가 나름대로 자신을 청산하려고 한 의지의 표시야."

비록 본인이 그렇다고 깨닫지 못했더라도.

"'미숙한 무명승'은 위험한 존재야" 하고 애시는 이야기를 계속했다. "'영웅'과도 접촉하고 있고, '황의를 입은 왕'과도 접촉하고 있지. '최후의 그릇'으로서 마음 한 조각을 유지하고 있는 탓에, 어중간한 형태로 계속 '영웅'과 이어져 있는 거야."

줄곧 입을 다물고 있던 대승정이 나지막하고 온화하게 말했다.

"이른바 '황인'이 찍힌 무명승이라고 할까요."

유리는 대승정을 말끄러미 쳐다보았다. 분명 그것은 지금의 유리가 가장 이해하기 쉬운 표현이었다.

"그래서 정화해야만 해."

그래서 소라는 유리의 시종이 되었다. 대승정은 소라를 이 땅
에서 추방했다. 이자를 데리고 가달라고 했다.

"문장 곁에 있으면 정화된다는 말이죠? 아쥬가 그랬던 것처
럼."

애시는 고개를 저었다. "'미숙한 무명승'의 경우는 책처럼 정
화되진 않아. 그냥 문장 곁에 있다고 해서 '황인'이 엷어질 수는
없어."

소환자가 파옥을 일으킨 순간과 마찬가지로 다시 한번 '영웅'
과, '황의를 입은 왕'과 가까이에서 마주하지 않으면 안 된다. 그
렇게 함으로써 '최후의 그릇'은 그 순간 이전의 자기 모습을 되
찾는다.

"되찾은 후에 그 존재를 다시금 '영웅'에게 내던져야 해."

어중간하게 '영웅'과 이어져 있던 '미숙한 무명승'은 '영웅'의
사역마나 마찬가지이기 때문이다. 본체로 회수시키지 않으면 아
무리 쓰러뜨려도 되살아난다. 정화할 수도 없다.

"그렇기 때문에 위험한 존재야. '미숙한 무명승'은 '영웅'이
'테두리'에, '이름 없는 땅'에 심은 '악한 씨앗'이라고도 불리지."

자신의 사역마를 즉, 악한 씨앗을 통해 '영웅'이 '테두리' 안
과 '이름 없는 땅'에 직접적으로 영향을 미칠 수 있게 되기 때문

이라고 한다.

"그걸 정화해서, '미숙한 무명승'을 진짜 무명승으로 바꾸는 일 또한, 그 '최후의 그릇'에 대응하는 '인을 받은 자'밖에 할 수 없는 중요한 임무야."

너는 그것을 해냈어.

"네 여행은 처음부터 그런 목적을 지닌 여행이었어. 아니, 소라가 나타났을 때 목적이 '영웅'의 재봉인에서 그쪽으로 바뀌었다고 해야겠지."

아무도 네게 진실을 가르쳐주지는 않았지만.

"'악한 씨앗'을 제거하는 건, '영웅'의 힘을 덜어내 이 땅으로 되돌리는 것과 마찬가지로 중요한 일이야. 소라를, 모리사키 히로키를 정화하는 건 네가 아니고서는 불가능한 일이었어."

"내가 그 역할을 제대로 해내도록 하기 위해."

어느 틈엔가 유리는 이를 꽉 깨물고 있었다. 주먹을 불끈 쥐고 있었다.

"진실을 말하지 않고 잠자코 있었군요. 날 속였어요!"

유리가 외치는 소리에 고개를 떨어뜨린 대승정을 감싸듯이 애시가 다가와서 몸을 숙이고 앉았다.

"대승정을 나무라지 마. 애당초 그들은 흉조를 보기까지는 이 파옥으로 '미숙한 무명승'이 생겨났다는 것 자체를 몰랐으니까."

"흉조?"

대승정이 눈을 들더니 끔벅끔벅하며 말했다. "궤를 열어 『공허의 서』를 꺼냈을 때, 그 표지에 올 캐스터의 문장이 떠오르지 않았다는 것이 바로 흉조입니다."

그것이 불완전한 무명승이 존재함을 알리는 표시이다.

"그래서 그때, 그렇게 놀랐군요."

얼마나……라고 신음하다 대승정은 말문이 막혔다.

소라가 나타나자 더 경악하고 두려워했다. 허둥거렸다. 다른 수많은 무명승들과 똑같은 모습이지만, 그들보다 어린 듯이 보이는 소라.

완전한 무명승이 되지 못한 무명승.

"일의 중대함에 놀란 것만이 아니야. 대승정은 널 위해서 슬퍼하고 있었어. 네 여행이 '영웅'의 재봉인을 위한 여행이 아니라는 사실을 알았으니까."

"하지만, 어째서요?"

유리는 소리를 지르지 않고서는 견딜 수가 없었다. 대승정의 옷을 붙잡아 확 끌어당기고, 애시의 엄숙한 얼굴을 올려다보며 말했다.

"어째서 그 자리에서 내게 가르쳐주지 않았죠? 가르쳐줬다면."

"네가 어떻게 했으리라는 거지?"

"다른 방법을 생각했겠죠!"

"어떤 방법? 선택의 여지는 없어."

"있을지도 모르잖아요!"

이번에는 애시의 망토 깃을 잡고 흔들었다.

"난, 오빠를…… 소라를 데리고 돌아갔었어요. 집에 데리고 돌아갔었다고요!"

"소라는 네 오빠가 아니야. 겉모습도 달랐잖아."

"그래도 원래는 오빠였던 사람이니까!"

일부러 다시 '영웅'에게 접근해서 정화시킬 필요 따위 없다. 제거하다니, 그런 심한 짓을.

"오빠가 '미숙한 무명승'이 된 건 자신이 한 짓을 후회했기 때문이죠? 『엘름의 서』에 매료된 걸 후회했기 때문이죠? 그렇다면 난, 용서할 거예요."

단 하나의 오빠인걸.

"유리."

애시가 고개를 젓자 백발이 섞인 앞머리가 이마에 드리웠다. 그러자 그가 갑자기 늙어 보였다. 아니, 지쳤는지도 모르겠다.

"'미숙한 무명승'은 위험한 존재라고 했지? '테두리'에 데리고 돌아가면 생각하기도 끔찍한 일이 생겨."

"어째서요? 집에 돌아가서 아빠 엄마를 만나면, 지금까지의 삶 속으로 돌아가면, 모리사키 히로키의 기억이 모두 되살아나서 원래대로 돌아왔을지도 모르잖아!"

돌아올 수 없다고 대승정이 나지막하게 말했다.

"돌아올 수 없습니다, 유리 님."

사역마는 사역마일 뿐이다. 정화되지 않는 한 다른 무엇으로도 바뀌지 않는다.

"'악한 씨앗'은 '문'으로도 불려."

애시의 말에 유리는 흠칫했다.

"'영웅'이 그곳을 통해 힘을 휘두르는 '문' 말이야. 입구라고."

그런 의미인가.

"이 말을 들은 기억이 있다고 했지? 어디서 들었는지 생각해 낼 수 있겠어? 히로키의 학교에 나타난 커다란 눈알 괴물이 촉수로 소라를 붙잡았을 때 말했잖아."

─인형아.

─네가 '문'이었느냐!

"'영웅'이든 '황의를 입은 왕'이든 따지고 들면 다 이야기야. 원래는 눈에 보이지 않는 존재지. 인간에게 깃들어 그 마음을 차지해 조종할 수는 있어도, 실체를 가지고 '테두리'에 나타날 수는 없어."

유리는 바로 반론했다. "하지만 왕도에서 '영웅'은 키리크의 모습을 지니고 있었어요."

키리크의 눈을 되찾았지 않던가.

웬일인지 애시는 미소를 지었다. "그건 헤이틀랜드의 존재 자체도 이야기이기 때문이야. 그건 가상의 나라야. 잊었어?"

유리는 입가에 손을 댔다.

'자아내는 자'가 만든 이야기의 영역 안에서는, 이야기 그 자체인 '영웅'과 '황의를 입은 왕'도 형상을 얻는다.

"'테두리'에서는 그런 재주를 못 부려."

그런데 오빠의 학교 도서실에서는 그런 괴물이 예사롭게 나타났다.

"어째서일 것 같아? 그 자리에 소라가 있었기 때문이야. 커다란 눈알 괴물은 소라를 통해서 나타난 거야."

그래서 '문'이라고 한 것이다.

"네가 여기서 소라를 데리고 돌아가면 '테두리' 안에 그런 괴물이 나타나게 돼. 우글우글 솟아나서 온갖 파괴를 저지르게 되겠지. 그리고 그것을 퇴치하려는 용감한 인간들이 무기를 손에 들고 일어나서 싸움이 시작될 거야."

그것은 같은 것의 양면인, '영웅'과 '황의를 입은 왕'이 '테두리' 안에 나타나는 또 하나의 불길한 현상이다. 아니, 가장 꺼려야 할 현상이라고 애시는 목소리에 힘을 주었다.

"엘미그아르드에서 일어난 것 같은 참사가 '테두리' 안에서, 네 영역에서, 네 나라에서, 네 마을에서, 네 학교에서 일어나는 거야."

네 친한 사람들이 괴물에게 잡아먹히고 괴물로 변하고, 그들을 사랑하는 사람들이 한탄하고 슬퍼하면서 유해를 묻고, 폐허를 방황하며 괴물로 변한 남편과 아내를, 애인, 친구, 형제자매를 몰아붙이고, 죽이고, 불태우지 않으면 안 된다.

"네 마을을 엘미그아르드처럼 만들고 싶어?"

유리는 숨 쉬는 것조차 잊고, 눈앞에 있는 애시와 대승정의 존재도 잊은 채, 자신의 내면으로 파고들었다. 기억 속으로 파고들고 있었다. 카타르할 수도원 터에서 본 것. 엘미그아르드에서 본 광경. 왕궁의 잔해 속에서 죽어 있던 사람들의 모습. 물리치고 또 물리쳐도 어딘가에서 솟아나 덮쳐오던 추악한 괴물들—

그것이 내 세계에서 일어난다.

그것을 몸소 겪지 않았더라면 판단에 망설임은 없었으리라. 만약 대승정이 궤를 열고 흉조를 안 순간 진실을 알려주었다면, 유리는 망설임 없이 소라의 손을 잡고 미노치 이치로의 서재로 돌아갔으리라. 그리고 집으로 돌아갔을 것이다.

그 어떤 말로 위험하다는 사실을 일깨워주어도, 소라를, 오빠를 구하고 싶다는 소원에만 마음을 뺏겨서 다른 건 생각할 수 없었으리라.

"나를 이해시키기 위해,"

중얼거리자 눈물이 한 방울 떨어졌다. 언제 흘러넘쳤는지도 알 수 없는 눈물이었다.

"진실을 숨기고 저를 여행 보내셨군요."

죄송합니다, 하고 대승정이 엎드렸다.

유리가 그쪽으로 얼굴을 돌리자, 또다시 눈물 한 방울이 대승정의 목덜미에 떨어졌다.

"소라는 여행하는 동안 단편적이지만 키리크와 헤이틀랜드를 기억해냈지?"

애시는 알아차리고 있던 걸까.

"기억해내고 불안에 떨었어요."

"이번 파옥은 『엘름의 서』가 열쇠가 됐지. 그래서 '최후의 그릇'인 모리사키 히로키에게는 키리크의 기억이 많이 전해져 있었어. 소라는 그걸 떠올린 거겠지."

"왕도에서, '늑대'인 모건 씨가."

응, 하고 애시는 고개를 끄덕였다.

"당신이 심한 짓을 한다고 나무랐어요. 사정을 짐작하고 있었기 때문이죠?"

애시는 거북한 듯이 시선을 내렸다.

"소라와 함께 절 데려가는 건 불쌍하다고 생각했겠죠."

"녀석은 좋은 놈이니까."

"하지만 지식은 모자라네요."

유리는 스스로도 놀랐다. 비아냥거리는 웃음이 떠올랐기 때문이다.

"제가 가지 않으면 어쩔 도리가 없는데."

"그렇게 말하지는 마." 애시는 말했다. "모건이 날 비난하는 건 당연해. 그리고 널 위로하고 싶어한 것도 당연해. 인간의 마음이 있다면 누구나 그렇게 할 거야."

유리는 떠올렸다. 그때, 대혼란에 빠진 왕도의 한구석에서, 인파에 휩싸이면서 모건은 이렇게 말했다.

— 울어도 되지만, 절망해선 안 돼.

그렇게 하자. 그래서 유리는 뚝뚝 떨어지는 눈물을 그대로 두었다.

"라틀 선생님도 진실을 알고 있었어요?"

애시는 고개를 끄덕였다. 그렇구나. 그래서 선생님은 소라가 유리와 함께 지하 격리 병실로 내려가려는 것을 말린 것이다.

"아쥬는?"

대답이 바로 나오지 않기에 유리는 눈을 들어 애시를 보았다. 그는 얼굴을 찌푸리고 있었다.

유리는 중요한 사실을 떠올렸다.

"카타르할 수도원에서 미노치 씨를 만난 후에, 제가 기절해서."

눈을 뜨자 어쩐지 모두의 분위기가 변해 있었다—

"혹시, 아쥬는 그때 진실을 안 것 아니에요?"

애시는 난처한 듯한 표정으로 작게 숨을 내뱉었다.

"미노치의 정체를 정면에서 확인한 넌 비명을 질렀어."

"예."

"엄청난 비명 소리를 듣고 소라가 지하에까지 달려왔지."

제정신이 아니었다고 한다. 유리가 걱정되어 구하려고 주변 사람들의 제지를 뿌리치고 달려온 것이다.

"그래도 미노치가 있는 감옥까지는 갈 수 없었어. 내가 만류했으니까."

애시의 엄중한 제지를 받고 소라는 뭔가 알아차렸는지도 모른다. 뭔가 예삿일이 아니라고.

"하지만 미노치는 알았어. 소라가 근처에 있다는 걸 알았지. 기척으로 알아차렸겠지. 그럴 가능성이 있었기에 나도 소라를 말렸지만."

조금 늦었다.

"그다음에는 미노치가 소리를 지르기 시작했어."

마도를 깊이 연구해 몸에 채워진 강대한 힘 때문에 그런 이상한 형태가 되어버린 미노치 이치로는, 소라의 일시적인 모습 속에 모리사키 히로키가 있다는 사실을 눈치 챈 것이다.

"미노치가 히로키의 이름을 불렀어. 너에게 모습을 보였을 때와 마찬가지로 완전히 이성을 잃은 상태였지. 울부짖듯이 웃으면서 몇 번이고, 몇 번이고 히로키를 부르더니."

웃으면서 사과했다고 한다. 조리 없는 사과의 말은 이윽고 의미가 통하지 않는 주문의 단편을 이어놓은 것으로 변했고, 미노치는 완전히 제정신을 잃었다고 한다.

다행히 그 목소리는 소라에게는 닿지 않았다. 하지만 아쥬는 거기서 진실을 깨달았다―

불완전한 아운카우이 사전은 몹시 부끄러워하고 동요했다.

"네가 잠들어 있는 동안 모두 모여서 상의했지. 아쥬는 수도 원 책들의 조언도 들었어."

애시는 아쥬에게 이대로 가만히 유리의 곁을 떠나라고 권했다고 한다.

"하지만 아쥬는 마지막까지 널 따라가겠다고 주장했지."

유리가 진실을 알 때 곁에 있고 싶다면서.

따뜻한 눈물이 유리의 볼을 타고 흘러내렸다.

"아쥬는 지금 어디 있을까?"

엘름의 묘소에서 헤어진 게 마지막이었다. 키리크의 눈을 되 찾은 '영웅'의 힘에 날아가버려서.

"작별 인사도 못 했어요."

"걱정하지 마. 내가 꼭 찾아내서 원래대로 돌려놓을게."

책은 죽지 않아―하고 애시는 오랜만에 힘찬 미소를 지었다.

"대승정님."

유리는 법의 소매로 얼굴을 닦고 곁에 있는 늙은 무명승 쪽으로 돌아앉았다.

"무명승의 정체가 '최후의 그릇'이라는 말은, 당신도 일찍이

'최후의 그릇'이었다는 말이죠?"

대승정은 무릎에 손을 얹고 다소곳이 앉은 채 천천히 고개를 끄덕였다.

"시간의 흐름이 없는 이 땅에서는 헤아릴 방법이 없습니다만, 아주 먼 옛날의 일입니다."

"여행을 떠나기 전에 제가 무명승은 도대체 어떤 나쁜 짓을 했느냐고 물었을 때, 대승정님은 이렇게 말씀하셨어요."

ㅡ저희는 일찍이 인간의 몸이었을 적에, 이야기에 살려 한 자들이 영락한 모습입니다.

ㅡ거짓말에 살고, 거짓말을 구현하려는 대죄를 범했습니다.

"그건 어떤 의미죠? '영웅'을 파옥시킨 것 이상으로 깊은 죄인가요?"

이야기에 살려 한 죄라니, 무슨 말일까.

대승정은 대답 없이 조용히 얼굴을 들고 애시 쪽으로 돌아보았다.

"이야기란 뭐지, 유리?" 하고 애시는 반대로 물어왔다.

"'자아내는 자'가 만드는 것. 거짓말이죠."

"'자아내는 자'만이 창작자는 아니야. 인간은 모두 살아감으로써 이야기를 엮어내지."

라틀 선생님도 같은 말을 했다. 인간에게는 그것 말고 살아갈 방법이 없다고.

"그러니까 이야기는 인간이 가는 걸음 뒤에서 따라와야 하는 거야. 인간이 지나간 뒤에 길이 생기도록."

하지만.

"때때로 인간은 '테두리'를 순환하는 이야기 속에서 자기 눈에 화려하게 보이는 것을 선택해, 그 이야기를 앞장세우고 그것을 모방해서 살려고 하는 우를 범하지. '있어야 할 이야기'를 흉내 내려고 하는 거야."

그 '있어야 할 이야기'는 다양한 이름으로 불린다. 때로는 정의. 때로는 승리. 때로는 정복. 때로는 성공.

자신이 가는 길 앞에, 다른 자의 눈에는 보이지 않는 환상의 길을 그리고 나아가려 한다.

그것이 이야기에 살려 한 죄.

"그 교만한 본말전도는 반드시 재앙을 부르지. 그래서 대죄라고 불리는 거야."

'최후의 그릇'이 무명승으로 변해, 영겁의 시간 속에서 계속 갚아야 할 정도의 죄.

"물론 '있어야 할 이야기'에 죄는 없어. 하지만 때때로 '있어야 할 이야기'가 사람들을 유혹한다는 사실을 '자아내는 자'들은 알고 있지. 알고 있으면서도 계속 자아내. 그것이 업이야. 인간의 업이야."

'자아내는 자'들은 자신의 죄를 알든 모르든 상관없이, 한편으로 희망, 선함, 아름다움, 따뜻함, 생명을 축복하고 사람들에게 평안함을 주는 이야기를 자아냄으로써, 겨우 업을 지고 살아가는 것을 용서받는다. 이 땅에서 '죄업의 대륜'을 돌리는 무명승들과 '테두리'에 사는 '자아내는 자'들은, '영웅'과 '황의를 입은 왕'이 그렇듯 한 사물의 표리인 것이다.

이야기의 순환은 인간이 지닌 업의 순환이기도 하다. 애시는 담담히 그렇게 단언했다.

"오빠도 그런 큰 죄를 저질렀다는 거예요?"

유리의 목소리가 다시 떨리기 시작하더니 몸마저 휘청거렸다.

"그렇게까지 못된 일을 오빠가 저질렀어요?"

영웅이 되려 했다—라고 애시는 대답했다. 용맹한 정의의 구현자가 되려고 했다.

그리고 그 수단을 가리지 않았다.

"네 오빠는 친구의 목숨을 뺏었어. 한순간도 주저하지 않고 '테두리'에 사는 같은 인간 아이의 피로 그 손을 더럽혔지."

정의를, 성공을, 승리를 위해.

유리는 소리를 질렀다. "오빠가 맞서 싸운 사람은 정말 나쁜 놈들이었어요! 오빠가 먼저 험한 꼴을 당했다고요! 복수하면 안 되나요?"

"그럼 죽여도 될까? 자신의 독단으로 그렇게 처리해도 돼?"

그것도 싸움이다. '영웅'이, '황의를 입은 왕'이 바라고, '테두리'에 초래하려는 것이다.

"'테두리' 어딘가에서 어린아이 하나가 자기 마음에 들지 않는 사람을 없애려고 무기를 들면, 그것은 결국 '테두리'를 멸망시키는 싸움으로 이어져. '테두리' 안에는 외따로 떨어져 일어나는 현상은 없어."

아침에 한 아이가 아이를 죽이는 세계는, 저녁에 만 명의 군사가 살육을 하기 위해 내닫는 세계와 똑같다.

몇 번이나 들은 말 아닌가. 하나이자 만. 만이자 하나.

이 만이란 만사—세계의 전부, '테두리' 안의 모든 것이라는 의미였다.

"그러면 누가 악을 심판해요? 나쁜 짓을 한 인간을 혼내주면 안 되나요?"

유리의 비명에 가까운 질문의 잔향이 사라질 때까지 애시는 침묵하고 있었다.

그리고 부드럽게 말했다. "그렇기 때문에 인간은 '법'이라는 이야기를 만들어오지 않았니."

인간의 기나긴 걸음 속에서 수많은 실수를 되풀이하고, 희생자를 내고, 한탄의 강을 건너면서도—

"'법'은 인간의 걸음 뒤에 만들어져. 그렇기 때문에 잘못도 있지. 하지만 '법'을 잊은 사람이 제멋대로 사람 앞에 자신의 이야기를 만들어 이야기에 살리려고 한다면, 그건 죄야."

두 팔로 몸을 감싸안고 유리는 울었다.

"오빠를 괴롭힌 선생님이랑 동급생들도 같은 짓을 했어요."

제멋대로의 정의. 제멋대로의 성공이었다.

"맞아, 그래. 그러니 그 녀석들도 죄인이지."

엄연히 죄업을 진 자라고 애시는 말했다. 그 목소리는 말과는 달리 애처로웠다.

"하지만 그들은 『엘름의 서』와 만나지 않았어. '영웅'과도 만나지 않았지. 그래서 '테두리' 안에서 심판받는 거야."

"불공평해요!"

그때, 유리는 카타르할 수도원 터의 지하 감옥에서 미노치 이치로가 소리 질렀을 때의 기분을 알 수 있었다. 그의 갈망을 알 수 있었다. 나는 바랐다, 바랐다, 바라고 또 바라며 나아갔다. 고독한 나의, 단 하나의 위안이자 희망이었던 소중한 사람이 목숨을 잃었는데 다른 생명이 편안히 삶을 누리는 이 불합리함을, 이 불공평함을, 나는 내 손으로 바로잡을 것이다!

그렇기 때문에, 이미 죽어버린 사랑하는 사람을 되살리려고 노력했는데.

"정말 한순간이었을 거예요."

울면서 유리는 중얼거렸다.

"오빠가 '영웅'의 힘을 바라고 칼을 손에 든 건 정말 한순간이었는데. 남은 인생을 전부 그 죄를 갚기 위해 써야 하나요?"

대승정이 유리의 등에 살짝 손을 댔다.

"이 땅에 시간은 없습니다."

시간이 없으면 싫증나지도 지치지도 않는다는 말인가.

그래도—

문득 유리의 마음에 모건의 말이 되살아났다. 그 마음 좋은 아저씨는, 무명승은 성인이라고 말하지 않았던가.

성인. 모든 인간의 죄를 짊어지고 갚아가는 존재다.

"이 땅에 당신의 오빠는 없습니다." 대승정이 말했다. "있는 것은 무명승뿐입니다."

애시가 고개를 끄덕였다. "무명승은 '무'야. 일찍이 누구누구였던 사람의 잔해가 아니지. 네 오빠의 혼은 지금, 언젠가 다른 생명을 얻어 어딘가에 다시 태어날 때까지, 거대한 이야기의 흐름 속에서 쉬고 있어. 재생의 때를 기다리고 있어. 이제 괴로워하지 않아. 네가 정화해주었으니까."

그 말은 아직 유리의 마음에 전해지지 않는다. 넘쳐흐르는 것은 눈물뿐이다.

"아빠 엄마한테는 뭐라고 하면 돼요? 죽을 만큼 걱정하면서 오빠가 돌아오길 기다리고 있어요."

"—이야기의 힘에 맡겨두면 돼."

이야기는 그것을 위해서도 존재한다.

"그리고 함께 기도해줘. 기도라는 이야기를 네가 자아내는 거야. 부모님의 마음속에도 언젠가 오빠가 얻은 평온함이 깃드는 날이 오도록 말이야."

일어서렴. 애시는 먼저 일어서더니 유리를 재촉했다.

"네가 '테두리'에 돌아갈 때가 왔어. 수호의 법의를 벗어서 대승정에게 돌려줘."

한순간 그가 무슨 말을 하는지 유리는 깨닫지 못했다. 알아차리자마자 유리는 온몸을 긴장시키며 죽자 사자 법의를 움켜쥐고 몸을 웅크렸다.

"싫어요! 안 돌아갈래요!"

몸을 둥글게 움츠린 채, 기다시피 하며 애시와 대승정에게서 도망치기 시작했다.

"전 '영웅'을 해치울 거예요. 오빠의 원수를 갚을 거라고요! 저밖에 할 수 없는 일이잖아요?"

아직 '영웅'은 봉인되지 않았다.

"저는 '인을 받은 자'예요!"

눈을 감고 애시는 고개를 저었다.

"이제 아니야. 문장은 널 떠났어."

네 역할은 끝났어.

"아까 『공허의 서』 속으로 문장이 빨려들어갔지? 네가 받은 문장은 소라를 정화하는 걸로 역할을 다했어."

넌 이제 올 캐스터가 아니고, 두 번 다시 올 캐스터가 될 일도
없어 —

"왜요? 얘기가 다르잖아요."

"돌아가고 싶었던 거 아니었어?"

애시 특유의 놀리는 듯한 말투가 되돌아왔다.

"하지만 그러면 애시는 이제 어떻게 해요? 올 캐스터 없이 어
떻게 '영웅'을 봉인해요?"

"올 캐스터는 너 말고도 있어."

올 캐스터가 될 만한 인물을 찾아내면 된다.

"내게는 다행스럽다고 해야 할까. 이번 '영웅'은 『엘름의 서』
를 사용해 나타났고, 이제는 키리크의 모습을 되찾아가고 있어."

키리크에게 그 목소리를 전할 수 있는 인물이 바로 애시가 필
요로 하는 올 캐스터인 것이다.

"이봐, 유리."

지금까지 중 제일 다정하고 허물없는 목소리로 애시가 유리
를 불렀다.

"무명승은 일찍이 '최후의 그릇'이었어. 그런데 여기에 얼마
나 많은 수의 무명승이 있을 것 같아?"

생각이 거기에 미치자 유리는 입을 딱 벌리고 말았다.

"그래. 헤아릴 수 없을 정도로 파옥과 봉인이 되풀이되어왔다
는 말이야. '테두리'에는 '영웅'이 없는 시기가 더 적다고도 할

수 있어."

이름 없는 땅이 '영웅'을 봉인해둘 수 있는 것은, 띄엄띄엄 이어지는 아주 잠깐의 시간.

"그만큼 인간은 '영웅'을 원하고 있어. '황의를 입은 왕'의 부정함을 알면서도 기다리기를 마다하지 않는 거지. 그 또한 인간의 업. 천성이라고."

그러니까 걱정하지 말라며 웃었다.

"넌 아직 어려. 네 세계로 돌아가서 네 인생을 살아. 그리고 행복해져. 다음 일은 우리가 이어받을게. 그러기 위해 우리는 살고 있어—살도록 되어 있으니까.

애시가 너덜너덜한 망토에서 손을 내밀었다. 유리는 그 손을 잡고 일어섰다. 대승정도 일어섰다.

"다만, 조심해야 해. '영웅'은 '테두리'에 있어. 싸움의 시대가 도래할 거야."

잡은 손을 꼭 쥐며 애시가 유리에게 말을 걸었다.

"넌 이 금기의 땅을 찾아와 이 땅의 이치를 알고 '테두리'로 돌아가는 몇 안 되는 인간이야. 사람들이 '영웅'을 숭상하고 '황의를 입은 왕'에게 매료되는 싸움 속에 있어도 결코 목소리를 잃지 마. 뭐가 옳고, 뭐가 있어야 할 것인지 가려낼 수 있는 눈을 감아버리지 마. 이 여행에서 올 캐스터로서의 역할을 완수할 수 있었던 너라면 겁먹을 필요가 없을 거야."

아침에 한 어린아이가 검을 집어넣을 방법을 깨닫는다면, 저녁에는 수많은 군사의 진군이 멈춘다.

하나가 모든 것으로 이어진다.

애시 님 — 하고 대승정이 불렀다.

"중요한 것을 잊지 않으셨습니까?"

대승정은 유리에게 미소 지었다.

"봉인은 하지 못했지만, 유리 님은 유리 님의 사명을 다하셨습니다. 그렇다면 떠나시기 전에, 이 땅에 있는 것 중 하나에 이름을 붙이실 수가 있습니다."

유리는 두 사람을 만서전 중앙 정원으로 데리고 갔다.

처음 보았을 때, 어수선하고 복잡하게 얽혀 있어서 어쩐지 귀엽다고 느낀 마을이다. 지금 이 마을 위를 온 하늘의 별이 뒤덮고 있다.

이름 없는 땅의 정적을 채색하는 별들의 반짝임.

"저거."

유리는 머리 위를 똑바로 가리켰다.

"여기에서는 '천'이라 부른다고 소라가 말했어요."

예, 하고 대승정이 고개를 끄덕였다.

"하지만, 저건 하늘이에요."

하늘이라는 거예요. 이름 없는 땅의 하늘.

"언젠가 새파랗게 활짝 갤 때가 올까."

이렇게 별이 가득한걸. 언젠가는 반드시. 소라가 놀라움에 눈을 휘둥그레 뜨고, 기쁨과 함께 올려다본 그 푸른 하늘.

"삼가 잘 들었습니다. 앞으로 저희 머리 위를 덮고 있는 것은 유리 님의 하늘입니다."

대승정이 가볍게 절하고 유리의 어깨에서 수호의 법의를 스르르 벗겨냈다.

다시 눈물이 솟아올라서 유리는 손으로 얼굴을 덮었다.

"넌,"

네 오빠도, 하고 애시는 말했다.

"훌륭했어."

작별이다.

"몸 건강해라."

애시다운, 짧은 작별 인사였다.

에필로그

유리가 자신의 영역으로 돌아와 다시 모리사키 유리코가 된 지 며칠이 지났다.

여행하던 나날은 선명하게 기억하고 있다. 하지만 신기하게 도, 뭘 회상해도 가슴을 도려내는 듯한 슬픔은 치밀어오르지 않 는다. 지금 유리코를 감싸고 있는 것은 맑고 잔잔한 바다 같은 고요함과 밝음뿐이다.

이름 없는 땅에서 귀환한 유리코는 바로 자신의 방에 도착했다. 덕분에 다른 누구보다도 제일 먼저 자신의 분신을 만날 수 있었다.

책상 앞에 앉아 있던 분신은 유리코를 보자 바로 일어서서 맞 아주었다. 두 팔을 벌리고 말없이 미소 지었다. 모두 다 이해하 고 있다는 듯이.

유리코는 그 품안으로 들어갔다. 분신은 유리코를 꼭 안아주었다. 자신과 자신의 분신. 마법으로 만들어진 인형에 불과한 그 분신의 따뜻한 온기가, 유리코가 짊어지고 돌아온 무거운 짐을 모두 거두어주는 것 같았다.

분신은 이 때문에 있는 거구나 — 하고 유리코는 깨달았다.

정신을 차리자 방 안에 혼자 남아 있었다. 밤이 이슥했기에 그 대로 옷을 갈아입고 침대로 들어갔다.

잠에서 깨자 일상으로 돌아와 있었다. 돌아오지 않는 오빠를 기다리는 부모님. 의자 하나가 그대로 비어 있는 테이블. 아무도 없는 오빠의 방.

하지만 유리코는 여행을 떠나기 전과 달라져 있었다. 오빠에 게 무슨 일이 일어났는지 전부 알았으니까. 오빠가 지금 어떻게 하고 있는지 알고 있으니까.

어떤 방법으로든 그걸 아빠 엄마에게 전하자. 그리고 자신의 일상을 보내자. 그것 외에 할 수 있는 일은 없다.

잔잔한 마음이 유리코에게 그렇게 말을 걸어온다. 착각이겠 지만, 유리코의 내면에 아직 유리가 남아서 유리코를 지탱해주 기라도 하는 것 같았다.

이걸로 됐다.

된 — 걸까?

변덕스러운 바람에 문득 진자가 흔들리듯, 유리코도 흔들린 다. 흔들렸다가 바로 돌아온다.

이걸로 됐어.

학교에도 나가기 시작했다. 가끔씩 거북스러운 침묵을 맞닥
뜨릴 때는 있어도, 학교 분위기는 전과 달랐다. 친구들 사이에도
시간이 흘렀다. 아니, 어쩌면 이것도 분신이 잘 행동해준 덕분인
지도 모른다.

유리코의 차분함은, 약간이나마 부모님에게도 영향을 미치는
것 같았다. 물론 단 일 초도 히로키를 잊지는 않는다. 엄마는 아
직도 울 때가 많다. 잠들지 못하는 밤도 있다.

그래도 마치 문장의 빛이 어둠을 비추듯, 유리코를 중심으로
모리사키 집안은 조금씩 다시 일어설 기미를 보였다.

히로키를 기다릴 거라면, 확실히 기다려주어야 한다. 히로키
를 받아들일 수 있도록 우리도 강해져야 한다. 부모님의 얼굴에
서 마음속의 작지만 밝고 강한 결의의 불이 밝혀지는 것을 유리
코는 몇 번이나 보았다.

이걸로 됐어.

된—걸까?

갑작스레 다시 흔들리는 마음을 유리코는 손으로 가볍게 눌
러 진정시킨다.

미노치 이치로의 별장과 서재는 그후로 어떻게 되었을까.

마음에 걸렸지만 유리코로서는 좀처럼 확인하기 힘든 일이었

다. 말을 꺼낼 방법과 시기 모두 어렵다.

엄마는 너무 낙담한 탓인지, 그 별장은 화제로 삼고 싶어하지 않는다. 그 사실은 유리코의 일상생활로 돌아오자 바로 알 수 있었다. 아빠 역시 조금씩 기운을 차리고 있다고는 하나, 얼굴도 모르거니와 피도 이어져 있지 않은 작은아버지가 남긴 대수롭잖은 유산에 매달려 있을 마음의 여유는 아직 없었다.

무심코 말을 꺼내면 부모님은, 그날 밤에 그렇게나 기운차게 나섰는데, 퀴퀴한 별장의 기분 나쁜 어둠 속에서 히로키를 찾아내지 못했다는 사실, 기대는 실망으로 바뀌고, 확신은 부질없는 기대로 끝났다는 사실을 떠올린 나머지, 또다시 침울해지고 말 것이 틀림없다. 유리코도 그런 사태는 가능한 한 피하고 싶었다.

게다가 이제 더이상 유리가 아닌 유리코가 직면해야 할 더 큰 문제는 따로 있었다.

부모님은 이누이 미치루의 존재를 알고 있을까. 미치루가 가르쳐준 '진상'을 알고 있을까. 알면서도 유리코에게는 잠자코 있었던 걸까. 모른다면 유리코가 알려줘야 하지 않을까.

경찰은 사건을 일으키기 전의 히로키의 동향에 대해 자세히 조사했을 터이다. 알아낸 사실은 부모님에게도 가르쳐주었을 것이다. 하지만 그 '자세히'는 어디까지 진짜일까. 학교 측이 숨긴 사실까지는 아직 알아채지 못한 것이 아닐까.

그래서 형사들은 히로키의 동생인 꼬맹이 유리에게까지, 뭔가 모르느냐고 물은 것이 아닐까.

혼자가 되어, 어떤 표정을 지어도 부모님에게 걱정을 끼치지 않을 고독을 확보한 뒤, 유리코는 그 일만 계속 생각했다. 가슴 깊은 곳에 있던 의문을, 다양한 방향에서 검토하고 생각했다.

그리고 결론에 도달했다. 모리사키 히로키가 왜 그런 사건을 일으켰는지 그 진짜 이유를 알고 있는 사람은 이누이 미치루와 가네하시 선생님, 그리고 유리였던 유리코뿐이다. 부모님은 모른다. 경찰도 파악하지 못했다.

학교 선생님들은 알면서도 모르는 척하거나, 또는 감추고 있다. 겁이 나서 입을 다물고 있음이 분명하다. 그것은 히로키의 동급생들도 마찬가지다. 어쩌면 학교 측이 입막음을 했는지도 모른다.

유리코의 마음은 여기서도 흔들렸다. 부모님에게 알려주고 싶다. 하나부터 열까지 모조리 밝히고 싶다. 그것은 쓰라린 진실이기는 하다. 하지만 히로키가 미치루를 위해 얼마나 애썼는가 하는 사실을, 두 사람 사이에 따뜻한 유대감이 있었다는 사실을 부모님이 알아주었으면 한다.

하지만—

오빠는 그걸 원할까.

내가 진상을, 이른바 '고자질'하는 것을.

이누이 미치루는 분명 더 괴로워하게 될 것이다. 그때 도서실에서 '책의 정령 유리'에게 그랬던 것처럼, 유리코의 부모님에게 사과하고 또 사과하며 자책하게 되리라.

가네하시 선생님도 마찬가지다. 당시의 담임선생님으로서 책임을 느끼지 않을 리 없을 것이다. 그렇기 때문에 지금도 괴로운 입장으로 내몰린 것이다.

유리코의 부모님은 미치루와 가네하시 선생님을 소리 높여 탓할 사람들이 아니다. 오히려 히로키가 미치루를 지키려 한 사실을 자랑스레 생각할 것이다. 가네하시 선생님에게 감사할 것이다. 어쩌면 그것을 통해 어른인 가네하시 선생님은 조금 편해질지도 모른다.

하지만 미치루는 괴로워할 것이다. 어찌할 수도 없을 만큼 괴로워할 것이다. 히로키의 부모님이 아무리 큰 목소리로 미치루를 위로하고, 미치루의 탓이 아니라고 설명해도, 미치루는 계속 자책하리라.

그러나 그녀가 자책하는 것은 지금도 마찬가지다. 아무것도 하지 않아도 똑같다. 뭘 해도 똑같은 괴로움—

시간 가는 줄도 모르고 유리코는 계속 생각했다. 내가 해야 할 일은 뭘까. 골라야 할 바른 선택은 어디에 있을까.

오빠는 뭘 바라지?

이번에는 결론이 나질 않았다. 생각하고 또 생각해도 오히려 갈팡질팡할 뿐이다. 지금 유리코가 구하는 것은 성찰이나 추리를 통해 발견되는 출구가 아니었다.

하지만 뜻밖의 곳에서 유리코 앞에 광명이 비춰들었다. 여름 방학이 코앞으로 다가온 어느 날의 일이었다.

"매수자가 나타났어?"

엄마가 접시를 옮기던 손을 멈추고 되물었다.

"그런 기분 나쁘고 낡은 건물에?"

저녁식사 시간, 아빠가 집에 돌아와 테이블 앞에 앉으면서 아무 일도 아니라는 듯이 말을 꺼냈다. 미노치 이치로 씨의 유산을 사려는 매수자가 나왔다고.

"여보, 지레짐작하지 마. 별장이 팔린다는 게 아니야. 매수자가 사겠다는 건, 그 서재에 산더미처럼 쌓여 있던 책이라고."

점심시간에 형이 전화했다며 아빠는 말을 계속했다.

"상대편은 아주 적극적으로, 꼭 그 책을 모조리 사들이고 싶다나봐."

제의를 받은 사람은 큰아버지가 이 건에 대해 상담한 변호사다.

"나쁜 이야기는 아니래."

유리코는 엄마 옆에 앉아 잘 먹겠습니다, 하고 말하고 젓가락을 움직이면서 귀를 기울였다. 심장이 두근두근했다.

"그 책이 그렇게 가치 있어?"

"그런 모양이야. 하지만 대부분이 헌책이고 외국 서적이라 보통 고서점에서는 감정하기가 힘들어. 전문가를 찾아 감정을 의뢰해봤자 그 전문가가 전부 제대로 처리해주리라는 보장도 없고, 결과적으로 감정료가 더 높아질 가능성도 없지는 않아."

그래서 변호사는 통째로 팔아달라는 이번 제의를 가장 손쉽고 원활한, 좋은 이야기라고 말하는 것이다.

"하지만 그건 상대방이 부르는 가격으로 판다는 말이잖아. 만약 그 헌책 중에 엄청난 가치가 있는 물건이 숨어 있으면 감쪽같이 당하는 꼴 아니야?"

엄마가 타산적인 말을 하고 있다. 이것은 나쁜 경향이 아니다. 건전한 경제관념이 돌아왔다는 건 건전한 일상감각이 돌아왔다는 말이기도 하니까.

"뭐, 그야 그렇지만." 아빠도 쓴웃음을 짓는다. "그리고 매수자는 고서점 주인이야."

게다가 웬걸—하고 뜸을 들이며 엄마와 유리코의 얼굴을 둘러보았다.

"미노치 씨가 쓰러진, 파리의 그 고서점 경영자래."

가게는 센 강변에 있다고 했다. 서점 이름은, 일본어로 번역하면 '솟아나는 샘'. 경영자는 쉰다섯 살 먹은 남자로, 이름은 프란츠 쿨뢰르라고 한다.

"변호사 선생님이 형한테 사진을 보여줬다는데, 장 가뱅*을 닮은 멋쟁이 남자래."

엄마는 미간을 찌푸렸다. "장 가뱅이 누구야?"

유리코의 두근거림은 모종의 설렘으로 바뀌어 있었다.

헤이틀랜드로 건너간 미노치 이치로 씨는 지금도 카타르할 수도원 터의 지하 감옥에 있다. 인간의 정신과 모습을 잃고서. 하지만 '테두리' 안, 유리코의 영역에서 그는 파리에서 죽은 걸로 되어 있고, 그것에 아무도 의문을 품지 않았다.

이것은 즉 교묘하게 위장되어 있다는 말이다. 그러려면 고서점 '솟아나는 샘'의 주인의 협력이 필요했을 터이다.

그렇다면 프란츠 쿨뢰르라는 멋진 아저씨는, 어쩌면 '늑대'인 게 아닐까. '늑대'가 아니더라도 이름 없는 땅과 이 '테두리'의 이치에 관한 지식을 가지고 있는 사람이 아닐까. 그렇지 않다면 위장을 도울 수는 없으리라.

그 쿨뢰르 씨가 미노치 이치로가 남긴 서적을 사고 싶다고 나선 것이다 —

"난 그 사람한테 파는 게 제일인 것 같아."

유리코는 열심히 아는 척을 하며 끼어들었다.

"그 서재의 책들도 기쁘지 않을까. 어쩌면 그 가운데 몇 권은 미노치 씨가 '솟아나는 샘'에서 사온 책일지도 모르고."

---

* 1904~1976. 프랑스의 영화배우.

아빠와 엄마가 얼굴을 마주 보았다.

설레는 가슴으로 젓가락을 움직여, 유리코는 밥과 함께 다른 생각도 섞어 먹고 있었다. 그 서재가 없어진다. 책들이 그 별장을 떠난다.

그전에 다시 한번 그곳에 찾아가고 싶다.

그리고 누군가도 찾아가도록 해주고 싶다.

어려운 일은 아니었다. 진실에 거짓을 조금만 섞으면 된다.

—저기, 엄마. 그 별장의 책 이야기 하면서 생각났는데.

—오빠가 비밀이라고 해서 계속 말 안 하고 있었어. 대단한 일은 아니라고 생각하고 있다가 잊어버렸어, 미안해.

—오빠 있지, 우리 가족끼리 그 별장에 갔다 온 후에 담임선생님이랑 학교 친구를 데리고 몰래 한 번 더 간 적이 있대.

—응, 가네하시 선생님. 함께 간 친구는 선생님이 알고 있지 않으려나.

—그 친구, 여학생인가봐.

엄마의 반응을 보면, 지금까지 오빠가 1학년 때의 담임선생님과 그렇게까지 친하게 지냈다는 사실을 전혀 몰랐다(오빠가 알려주지 않았다)는 것이 분명했다. 하물며 선생님과 셋이서 별장으로 드라이브를 즐기러 갈 정도로 친한 여학생이 있었다니, 청천벽력이었을 게 틀림없다.

일의 진행은 빨랐다.

유리코가 고백한 후 삼 일도 지나기 전에, 가네하시 선생님이
모리사키네 집을 찾아왔다. 아마도 통통하고 상냥해 보이는 선
생님일 거라고 상상했었는데, 현관 앞에서 만나보자 몸집이 작
고 가냘프지만 아기 사슴처럼 생기가 넘치는 젊은 선생님이었
다. 코 주변에 주근깨가 퍼져 있는 모습이 정말 귀여웠다.

부모님과 가네하시 선생님이 이야기를 나눌 때 유리코는 그
자리에 함께하지 않았다. 자기 방에 틀어박혀 숨을 죽이고 있자
니, 몇 번인가 아득하게 엄마의 울음소리가 들려왔다. 가네하시
선생님도 울고 있는 것 같았다.

선생님은 여름방학 전에 학교를 그만두었다. 오빠의 사건에
대해서는 역시 엄하게 입막음을 당한 모양이었다.

하지만 그만두었으니 이야기해도 되겠지, 그래.

그날로부터 이틀 후, 가네하시 선생님과 부모님은 이누이 미
치루를 만나러 갔다.

해 질 무렵이 되어 돌아온 부모님은 둘 다 완전히 지쳐 있었
고, 엄마는 또 울어서 눈이 부어 있었다. 그러면서도 미치루한테
들은 이야기를 유리코에게 말해주었다.

"겨우 히로키의 마음을 알았어."

가슴에 손을 대고 유리코의 눈앞에서 엄마는 또 울기 시작했다.

"아빠, 엄마." 유리코는 말했다. "이누이 언니 때문에 화났

어?"

아빠가 먼저 말없이, 하지만 단호하게 고개를 저었다. 엄마는 눈물에 젖은 얼굴을 들고 말했다.

"화 안 났어."

불쌍하지, 불쌍해. 그렇게 되풀이하며 엄마는 유리코에게 안겼다. 유리코는 진심으로 마음이 편안해져 엄마를 꼭 끌어안아주었다.

"소원이 있는데."

그 서재가 텅 비어버리기 전에, 가네하시 선생님과 이누이 언니랑 같이.

"모두 함께 별장에 가보고 싶어."

여름방학이 시작된 후 첫번째 주말에 여섯 명이 함께하는 드라이브가 실현되었다. 모리사키 집안의 세 사람과 가네하시 선생님, 미치루와 미치루의 엄마다. 푸르른 여름 하늘 아래, 아빠가 빌린 렌터카로 모두 함께 나섰다.

풀숲에서 풍기는 훈김이라는 것을 유리코는 처음 경험했다. 미노치 씨의 별장 주변에는 잡초가 무성하게 자라나 있어서 이번에는 정말로 손도끼와 낫의 신세를 져야 했다.

놀랄 일—은 아니었을지도 모른다. 이누이 미치루는 유리가 유리코라는 사실을 알아차리지 못했다. 복장과 말투가 달라도 얼굴을 보면 알 수 있을 텐데도, 전혀 몰랐다.

기억이 지워진 것이다. 그때 도서실에서 벌어진 일은 미치루에게는 일어나지 않은 일이다.

이것도 '테두리'의 이치일까.

"모리사키의 여동생."

탑 속의 상처 입은 공주는 눈부신 듯이 유리코를 쳐다보며 그렇게 말했다.

"만나서 반가워. 모리사키한테 꼬맹이 유리 이야기는 자주 들었어."

미안해 — 하고 미치루가 사과하자, 흉터에 가려져 있지 않은 쪽의 눈에서 눈물이 떨어졌다. 그 눈물을 미치루의 엄마가 닦아준다.

이제 묻지 않아도 알 수 있다. 오빠가 바라던 건 이거지?

일층부터 시작해 서재까지 모두 함께 한차례 견학하면서 추억 이야기를 했다. 번갈아가며 이야기했다. 때때로 울었다. 하지만 웃을 때도 있었다.

괴로운 걸까, 두려운 걸까, 넘쳐나는 추억에 압도당한 탓일까, 미치루는 서재에 들어가고 싶어하지 않았다. 그래서 다른 사람들도 서재에는 오래 머무르지 않았다.

견학이 일단락되자 유리코는 혼자 조용히 서재로 돌아갔다.

낮인데도 어둡다. 채광창으로 비쳐드는 햇빛은 가느다랗다.

그래서 어떤 책이 희미하게 빛나면 바로 알 수 있다.

한 권도 없었다. 유리코에게 말을 걸어주는 책도 없었다.

바닥 한가운데에 있던 문장은 사라져 있었다. 깨끗이 닦여 있다. 아마도 애시가 와서 지웠으리라. 아까도 확인한 거였지만, 왠지 모르게 유리코 혼자 다시 오면 뭔가 다른 일이 일어나지 않을까 하는 기대도 있었다.

그런 기적은 일어나지 않았다.

이미 '테두리'는 닫혔다. 유리코가 '이름 없는 땅'으로 다다르는 길도 막혔다.

헤아릴 수 없을 정도로 많은 고서들이 빚어내는 압도적인 침묵.

그때 앉았던 접사다리로 다가가려고 발을 내딛자, 뭔가가 유리코의 복사뼈에 얽혀들었다. 쳐다보니 그건 아쥬와 함께 왔을 때 발견한 짙은 회색의 천이었다.

천이 살아 있는 것처럼 얽혀드는 바람에 기분이 나빠져 손으로 떼어내자 놀랄 만큼 묵직했다. 뭐야, 이거? 게다가—

유리코가 만지자 그 천은 가장자리부터 검은 티끌로 변하기 시작했다. 순식간에 자잘한 먼지로 변해 녹듯이 사라져간다.

어떤 생각이 번쩍 떠올랐다. 아니, 마치 누군가가 밖에서 마음속으로 툭 던져넣은 것처럼 유리코는 깨달았다.

이것은 미노치 씨가 『엘름의 서』를 감싸온 천이 틀림없다. 그래서 아쥬와 함께 왔던 그때, 아무렇게나 바닥에 버려져 있던 것이다. 오빠가 벗겨내고 가져갔으리라.

그 무게. 어쩌면 마법이 깃들어 있었을지도 모른다. '영웅'의 기운을 막기 위한.

지금 『엘름의 서』는 어디 있을까.

'영웅'의 화신이 되어가는 키리크의 곁에 있을까. 키리크는 뿔뿔이 흩어진 자신의 몸을 얼마만큼 되찾았을까.

멀다는 말 이상으로 아득한 저편의 헤이틀랜드에서.

"아쥬" 하고 작게 불러보았다.

"아쥬, 있니?"

대답은 없다. 각오하고 있었는데도 역시 유리코는 낙담했다. 아쥬도 어딘가에 있을까. 애시는 괜찮다면서 웃었지만, 상처는 입지 않았을까.

등뒤에서 소리가 났다. 유리코는 펄쩍 뛰어오를 듯한 기세로 뒤돌아보았다. 조그마한 아쥬가 의기양양하게 수염을 옴찔거리고 있다. 재를 뒤집어쓴 듯한 애시가 검은 망토 자락을 끌고 서 있다—

문에 한 손을 대고 미치루가 이쪽을 들여다보고 있었다.

"유리코?"

유리코의 심장이 소리를 내며, 본래 있어야 할 가슴 깊은 곳으로 떨어져내렸다.

"아, 죄송해요."

찾으러 왔구나, 하는 생각에 유리코는 급히 미치루에게 다가갔다. 하지만 미치루도 유리코 쪽으로 다가오려고 서재 안으로 한 걸음, 두 걸음 발을 들여놓았다.

"여기."

정적을 들이켜 속삭이는 듯한 미치루의 목소리가, 고서로 가득 채워진 서가로 빨려들어간다.

"무서운 장소라고 생각했어."

분명 전에도 그렇게 말했지.

"지금도 무서워요?"

"지금은 그런 느낌이 없는 것 같아."

미치루는 유리코에게 미소를 지으려 했다.

"모리사키는 여기를 좋아했어."

"네. 오빠는 가족끼리 여기 왔을 때도 엄청 눈을 반짝였어요."

둘이서 자주 책 이야기를 했나요—하고 유리코는 물어보았다.

"많이 이야기했지."

"학교 도서실에도 자주 함께 갔어요?"

"응."

"마을 도서관은?"

미치루의 눈동자가 갑자기 어두워졌다.

"공립 도서관 말이지? 거기는 그다지."

동급생들을 마주칠 수도 있어서 싫었다고 작은 소리로 말했다.

그렇구나. 학교 도서실이라면 오빠와 미치루 둘 다 도서위원이니까 함께 있어도 이상하지 않다. 하지만 학교 밖에서 둘이 사이좋게 같이 있으면, 그건 정말로 두 사람이 친한 친구라는 사실을 자랑스레 내보이는 셈이 된다. 그래서 자신을 노려보는 듯한 매서운 시선을 맞닥뜨리는 게 싫었구나……

그런 마음이 유리코의 기억을 자극했다. 생각이 나자 입에서 말이 흘러나왔다.

"올해 봄에 그 도서관에서 책이 불탄 사건이 있었는데, 아세요?"

필시 모리사키 히로키가 얻은 마도의 힘에 불탄 것이다. 왜 그런 짓을 했는지 모르겠다. 미치루라면 알고 있을지도 모른다.

"책이 불타?" 미치루가 깜짝 놀랐다. "그런 소리는 들은 적 없는데."

"그게요, 재미있어요. 『가정용 세제의 올바른 사용법』이라는 책이거든요. 누가 그런 책을—"

유리코가 말을 끝내기도 전에 미치루의 안색이 변했다. 미치루의 얼굴이 서재의 어둠 속에서 파르스름한 달처럼 떠올랐다.

"유리코, 그 이야기 누구한테 들었어?"

"도서관의 채…… 아니, 직원한테요."

"화냈어?"

"아뇨, 신기해하기만 하던데요."

미치루는 목에 손을 대고 천천히 깊은 숨을 쉬었다. 그 단정한 옆얼굴은 어두운 서재 안에서도 애처로워 보였다.

"미안해."

"예?"

"그거, 모리사키가 그랬을 거야."

날 위해서 —

"나 말이야, 학교에서 괴롭힘을 당했을 때, 자살하려고 한 적이 있어."

유리코는 긴장하며 자세를 바로 했다.

"어떤 종류의 가정용 세제를 서로 섞으면 말이야 — 섞으면 안 된다고 분명히 표시되어 있지만, 일부러 섞으면 독가스가 생겨. 난, 욕실에서 그렇게 해서 죽으려고 생각한 적이 있어."

과연, 그렇게 된 거로군.

"그 책에는 그런 짓을 하면 위험하다고 씌어 있었군요."

"……응."

"하지만 미치루 언니는 위험하게 사용하기 위해 그 책을 빌렸고요."

빌렸다고 한다. 하지만.

"마침 그 무렵에 모리사키가 날 감싸주게 돼서."

결국 독가스를 만들 일은 없었다. 미치루는 자살을 단념했다.

"그걸 나중에 모리사키에게도 말했어. 그랬더니."

— 이누이가 두 번 다시 그런 마음을 먹지 않도록, 그 책은 내가 처리해둘게.

미치루는 양손으로 얼굴을 덮더니 그 자리에 주저앉아버렸다.

"모리사키가 정말로 처리해준 거야."

물론 미치루에게 그렇게 약속했을 때는 태워버릴 생각은 없었으리라. 하지만 『엘름의 서』를 얻어 '영웅'에게 매료되고, 동시에 마도를 이해하게 된 히로키는, 그 힘이 어느 정도인지 시험해볼 대상을 찾다가 『가정용 세제의 올바른 사용법』을 떠올렸으리라.

오빠답다고 생각했다.

오빠는 역시 순수하게 이누이 미치루를 지키려 했던 거라고 생각했다.

그렇다면 지금도 후회는 없을 터이다. 만족하고 있을 것이다. 미숙한 무명승이라는 자신을 없앰으로써 '문'을 닫아, 미치루가 사는 이 세계를 '황의를 입은 왕'의 손에서 지켰으니까.

미치루의 옆에 쪼그리고 앉아 유리코는 눈을 감고 서재의 정적에 녹아들었다.

저물어가는 비스듬한 빛 속에서, 수많은 책들이 모르는 척 두 사람을 지켜보고 있다. 유리코는 그 사실을 알 수 있었다.

그렇게 바랐는지도 모르겠다.

그로부터 보름 정도 후의 일이다.

매미 소리가 쏟아지는 더운 오후였다. 엄마는 장을 보러 나갔다. 유리코는 수영 학원에서 돌아와 막 점심밥을 먹은 참이라 잠깐 눈을 붙일까 하고 있었다.

텔레비전 뉴스에서는 이따금 바다 건너편의 전쟁 이야기를 다루고 있다. 이 나라 안에서 일어난, 도무지 이유를 찾을 수 없는 잔혹한 사건에 대한 보도도 있다. 그것들은 모두 싸움이며, 그런 일들이 늘어가고 끊이지 않는 것이 싸움의 시대가 도래한 증표라는 사실을 유리코도 아직 기억하고 있었다.

하지만 그래서 어쩌라는 거냐는 생각도 조금씩 자라났다. 분명 꺼림칙한 사건은 많지만, 세상의 끝이 찾아왔다는 속보가 경종을 울리며 날아드는 것은 아니다.

어떻게 되든 상관없다고 생각하는 것은 아니다. 다만 자신은 더이상 아무것도 할 수 없다는 자포자기의 심정이, 마치 미노치 이치로의 별장에 있는 가구와 비품을 뒤덮은 먼지처럼 마음 깊은 곳에 엷게 쌓이고 있는지도 모른다.

무력감이 유리코의 내면에 쌓이기 시작하고 있었다―

현관의 인터폰이 울렸다.

모처럼 낮잠을 자려고 했는데.

어쩔 수 없다. 네, 하고 대답하고 체인을 건 채로 현관문을 조금 열어보자, 모르는 아저씨가 가지런한 앞니를 전부 내보이며 싱긋 웃으며 유리코를 확인하고 머리를 꾸벅 숙였다. 이렇게 더운데도 갑갑하게 양복을 입고 넥타이를 매고 있었다.

"모리사키, 유리코 씨?"

더듬더듬 어색한 일본어다. 억양도 좀 이상하다. 이미, 이 아저씨는 외국인이네. 어느 나라 사람일까. 겉보기는 일본인과 다를 바 없는데.

"놀라게 해서, 죄송합니다."

아저씨가 빙글빙글 웃으며 또 인사를 했다.

"저, 통역입니다. 유리코 씨를 만나고 싶다, 라는 사람을, 안내, 해왔습니다."

"저를요?"

유리코는 콧등을 손가락으로 가리켰다.

"그렇습니다. 그 사람, 밑에서, 기다리고 있습니다. 유리코 씨만 만나고 싶습니다."

아빠 엄마에게는 비밀이라는 의미이리라. 수상하다.

유리코는 눈을 가늘게 뜨고 체인 너머로 아저씨를 노려보았다.

"어떤 사람인데요?"

아저씨는 대답했다. "실은, 저도 잘 모릅니다. 하지만, 그 사람은, 이렇게 말했습니다. 이렇게 말하면, 유리코 씨는 금방 압니다."

'재의 남자'의 동업자라고.

가보니 정말로 누군가가 있었다. 맨션 옆에 세워둔, 차체가 높고 특이한 모양의 회색 밴 뒷좌석에 앉아 있었다. 슬라이드 도어가 열려 있어서 잘 보였다. 모르는 남자가 타고 있는 차에, 모르는 남자에게 이끌려 올라타다니 절대 해서는 안 되는 일이다. 하지만 지금만은 특별하다. 특례 중의 특례다. 유리코는 주저 없이 밴으로 달려갔다.

차 안의 그 사람은 커다란 시트에 느긋하게 기대어 있었다. 하얀 셔츠를 입고 색이 선명한 무릎 담요를 걸치고 있다. 숨을 헐떡이는 유리코를 보자 그 사람은 가지런한 이를 전부 내보이며 기쁜 듯이 웃었다.

흰자위와 하얀 이, 그리고 하얀 셔츠와는 멋진 대비를 이뤘다. 그 사람의 피부는 칠흑 같았기 때문이다.

또 외국인이다. 커다란 몸. 두터운 어깨. 짧게 자른 은발. 매끈매끈한 이마.

하지만 밴의 뒤에는 접어놓은 휠체어가 실려 있었다.

노인이다. 할아버지잖아.

"유리코, 씨입니다."

뛰어서 따라온 통역 아저씨가 할아버지에게 말했다.

할아버지는 유리코에게 손짓을 하더니 옆 시트를 두드렸다. 그리고 거듭 자기 귓가를 가리킨다. 보청기를 끼고 있는 것이다. 귀가 어두우니 가까이 와달라는 의미이리라.

유리코는 밴에 올라타서 할아버지 옆에 앉았다. 통역 아저씨가 슬라이드 도어를 닫고 차 앞으로 돌아 운전석 쪽으로 왔다. 옆에 앉자 칠흑의 피부를 가진 할아버지의 커다란 몸에서 엄청난 박력이 느껴졌다.

눈이 마주쳤다. 할아버지는 또 이를 내보이며 웃더니, 두 번 세 번 유리코에게 고개를 끄덕였다. 통역 아저씨가 운전석에 자리를 잡자마자 빠른 말투로 뭔가 말했다. 너무 빨라서 알아들을 수 없었다.

"처음 뵙겠습니다."

통역 아저씨가 땀을 닦으며 통역한다.

"처, 처음 뵙겠습니다." 유리코는 머리를 꾸벅 숙였다.

"당신은 애시의…… '재의 남자'의 동료죠?"

통역이 시작된다. 할아버지가 대답했다. 영어가 아니라는 것만은 확실히 알았다. 들어본 적도 없는 말이다.

"그렇습니다" 하고 통역 아저씨가 말했다. "내 이름은 아타리."

아타리라는 부분은 유리코도 알아들었다.

"'늑대'로서의 이름입니다."

유리코는 저도 모르게 침을 꿀꺽 삼켰다. 손바닥에 땀이 밴다.

"나는 당신, 알고 있습니다."

할아버지의 말투가 조금 느릿해졌다. 유리코를 똑바로 보며 말을 걸어왔다. 그리고 갑자기 부자연스러운 일본어로 말했다.

"당신은 유리. 올 캐스터인 유리."

눈을 크게 뜨고 아타리를 쳐다보며 유리코는 고개를 끄덕였다.

"당신의 여행도, 알고 있습니다."

'재의 남자'에게 들었다고 한다.

"내 별명은 '은니의 아타리'."

멋있잖아. 늑대의 은빛 엄니다.

"'재의 남자' 디미트리와는 오랜, 관계, 입니다."

디미트리. 얼마나 그리운 이름인가.

"디미트리, 나이 먹지 않아. 하지만 나는 늙었습니다."

완전히 할아버지입니다, 라며 웃는다.

"나, 늙었습니다. 이제 싸울 수 없어. 사냥도, 할 수 없어. 그래서 은퇴, 합니다."

여기서 아타리는 다시 그의 모국어인 듯한 말로 돌아갔다. 빠른 말투로 우르르 쏟아낸다. 전하고 싶은 말이 많다는 사실을 유리코도 알 수 있었다.

통역 아저씨가 아직 이마의 땀도 가시지 않은 모습으로 고개

를 끄덕이며 듣고 있었다. 때때로 되물었다. 유리코는 호흡을 진
정시키고, 술렁이는 가슴을 누르며 두 사람을 쳐다보았다.

"유리, 용감했습니다."

통역 아저씨가 유리코를 향했다.

"그래서 아타리 씨, 당신을, 점찍었습니다. 응? 점찍었다?"

통역 아저씨가 아타리에게 확인했다.

"점찍었다, 그렇습니다."

유리코는 고개를 끄덕였다. "예, 무슨 뜻인지 알겠어요."

고동이 더욱 심해진다.

"당신이 좋아해준다면, 아타리 씨, 당신에게 주고 싶은 것, 있
다고 합니다. 당신이, 받아주었으면, 합니다."

통역 아저씨의 재촉을 받고 아타리는 새하얀 셔츠 앞을 헤쳐,
나이답지 않게 다부진 가슴팍에 걸린 펜던트를 보여주었다. 가
슴을 뒤덮은 털은 전부 하얬고, 펜던트는 그 속에 파묻혀 있었다.

아타리는 펜던트를 벗었다. 손가락이 부드럽게 움직이지 않
아 통역 아저씨가 운전석에서 몸을 내밀어 도왔다.

"이것, 내 증표."

아타리의 커다란 칠흑의 손바닥에 가느다랗고 맵시 있는 펜
던트가 놓여 있었다. 은색으로 둔탁하게 빛나는, 엄니 같은 모양
의 펜던트 장식 부분.

'늑대'의 엄니다.

"디미트리는, 모른다. 하지만, 나는 당신, 점찍었다. 당신은 강하다."

당신이 생각하는 것보다, 훨씬, 강하다.

아타리가 손바닥을 기울이는 바람에 펜던트의 사슬이 떨어질 것만 같았다. 유리코는 손을 내밀어 그것을 막았다.

엉겁결에 만진 펜던트는, 따뜻했다.

생명이 있는 '늑대'의 엄니.

비어 있는 손으로 유리코의 손목을 다정하게 붙잡고 손바닥을 뒤집어 그 위에 펜던트를 떨어뜨리더니, 아타리는 웃었다. 그리고 유리코가 손을 쥐게 한 후 자신의 손으로 감쌌다.

"당신은, 강하다. 당신에게는 '늑대'의 자격, 있습니다."

나는 은퇴한다. 당신, 내 엄니를 물려받지 않겠습니까?

그러기 위해 아타리는 멀리서 찾아왔다. 바다를 건너왔다. 영역은 이국이라도 '테두리'는 하나다. 그리고 '늑대'는 어디에든 있다. 모든 곳에 가는 것이다.

"아타리 씨는 어디서 오셨어요?"

아저씨가 통역한다. 왜 그런지 아타리는 잠깐 생각하다가 대답했다.

"홈랜드, 입니다."

그런 나라가 있었던가?

유리코의 당혹을 예상했던지, 아타리는 즐거운 듯 눈을 가늘게 떴다. 또 말투가 빨라져서 통역 아저씨는 바쁘다.

"'홈랜드'는, 정식 국명이, 아닙니다."

남아프리카 공화국 안에 옛날에 만들어진 '나라'라고 한다.

"당신, 알고 있습니까? 그 나라에는, 당신이 태어나기 훨씬 옛날, 흑인을 차별하는, 아파르트헤이트라는 규칙, 있었습니다."

학교에서는 배우지 않았다. 하지만.

"오빠가 이야기해준 적이 있어요. 그런 내용을 그린 영화를 봤다고요."

아파르트헤이트 제도 아래에서, 흑인은 백인과 동등한 시민으로 인정받지 못하고 기본적인 인권에도 제한을 받는다고 한다.

아타리가 고개를 끄덕였다.

"그 무렵, 백인들이, 여기가 흑인의 나라, 흑인들은, 여기에 살라고, 멋대로 정한 것이, 홈랜드, 입니다."

손수건으로 바쁘게 땀을 닦으며 통역 아저씨는 말을 이었다.

"옛날, 남아프리카공화국에는, 백인들이 그런 짓을 해도 된다고, 믿어버리는, 이야기? 음, 이야기면 되겠습니까?"

아타리에게 확인했다. 아타리가 고개를 끄덕였다. 유리코도 마음속으로 고개를 끄덕였다.

"그런 이야기가, 널리 퍼져 있었습니다."

그래, '이야기'다. 그것을 믿던 사람들은 사상이나 진실이라고 굳게 믿고 있었겠지만, 그것은 '이야기'였다.

"나는, 거기서, '늑대'가 되었습니다."

피부색이 다른 사람들에게 서로에 대한 증오를 심어, 차별과 대립을 부추기는 악한 '이야기'를 전하는 사본을 사냥하기 위해.

"지금은, 홈랜드, 없습니다. 아파르트헤이트, 없어졌습니다. 나, 요하네스버그에 살고, 있습니다."

하지만 '늑대' 아타리가 태어난 나라는 홈랜드다. 그는 홈랜드에서 찾아왔다.

유리코에게 엄니를 맡기려고.

"나, 후계자를, 찾고 있었습니다."

아타리가 커다란 눈으로 유리코를 보았다. 칠흑으로 빛나는 눈동자. 누군가의 눈과 닮았다. 유리코가 알고 있는 용감한 모든 사람들의 눈과.

"당신, '늑대'에, 어울린다. 언젠가 또 여행을 떠난다. 여행을, 떠나고 싶죠? 어른이 되어, 강해져서."

이번에야말로 '영웅'을 봉인하는 여행을.

"난, 그걸, 안다. 그래서 왔습니다. 당신을 만나서, 기쁘다. 당신, 내가 생각하던, 대로였습니다."

유리코의 시야가 흐려졌다. 정말로 울보다. 전과 다를 바 없이 울보이지 않은가.

하지만 이 눈물은 지금까지의 눈물과는 다르다.

"당신, 강하다. 잘, 여행했다. 괴로운 여행을 해서, 오빠를 구하고, '테두리'를 구했습니다. 당신, 강하다."

억센 손이 유리코의 머리를 몇 번이고 몇 번이고 쓰다듬었다. 아타리의 미소는 힘있고, 상냥했다.

"나, 믿습니다. 디미트리도, 그러니 분명, 안다. 분명 기다리고 있다. 기다리고 기다려도, 그는, 죽지 않는다. 나이, 먹지 않는다. 하지만 당신, 어른이, 됩니다."

'장의사' 디미트리. '재의 남자' 애시. 검은 망토를 걸친, 죽은 자와 친밀한 사람.

강해진 유리코와 재회할 때를.

다시금 유리가 그의 헤이틀랜드를, 비운의 왕 키리크가 '영웅'으로 군림하려 하는 증오와 공포의 나라를, 함께 여행할 때를 기다리고 있다.

그리고 그곳에는 더이상 '아운카우이 사전'이 아닌 아쥬도 반드시 있다.

유리코의 손바닥 위에서 은빛 엄니가 번쩍 빛났다. 유리코의 마음속 빛을 비춘 듯이.

"고맙습니다."

유리코는 펜던트를 꽉 움켜쥐었다.

'늑대'의 증표가, 지금 이 손에 있다.

후기

이 책이 완성되기까지 이번에도 수많은 분들의 도움을 받았습니다. 관계자 여러분께 깊은 감사의 말씀을 드립니다.

이 책은 순수한 픽션으로, 실재하는 개인, 단체, 또한 실제로 일어난 사건 등과는 전혀 관계가 없습니다. 등장인물과 등장하는 장소 역시 '이름 없는 땅'과 마찬가지로 오로지 작가의 머릿속에서만 존재하는 것입니다.

첫머리의 문구는 하야시 후사오의 단편소설 「네 문자」에서 인용했습니다. 사실 이 문구는 「네 문자」의 대단원(미스터리 소설로 치면 수수께끼 풀이) 부분에 해당하는 것이라 경솔한 인용은 삼가야겠지만, 이번에는 꼭 서두에 싣고 싶어서 감히 사용했습니다. 아직 읽지 않으신 분의 흥을 깨버린 점에 대해 깊은 사죄의 말씀을 드립니다.

원본은 기타무라 가오루 씨가 엮은 선집 『수수께끼의 갤러리─마지막 방』입니다. 제가 항상 가까이 두고 있는 것은 매거진하우스에서 간행한 단행본인데, 신초샤의 문고본으로도 나와 있습니다. 이 걸작 단편의 주역 역시 '영웅'과 '황의를 입은 왕'을 접한 인간들로, 그 내용에 깊이 매료된 저는 이 책을 쓰기로 결심했습니다. 만약 그 마음의 일부분이 통한다면, 무리하게 결말을 밝힌 무례도 조금쯤은 용서받을 수 있을지 모르겠습니다.

그리고 '황의를 입은 왕'에 대해서도 조금 설명해둬야 하겠습니다. 영미의 괴기소설가를 좋아하시는 분이라면 오래전에 알아차리셨겠지만, 읽는 사람을 파멸로 이끄는 무시무시한 희곡 『황의를 입은 왕』*은 이른바 '크툴후 신화' 속의 주물呪物 중 하나입니다. 이 책에서는 그 이름을 차용했습니다.

저는 어릴 적부터 괴기소설을 아주 좋아했습니다. 물론 일련의 '크툴후 신화'의 팬이기도 합니다. 이번에 '영웅'의 어두운 면을 나타내는 칭호를 찾다가, 문득 '황의를 입은 왕'이 떠오르자 그것 말고는 생각할 수가 없었습니다.

수많은 동호인 분들께서는,

―어쩔 수 없구만.

---

* 영국의 공포소설가 로버트 W. 체임버스가 쓴 단편소설집으로 동명의 2막 희곡을 담고 있다. 이는 동시대 미국의 공포소설가 H. P. 러브크래프트의 소설에 등장하는 '크툴후 신화'의 형성에 영향을 주었다.

이렇게 웃어넘겨주시면 기쁘겠습니다.

행복하게도 일본에서는 '크툴후 신화'의 인기가 높아, 사전이나 해설본도 여러 권 출판되어 있습니다. 그중 한 권인『그림으로 풀이한 크툴후 신화』(모리세 료 편저, 신키엔샤) 속에는 '황인'의 그림이 실려 있습니다.

마이니치신문 석간에 게재된 이 작품은, 이야기가 이야기인만큼 삽화를 맡으신 미야시마 야스코 씨께서 정말 수고해주셨습니다.

2009년 2월 길일
미야베 미유키

옮긴이 **김은모**

일본 미스터리 번역가. 옮긴 책으로 『모즈가 울부짖는 밤』『메르카토르는 이렇게 말했다』
『애꾸눈 소녀』『미소 짓는 사람』『밀실 살인 게임』『달과 게』『조화의 꿈』 등이 있다. 드넓
은 일본 미스터리의 바다에서 색다르고 재미있는 작품을 건져올리기 위해 항해중이다.

문학동네 청소년문학 원더북스
영웅의 서 2

1판 1쇄 2010년 11월 25일 | 1판 2쇄 2014년 8월 11일

지은이 미야베 미유키 | 옮긴이 김은모 | 펴낸이 강병선
책임편집 양수현 | 편집 박여영 | 독자 모니터 강정은
디자인 엄혜리 유현아 | 저작권 한문숙 박혜연 김지영
마케팅 정민호 이미진 김은지 양서연 | 온라인 마케팅 김희숙 김상만 한수진 이천희
제작 강신은 김동욱 임현식 | 제작처 한영문화사

펴낸곳 (주)문학동네
출판등록 1993년 10월 22일 제406-2003-000045호
주소 413-120 경기도 파주시 회동길 210
전자우편 editor@munhak.com | 대표전화 031) 955-8888 | 팩스 031) 955-8855
문의전화 031) 955-1927(마케팅) 031) 955-2684(편집)
문학동네카페 http://cafe.naver.com/mhdn

ISBN 978-89-546-1335-4 04830
      978-89-546-1341-5 (세트)

www.munhak.com